KB269036

# 인식과 비평

# 인식과 비평

송기한

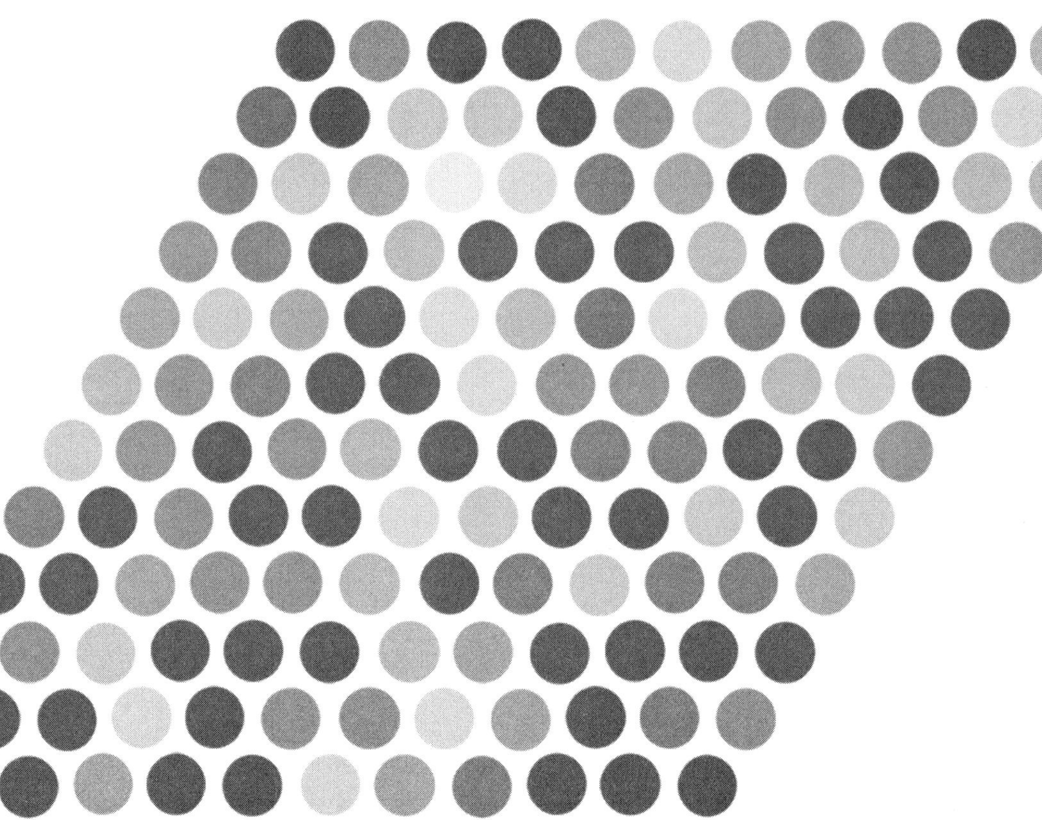

자음과모음

— 머리말 —


　문학을 공부하고, 또 이를 근거로 비평적 자리매김을 하는 것은 결코 쉬운 일이 아니다. 문학이 단순히 내재적 접근법에 의해 모두 해결되는 것이 아닌 이상, 그 속에 내재된 다양한 복잡성은 쉽게 잡히지 않는다. 그것을 어떻게 풀어내야 할 것인가 하는 것이야말로 문학사적 과제가 아닐 수 없을 것이다.

　그렇게 다양성을 포회하고 있는 것이 문학이기에 이를 어떻게 접근하고 이해할 것인가에 대한 고민은 여전히 남아 있는 것이다. 삶의 다양성을 생각하면, 문학을 앞에 놓고 고민하는 것이 어쩌면 당연한 것 같은 생각이 들기도 한다. 삶이란 문학과 동일한 것이기 때문이다. 문학을 통해서 삶을 이해하고, 삶 속에서 문학을 이해하는 이 끊임없는 과정의 귀결이란 무엇일까. 이런 의문에 대한 적절한 해답을 찾는 것이 비평가의 임무가 아닐까.

　지난 몇 년간 많은 독서와 여행을 통해서 근대적 삶을 이해해 보려고 나름대로 열심이었다. 이곳저곳을 돌아다녀보고, 그들의 삶의 양태는 무엇이고, 또 그들을 둘러싸고 있는 환경들은 어떤 모습을 갖고 있는가에 대한 모색들이 바로 그것이었는데, 실상 이런 탐색 속에서도 적절한 해답을 얻는 것은 불가능한 일이었다. 하긴 어떤 결론을 찾을 수 있고, 또 본질에 다가갈 수 있다는 것이야말로 지극히 건방진 생각일지도 모르겠다. 인간이 절대자가 아닌 이상, 그 본질을 아는 것은 거의 불가능에 가까운 일이 될 것이기 때문이다.

그럼에도 한가지 수확이 있다면, 인간의 삶이라는 것, 이 시대의 당면과제 가운데 하나인 근대성이란 것이 결국은 원상으로부터 벗어날 수 없다는 사실에의 깨달음이다. 그 원상은 나와 너가 둘일 수 없다는 것, 인간과 자연이란 분리될 수 없다는 것, 신의 섭리를 벗어날 수 없다는 것 등등이다. 흔히 말하는 우주의 이법이라든가 질서라는 것이 지극히 상식적인 것에 속하는 것임에도 불구하고 그것들이야말로 현시대의 위기를 극복하는 대안이 될 수밖에 없다는 것을 어렴풋이나마 이해할 수 있었다는 것이 하나의 결실이라면 결실일 수 있겠다.

여기에 쓰여진 글들은 그러한 고민의 흔적들이다. 특히 마지막 3부에 실린 글들은 방문학자 시절 미국에서 썼던 것들이다. 버클리 대학 한국학 연구소에 제출한 것이 '계몽과 반계몽의 긴장관계'인데 이를 통해서 나름대로 이 시대의 위기가 무엇인지에 대해 진단하고 그 대안을 모색해 보았다. 다른 하나는 그동안 버클리를 다녀갔던 학자와 문인들, 그리고 현지 문인들이 중심이 되어서 만든 『버클리 문학』 창간호에 실린 글이다. 버클리가 한국문학에서 차지하는 위치가 무엇일까에 대해 나름대로 짚어본 것이다. 그리고 마지막은 LA문인협회의 초빙을 받아서 쓴, 이곳 현지 시인들의 작품을 분석한 글이다. 작품 수준 여부를 떠나 이것도 삶에 대한 하나의 과정, 근대에 대한 모색의 과정이었다는 점에서 소중한 하나의 편린이라 할 수 있다.

2013년 여름

저 자

# — 목차 —

# 제3부

# 제 1 부

인식과 비평

# 해방공간의 문학비평

## 1. 해방의 의미와 비평의 방향

을유 해방이 우리 민족에게 가져다준 궁극적인 의미가 무엇일까. 실상 그것이 일차적으로 일본이 물러감을 뜻한다면, 문제는 그로 인해 생긴 공백을 무엇으로 채울 것인가와 새로운 국가 정체는 어떤 모양새가 되어야 하는가에 있을 것이다. 다시 말해 '채움'의 방향이 문제시되는 것인데, 그에 따라 해방의 의미를 크게 세 가지로 정리할 수 있다고 여겨진다. 첫째는 해방이 종전으로 말미암은 세계질서의 재편과정에서 우리 민족에게 다가왔다는 데 있다. 얄타협정과 포츠담선언으로 대표되는 이같은 상황적 의미는 해방 이후 미소 양군의 진주와 38선의 성립으로 현실화되었다. 이 새로운 국제적 질서라는 객관적 의미가 해방 직후 민족사의 흐름에 있어서 커다란 제한점으로 작용했을 것임은 부인하기 어렵다.

그러므로, 해방이 가지는 둘째 셋째의 의미는 이러한 첫째의 상황적 의미에 대한 민족의 대응방식에서 연원한 것으로 볼 수 있다. 곧 객관적으로 주어진 해방을 자기화하는 과정에서 드러난 의미이다. 이는 다음과 같은 정세 판단에서 단적으로 드러난다.

독일의 붕괴, 일본의 무조건 항복으로 2차 세계대전은 마침내 끝이 나고 말았다. 국제 파시즘과 군벌 독재의 압박으로부터, 투쟁의 고통으로부터 전세계 인류는 구원되어 해방과 자유를 얻은 것이다. 그러나 우리는 전쟁에 이겼다는 것으로써 만족할 것이 아니다. 무엇보다도 전후 여러 가지 국제문제의 해결과 평화유지를 위한 국제기관의 창설이 필요한 것이었다. 이것을 위하여 상항회의(桑港會議), 뽀쓰담 회담이 열렸던 것이다. 이에 조선의 해방은 실현되었다. 그러나 그것은 우리 민족의 주관적 투쟁적 힘에 의해서보다도 진보적 민주주의 국가 소·영·미·중 등 연합국 세력에 의하여 실현된 것이다. 즉 세계문제가 해결되는 마당에 따라서 조선 해방은 가능하였다. 그러므로 금일에 있어서는 어느 나라를 막론하고 한 개로 분리하여 고립적으로 부분적으로 보아서는 안된다.[1]

이처럼 '주어진' 해방이라는 큰 틀 아래 해방이 우리 민족에게 주는 둘째 의미가 있다. 그것이 드러난 것이 『조선 공산당 1945년 8월 테제』인바, 이는 조선혁명의 당면과제였던 반일의

---

1) 조선공산당 1945년 8월 테제

과제에서 프롤레타리아 혁명이라는 보다 높은 단계의 과제로 전환하는 계기로 해방이 제시되는 것이다. 그러나, 이후 조선공산당의 행로가 보여주듯이, 해방의 '주어진' 의미란 진정한 해방의 성취와 모순되는 것이란 점에서 두 번째 비극성이 있다고 할 것인바, 실제로 조선공산당—남로당—은 정판사 위폐 사건과 10월 인민항쟁을 거치면서 역사의 전면에서 사라져 가게 된다.

세 번째 해방의 의미는 다분히 결과론적인 것이라 할 수 있다. 비록 명시적으로 표현되지는 않았지만, 해방에서 1947년 단정 수립에 이르기까지 신탁통치를 등에 업고, 한반도 전역이 아닌 남한만의 실제적인 권력을 획득하는 과정에서 부여된 해방의 의미이다. UN에 의한 신탁통치라는 국제적 질서의 논리와 긴밀히 부합된 이 과정에서 해방은 일제로부터 독립이라는 명제적 선언의 차원에 있게 되는데, 여기에서는 단정수립이라는 현실적 과제만을 완성한다면 해방은 완결되는 것으로 간주된다.[2]

이상으로 볼 때 해방의 세 가지 의미는 사실 한 가지 의미—주어진 해방—의 변주곡일 뿐이라는 데 해방의 근본적인 제한점이 있다고 할 것이다. 결국은 국제질서의 자기 관철과정이면서 단지 민족에게는 체제의 공백이라는 진공상태로 다가왔던 것, 그것이 우리의 해방이었다. 특히 민족 개개의 구성원에게는 주어진 해방의 의미는 보이지 않은 채, 진공상태만으로 보여졌던 것이 해방직후 기간의 민족사가 가지는 근원적 비극성이 아닌가 한다. 해방직후의 기간이란 한 개인의 측면에서는 이념선택이 가능한 희유의 역사적 공간임에도, 그러한 선택이 국제적으로 주어진 질

---

2) 이러한 점은 이승만이 중심이 된 독립촉성중앙협의회의 활동에서 단적으로 드러난다.

서 아래의 선택일 때, 결국 그 선택은 질서를 주었던 세력에 의해 제한될 수밖에 없었다는 점은 강조될 필요가 있다.

어떻든 민족 구성원들에게 해방직후의 기간이 진공상태로 다가왔을 때, 그들은 체제의 간섭없이 자의로 자신의 이념의 방향을 설정할 수 있었으며, 그를 위해 여러 활동을 계획할 수 있었다. 이 경우 현실보다는 이념이 우선으로 되며, 그 이념을 실천하기 위한 정치가 앞장선다. 그러나, 시간이 흐를수록 그러한 이념들은 해방을 준 세력, 곧 현실의 근원적인 힘과 대결하거나 타협하게 되고, 그 결과 여하에 따라 개인은 자신이 선택한 이념에 보다 적합한 곳으로 이동하게 된다. 이것이 바로 개인의 자의적인 정치적 선택이 주어진 질서에 의해 제한되는 과정일 것이다.

문학계 역시 이러한 과정에서 예외가 아니다. 해방직후 여러 문학예술 단체들의 성립과 소멸, 혹은 통합과 대결과정은 체제의 진공상태라는 현실의 외피 차원에서 가능한 것이었다. 조선문학건설본부, 조선프롤레타리아문학동맹, 조선문학가동맹, 전조선문필가협회, 조선청년문학가협회, 북조선문학예술총동맹, 한국문학가협회 등으로 표출되는 이들 단체들은 각각 새로이 조성된 해방직후의 현실에 대응하는 문학인들의 모습을 보여준다. 이러한 문단의 전개과정이 정국의 전개과정과 긴밀히 접합되어 있다는 점이야말로 해방직후의 정치우월성을 단적으로 나타내는 것이라 여겨진다. 그렇다면, 이들 단체들은 무엇을 지향했으며, 그 구체적인 활동이 어떻게 남북 분단 이후의 문학사에 연결되는가 하는 점이 해방직후의 문학사에 있어서의 주요한 과제일 것이다. 특히 조선문학건설본부(이하 문건이라 함)와 조선프롤레타리아문학동맹(이하 문맹이라 함)의 성립과정은 민족문학론 논의의 귀중한 전범일 뿐 아니라 문학과 정치의 대응 양상을 적절히 보여주는 예로 여겨진다. 이 글에서는 이들 단체의 문학운동을 간략히 조감하여 그 문학사적 의미를 모색하고자 한다.


## 2. 민족문학의 범주

조선문학의 발전과 성장의 가장 큰 장애물이었던 일본제국주의가 붕괴된 오늘 우리 문학의 이로부터의 발전을 방해하는 이러한 잔재의 소탕이 이번엔 조선문학의 온갖 발전의 전제조건이 되는 것이다. 그러므로 이것의 제거 없이는 어떠한 문학도 발생할 수도 없고 성장할 수도 없는 것이 현실이다. 그러면 이러한 장애물을 제거하는 투쟁을 통하여 건설될 문학은 어떠한 문학이냐? 하면 그것은 완전히 근대적인 의미의 민족문학 이외에 있을 수가 없다. 이러한 민족문학이야말로 보다 높은 다른 문학의 생성 발전의 유일한 기초일 수가 있는 것이다.[3]

해방직후 문단에 총체적으로 제기된 과제가 우선 일제 강점기를 통해 억압되었던 민족의 문학을 재건하는 것, 곧 민족문학 수립에 있을 것임은 당연한 일이다. 그러나, 민족문학을 어떻게 건설할 것인가의 방법론이 초점으로 떠오를 때, 그 구체적인 방법론이 결정되는 배경은 대략 다음과 같은 범주에서 결정되었던 것으로 보인다.

---

**3)** 임화, 「조선 민족문학건설의 기본과제에 관한 일반 보고」, 『건설기의 조선문학』, 문학가동맹, 1946, 6.

이는 우선 앞에서 강조해온 바와 같이 정치와의 밀접한 관련성을 들 수 있는데, 그것은 당대 현실을 어떻게 볼 것인가라는 점과 직결된다. 현실 판단의 여하에 따라 정치적 전략전술이 결정될 것이며, 문학의 위상 역시 그 전략전술에 따라 결정될 것이기 때문이다. 그러나, 당대의 구체적인 문학의 위상이 단지 정치적 범주에 의해서만 결정 되었다고 한다면, 문학 자체의 특수성을 무시하는 태도로 비판될 수도 있을 것이다. 곧 문학 자체의 현실 대응력이 문제시되는 바, 일제 강점 하에서 문학의 현실대응력을 추구했던 문학운동과 해방직후의 문학운동의 연관성을 어떻게 파악하느냐에 관한 의문이 남는다. 해방직후 문학운동이 카프의 성원들을 중심으로 수행되었음을 볼 때, 일제 강점 하의 문학운동의 의의와 한계가 해방직후의 문학운동에 이어졌을 것이기 때문이다.

문학이 인민에게로 간다는 것은 다시 말하여 문학이 현대의 사회적 모순에 해결의 일단과 관계를 맺는다고 생각할 수 있다.

그것은 문학자자 속한 국가 사회 전체의 진보와 발전, 행복과 융성을 위한 행동임과 동시에 문학이 자기 자신의 문제를 해결하기 위한 행동인 것은 먼저도 말한 바와 같다. 그러나 인민의 사회계급적 내용이 먼저도 언급한 것처럼 단일하지 않다는 것을 여기서 지적하지 않을 수 없다. 노동자계급 농민계급 중간층 등의 각기 다른 사회계급적 차이는 어떻게 또 해결짓겠는가. 우리는 이 가운데서 노동자계급이 가장 혁명계급이란 것을 잘 알고 있다. 그들은 잃을 것이라고는 철쇄밖에 아니 가진 계급이기 때문이다[4].

해방정국에 있어서 가장 첨예하게 등장한 문제가 예술과 정치성의 관계였다. 그런 미묘한 관계에 대해 임화는 예술과 사회와의 필연적 친연성을 강조한다. 이는 계급론자 임화에게는 당연한 것이었는데, 사실 이때까지만 해도 그의 예술론의 방향이라든가 예술에서의 당파성의 문제는 매우 원론적인 수준에서 머물고 있었다. 중요한 것은 예술의 범주와 그것이 사회부면에서 담당할 수 있는 역능들이 해방공간을 지배하고 있었던 커다란 관심사였다는 것이다. 따라서 예술과 사회와의 관련성은 원칙적인 문제에서만 접근되었을 뿐 그것이 나아가야할 선도성에 대해서는 언급화되지 않았다. 그러한 분위기 속에서 나온 임화의 이 글은 해방공간에서 예술론이 나아갈 방향성을 제시했다는 점에서 매우 의미있는 글이었다고 생각된다.

어떻든 해방공간의 당면문제는 예술론의 범주였다. 그 가운데 우선 쟁점으로 등장한 것은 예술의 정치성 문제였다고 할 수 있다. 다같이 조선 공산당 8월 테제의 정세판단에 기초하면서도, 문학 예술의 이데올로기적 특수성을 주장하는 그룹과 부르주아 혁명단계의 통일전선에 기여하는 것으로 문인들을 조직화하자는 그룹으로 좌익문단은 나뉘어지게 된다. 이러한 논쟁의 중심에는 조직문제와 예술의 위상이라는 첨예한 미학적 문제의 맹아가 이 가운데 가로놓여 있으며, 이러한 논의가 발전한다면 정치의 문학적 소화라는 당대의 과제가 해결될 수도 있었을 것이다. 한편 이러한 문제의 해결에는 기존의 좌익문단의 이론적 수준이 뒷받침되어야 할 것인데, 그런 점에서 1930년대 중반의 사회주의 리

---

4) 임화, 「문학의 인민적 기초」, 중앙신문, 1945, 12, 8-14일.

얼리즘 논의를 주목할 필요가 있다. 이 논의는 당시 창작방법론의 타개와 정치일변도였던 카프를 반성하면서, 정치적 목적성을 문학이라는 특수한 범주 안에서 반영할 수 있는 계기로서 시도되었던 것으로 보인다.

그러나, 이 논의가 채 무르익기 전에 카프는 해산되며, 문단은 전형기로 옮아가게 된다. 여기서 당시 김남천이나 안막이 사회주의 리얼리즘의 적용가능성에 회의를 품고,[5] 나아가 사회주의 리얼리즘을 문학의 우경화 혹은 정치성을 탈색할 수 있는 계기로 삼는 것에 경계를 보인 점은 당시의 상황을 감안한다 하더라도 아직 사회주의 리얼리즘에 대한 이해의 수준이 낮은 것을 짐작하게 한다.

사실 해방직후 문학의 특수성을 둘러싼 두 그룹 간의 대립이 미학적 문제의 천착으로 전화될 수 있는 계기를 마련하지 못한 것은 이러한 문학사적인 제한점이 작용한 것으로 볼 수 있다. 그러면 이제 구체적인 조직문제를 둘러싼 두 그룹 간의 대립양상을 살펴보기로 하자.

먼저 문건은 해방 이튿날 이태준을 위원장으로 하여, 임화와 김남천 등을 중심으로 결성되었다. 이 단체는 비단 카프계열 외에도 이태준·정지용·김기림 등 과거 카프와 대립되는 문학론을 폈던 문인들도 규합한 것이었다. 이런 점은 조선공산당이 추진했던 통일전선의 맥락과 일치한다. 그러나, 이 점 때문에 카프계열의 또다른 인사들은 이기영·한설야·한효 등을 중심으로 1945년 9월 17일 문동을 결성한다.[6] 이 두 단체의 기본적 입장

---

5) 김남천, 「창작방법에 있어서의 전환의 문제」(『형상』2. 1934.3) 및 안함광, 「창작방법 문제 신이론의 음미」(『조선중앙일보, 1934.6.17-30』) 등을 참조.

의 상이함은 다음 두 인용문에서 단적으로 드러난다.

> 왜 그러냐 하면 본래 우리 문학이 이러한 모든 후(後) 역사적인 요소는 본래 프롤레타리아의 손으로 청산될 것이 아니라 부르조아지-자신의 손으로 했어야 할 것인 만큼 아직도 진보적 민주주의 작가, 평론가의 혁명적 요소는 십분 인정해야 할 것이며 또한 그러한 혁명적 요소가 실지에 있어 발휘되고 있는 것도 사실이다.
>
> 그러니 여기에 프롤레타리아 작가, 평론가의 영도성이 문제되는 것은 그들의 이데올로기가 맑시즘이 가지는 학문적 우위성, 다시 말하면 인류 문화의 최고 표식인 맑시즘으로 무장되었다는 것과 따라서 프롤레타리아트만이 가장 비판적이요 혁명적인 계급인 때문이다.[7]

> 프롤레타리아예술은 프롤레타리아계급의 현실에 대한 태도, 즉 그 계급의식의 형태인 동시에 그 행동의 형태이다. 이러한 형태를 정상(正常)히 파악하지 못하고 여기에 모종의 가식이 필요하다고 생각하는 것은 도저히 용인할 수 없는 일이다. 구체적으로 말하면 어떠한 정치적 목표를 위하여 우리의 예술을 떳떳이 내세우지 못하고 막연한 민족문화니 문화의 인민적 기초이니 하는 따위의 허식이 필요하다고 생각하는 것은, 실로 프롤레타리아트의 현실에 대한 태도를 비계급적인 것으로 또는 반프롤레타리아트적인 것으로 변경해

---

6) 문동은 그 『선언』에서 1935년 카프 해산 이후 10년간 조선 프롤레타리아문학이 침체되어왔다고 한 다음, 다시 프롤레타리아 문학동맹이 결성되었다고 밝혀, 카프의 후 신임을 분명히 드러내고 있다(문동의 기관지 『예술운동』창간호, 1945.12. 참조).

7) 이원조, 「조선문학의 당면과제」(중앙신문, 1945.11.10)

야 된다는 생각과 동일하다고 말하지 않을 수 없다. 따라서 그것은 우리의 주체적인 예술운동과 계급의식의 형태로서의 예술의 본질성을 거부하는 가장 위험한 경향이다.[8]

문건이 조선공산당이 제시했던 당면과제인 조선의 부르조아지 혁명단계를 위한 프롤레타리아 주도권 하의 통일전선에 입각한 문화혁명을 내세운 것이라면, 문동은 그것이 정치적인 것일 뿐, 문학의 리얼리즘적인 원칙과는 어긋나는 것이라는 점을 내세워 비판한다. 이런 점은 문건이 인민성을 강조하는 측면에, 문동이 계급성을 강조하는 측면에 있었다는 평가를 내리는 근거가 된다.[9] 곧 조직이 재건되면서 당면한 정치적 과제의 문학적 수용을 위한 관건으로 문학 및 문학자의 위상을 문제삼는 것이다.

이 경우 문건의 노선은 8월테제의 문면에 철저히 종속되어있는 것으로 볼 수 있다. 곧 문학에 있어서의 통일전선을 조직 중심으로 짜고 있는 것이며, 이는 정치적 우월의 한 단면을 드러내준다. 그러나, 이러한 조직우월주의가 실제로 프롤레타리아의 주도권하에 있는 문화통일전선을 담보할 수 있는가. 실제로 위에 든 이원조의 글에서 당면과제를 해결할 중심적 역할이 오히려 소—부르주아인 진보적 작가와 비평가에 있음을 말한 것을 볼 때, 문건에 대한 문동의 비판이 적실한 것임을 알 수 있다.

한편 문동은 얼핏 통일전선과는 상이한 입장에 서 있는 것으로 보일수도 있지만, 그런 점에서 한효의 글이 주목된다. 그는

---

8) 한 효, 「예술운동의 전망」(『예술운동』창간호, 1945.12)

9) 이양숙, 「해방 직후 문학이념과 논쟁」(『해방공간의 민족문학 연구』, 열음사, 1989) 참조.

통일전선의 성립이 작가가 '실천적인 전위로서 대중에 접근하고 그 조직화를 위한 투쟁을 전개하는 데 있다'고 보고, 과거 카프의 문학이 정치적 선전도구에 그쳤을 뿐 인민대중의 편에 서지 못했음을 반성한다. 그것이 통일전선을 주장한 9월테제에 더 작합하다는 것이다. 그러나, 그는 이러한 문학적 실천이 어떻게 당대의 부르주아 혁명단계에 있는 조선 현실에 적합할 수 있는지에 대한 구체적 전망은 제시하지 못한다. 비록 대중에의 접근을 강조하더라도 그것은 프롤레타리아계급에의 접근을 뜻하는 것인지 '인민' 전체에 대한 접근은 아니라는 점에서 과거 카프의 종파적 논리로 되돌아갈 위험을 안고 있는 것이다. 요컨대 문동은 프롤레타리아의 주도권만을 강조한 추상적인 수준에 머물렀다고 할 수 있다.

1945년의 좌익문단은 조직의 재건문제에 봉착해 있었으며, 이는 문화의 통일전선과 밀접한 관련을 맺고 나타난다. 반면 아직 문학에의 미학적 접근은 제대로 이루어지지 않았으며,[10] 단지 그 단초가 인민성과 계급성의 대립으로 나타났다고 할 수 있다. 그렇다면 이러한 대립이 문학적으로 해소되는 방향은 어떠한 것일까. 그것은 계급성과 인민성이 결합되는 것이며, 이 결합의 요소로서 당파성이 주도하는 양상을 보여야만 할 것이다. 그러나, 이후의 문학운동은 이러한 대립을 해소할 미학적 천착의 기회를 갖지못한 채, 문건과 '북조선예술총동맹'으로 분리되고 만다. 그리고, 민족문학의 재건 역시 남과 북이 분리되어, 한쪽은 사상성을 강조한 계급적 성격의 문학으로, 한쪽은 인민성을 강조한 문

---

10) 김경원, 「해방직후 문학과 정치의 일원론과 이원론」(『한국학보』60, 1990. 가을.), p.260.

학으로 분리되어 추구되게 된다.


## 3. 인민성과 진보적 리얼리즘에의 도정

민족문학의 수립이 조직문제에 걸렸으며 조직문제의 근원이 인민성과 계급성의 불일치에 있었다면, 그에 따른 미학적 문제가 규명되어야 함은 필지의 일이다. 그럼에도 이 두 단체는 이러한 불일치를 자체적으로 해소하지는 못한 채, 1945년 12월 16일 하나의 단체인 '조선문학가동맹'으로 합치게 된다. '문화전선도 통일 완성'이라는 제하의 『예술』 2호의 기사는 양 단체의 합동위원 11명이 참석하여 문건과 문동의 통합을 결정한 것으로 되어 있다. 그러나, 이후 1946년 초까지 임화·김남천과 한효의 논지가 거리가 있는 것을 참조한다면, 그리고 문동의 실제적 세력인 이기영·한설야 등이 1946년 3월 '북조선예술총동맹'을 결성한 것을 본다면, 실제적인 통합이 아니라 문건이 확대개편 된 것으로 비칠 수 있다.[11]

이후의 문학운동은 인민성이 전면에 나서게 된다. 그것은 문맹의 노선이 문건의 그것과 합치하는 데 원인이 있지만, 아울러 조직문제가 전면에서 사라짐에 따라 좀 더 깊은 수준의 논의가 가능하게 된다. 민족문학론이 1946년 초의 문학자대회를 전후하여 문학논의의 주요한 대상으로 떠오른 것이다. 그것의 방향은 정치

---

11) 또한 문맹의 당면임무가 일본 제국주의 잔재의 소탕, 봉건주의 잔재의 청산, 국수주의의 배격으로 나타날 뿐, 과거 문동이 내걸었던 프롤레타리아문학의 건설이 빠진점으로도 이 점은 확인될 수 있다.

적으로는 '노동자계급의 이데올로기를 농민층 소시민의 이데올로기로 하는'[12]것이었는데, 이제 계급성과 인민성 간의 관계에 대한 미학적 논의들이 등장한다.

그러나 이러한 문학은 민족문학이 아니라 계급문학이 아닌가? 왜 그러냐하면 이러한 문학의 토대가 된 이념은 민족의 이념이라기보다도 더 많이 노동계급의 이념이라고 말할 수 있기 때문이다. 그렇다. 현대의 민족문학은 분명히 노동계급의 이념에 기초하여 있고, 노동계급은 또한 자기의 이념이 인민의 이념으로 될 것을 주장하고 인민의 이념이 또 민족의 이념이기를 요청한다. 그러나 노동계급이 자기의 이념을 인민의 이념으로, 민족의 이념으로 요청함은 시민계급의 경우와 같이 자기가 인민과 민족의 특권적 지배자가 되기 위하여서가 아니라 자기와 더불어 모든 인민층이 목적의식을 갖고 통일전선으로 결합하는 것을 돕기 위함이다. 이 도움이 없으면 농민과 소시민은 제국주의와 봉건유제를 청산하고 민족을 해방하여 민주국가를 건설하는 전선에 자각적으로 결합되어 오기가 어렵기 때문이다.[13]

임화의 이러한 논지는 인민성이 무계급성을 띠게 된다는 비판에 맞서 노동계급의 이념만이 현대의 모든 계급을 포괄하는 이념이 될 수 있음을 주장하여 인민성과 계급성을 일치시키려 하고 있다. 시민계급의 시대에는 시민계급의 이념을 포괄한 문학이 민족문학이 될 수 있지만, 조선의 경우는 토착 부르주아가 열악

---

12) 김영진, 「민족문학론」(『문학평론』3호, 1947.4)
13) 임 화, 「민족문학의 이념과 문학운동의 사상적 통일을 위하여」(『문학』3, 1947.4)

한 현실이므로, 노동계급의 이념을 포기해야만 진정한 민족문학, 인민성을 담보한 문학이 될 수 있다는 것이다. 그러나, 이러한 관점은 문건과 문동의 대립에 있어 핵심사항이었던 진보적 예술가의 위치를 도외시한 것으로 여겨진다. 이제 문화전선의 성립에 있어 주체의 문제는 희석되어버리는 것이다. 그것은 이 글이 문맹 내의 작가들을 대상으로 한 것이라는 점에서 단적으로 드러난다. 아직 이념적 준비가 불충분한 전향작가들에게 문화통일전선의 위상을 계도하기 위한 글로서, 정작 인민 대중에게 어떻게 접근할 것인가에 대한 한효의 의문은 여전히 남아있다.

한편 청량산인의 글은 문맹의 민족문학론의 원론적인 것으로서 인민성이 강조되는 현실적 이유를 말한다.

사실 일제 36년간 아무리 피투성이가 되게 싸웠다고 하더라도 우리 손으로 일제를 타도하지 못한 것은 벌써 우리 민족적 자기비판의 재료가 넉넉히 되거니와 (중략) 인민해방의 인민정권을 수립하기에는 무론 10월의 인민항쟁 같은 것도 있었지마는 아직도 우리는 그것을 실현시키지 못하고, 앞으로 그것을 실현시키려고 노력하는 과정에 있다는 것을 솔직히 시인해야 한다.[14)]

이러한 현실인식은 왜 인민성을 주장하는 것이 우경편향적이 아닌 현실에 맞는 적실한 방향인가를 설명해준다. 이 글에서 그는 인민성을 매개로 계급성이 드러난다고 하면서, 인민성의 역사적 성격을 강조한다. 그것은 투쟁의 현실적 관건이며, 따라서 무

---

14) 청량산인, 「민족문학론」(『문학』7호, 1948.4)

계급성으로 비판하는 것은 원리원칙만을 강조하는 '기계주의자'가 된다고 하여 안막과 안함광 등 과거 문동의 성원들의 논리를 재비판한다. 그럼에도 계급성이 인민성을 매개로 할 수밖에 없는 현실 상황이라면, 그러한 인민성을 이끌 당파성이 방기되어 버리는 점을 간과할 수 없다. 여전히 계급성과 인민성의 대립을 해소하는 것에 중점이 가 있을 뿐인 것이다. 그러나, 이러한 점은 당시 조선공산당, 정확히 남로당이 처한 상황을 볼 때, 당의 지도가 점차 불가능해져 가고 있었다는 것을 고려해야만 한다고 생각된다. 특히 미군정과의 모호한 관계가 1946년 중반 이후부터 적대적 관계로 바뀌고 그에 따라 새로운 테제가 설정되지만, 공산당에 호의적이었으며 지원을 아끼지 않은 북쪽과는 달리 남로당은 10월 인민항쟁을 계기로 많은 역량을 소진하고 해주로 옮아가게 된다. 문맹 역시 그러한 길을 걸었음은 두말할 것도 없다. 해주로 옮아간 뒤, 얼마 안 있어 문맹의 주요 성원들은 평양으로 다시 옮겨갔던 것이다.

그렇다면 1946년 이후의 격변기를 거치면서 문맹이 모색했던 구체적인 창작방법론은 어떠한 것인가. 이는 미학적 논의의 마지막 정점인 동시에 문학과 현실과의 대응 양상을 살필 수 있는 것으로 보인다. 이 창작방법론은 당면과제였던 문예의 대중화에 관한것15)과 함께, 창작노선으로 채택된 진보적 리얼리즘을 성취하는 것에 중점이 두어진다.

---

15) 이에 해당하는 것으로는 김남천, 「창조적 사업의 전진을 위하여」(『문학』창간호, 1946.7), 김영석, 「문예의 대중화 문제·기타」(『신세대』1권 3호, 1946.7), 김영석, 「문화써-클의 성격」(『현대일보』, 1946.8.27-28), 김남천, 「문화의 대중화」(『자유신문』, 1946.9.16)등을 들 수 있다.

그러면 이러한 리얼리즘이 현실적으로 진보적 리얼리즘이어야 하는 까닭은 어디있으며 또 그것이 혁명적 로맨시티즘을 계기로서 내포하지 않으면 안되는 까닭은 어디 있는 것일까. 그것은 첫째 우리가 역사적으로 총역량을 집결해서 싸우고 승리적으로 해결하여야 할 민족적 역사적 과제가 진보적 민주주의의 건설이라는 데 있지 않으면 안되겠다. 다시 말하면 현재의 조선 혁명의 성질이 진보적 민주주의 혁명의 단계라는 데서 오는 것이 아니면 안되겠다. 왜냐하면 창작방법으로서의 리얼리즘이 문학작품으로서 창조되고 또 그것을 중심하여 거대한 운동으로서 전개되는 경우에는 그것은 언제나 역사적으로 시대적으로 특정한 경향을 가지고 구체화되는 것이 사실이요, 그렇다면 현재의 역사적 시대에 있어서도 진보적 민주주의 건립의 민족적 과제와 떠나서 여하한 구체적인 리얼리즘도 있을 수 없는 것이기 때문이다. 이 것이야말로 또한 과거의 문학사상에 나타난 여하한 리얼리즘과도 우리의 그것을 구별하는 하나의 성격이 아닐 수 없을 것이다.[16]

문맹이 채택한 구체적인 창작방법론인 진보적 리얼리즘론[17]은 사회주의 리얼리즘논의의 수용과 떼어서 생각할 수 없는 것이다. 그것은 세계관의 강조와 함께, 창작방법으로 나타나는 특수한 실천관계를 바탕으로 하는 것임을 인정한다고 한효는 밝히고 있다. 아울러 김남천은 그러한 바탕 위에서 위의 인용문에서처럼 혁명적 낭만주의를 도입하여 영웅적 투쟁을 그릴 것을 제안한다. 그

---

16) 김남천, 「새로운 창작방법에 관하여」(『건설기의 조선문학』, 1946.6)
17) 이밖에 진보적 리얼리즘에 대한 것으로는 한효, 「진보적 레알리즘의 길」(『신문학』, 1946.4)을 참조.

렇다고 이것이 사회주의 리얼리즘을 전면으로 받아들이는 것을 의미하는 것은 아닌데, 그것은 당금의 조선이 사회주의의 상태에 놓여있지 않기 때문이라는 것이다. 이러한 진보적 리얼리즘의 제창은 10월 인민항쟁이라는 현실적 계기를 만나면서 그 논의가 심화된다. 임화는 「인민항쟁과 문학운동」이라는 글에서 '오늘의 3·1운동'으로서 인민항쟁을 평가하고, 이를 형성화할 것을 제안하였으며, 김남천 역시 맑스·라쌀레 간의 지킹엔 논쟁을 전법으로 삼아 인민항쟁을 그려낼 것을 주장한 바 있다. 특히 김남천은 인민의 운동력을 주제로 삼지 않은 라쌀레의 잘못을 들면서, 3·1운동보다 더 진전된 단계의 항쟁이 인민항쟁임을 밝히고, 그것을 명백히 인식할 필요를 주장하였다.


## 4. 해방공간 비평의 사적 의의

해방공간의 역사는 무주공간의 지대였다. 역사의 새로운 주인을 맞이하는 혹은 맞이할 수 있는 기회란 여러 세력에게 똑같이 주어졌다. 그 힘의 공백 속에서 이념의 선봉을 담당했던 예술의 임무는 지극히 큰 것이었다. 해방직후에 발빠르게 반응한 문건측의 대응은 시의 적절했던 것으로 보인다. 그러나 이들의 운동과 지향이 결정적인 한계를 가질 수 밖에 없었던 것은 그 태생적 한계에서 기인하는 것이었다. 이러한 문학운동에서 가장 큰 제한점은 역시 해방이 우리 민족에 의해 성취된 것이 아니라 주어진 것에 의한 것이라는 점이었다. 그렇게 주어진 세력이 군정이라는 실체로 남한에 나타났을 때, 해방 이후 가졌던 공산주의적인 민족해방의 전망은 점차 환상적인 것에 그칠 수밖에 없었다.

더욱이 문건과 문동의 대립의 주요 사항이었던 인민성과 계급성의 불일치를 문학의 범주 안에서 해소하지 못했을 때, 이미 사회주의 건설기로 옮아간 1947-48년의 북한에서 문맹은 그 이론의 타당성을 잃어버릴 수밖에 없었을 것으로 생각된다. 이것이 남로당의 운명과 궤를 같이 하는 것이라면, 이는 바로 해방직후 문단의 정치우월성을 나타내는 마지막 증표일 것이다. 그러나, 이러한 문맹의 논의들이 민족문학론으로 나타나듯이 현실상황과 밀접히 연계되어, 그 현실을 문학적으로 소화해내려 한 점은 높이 평가할 수 있을 것이다.

# 김현승 시에서의
# 자연과 고독의 문제

## I. 기독교와 김현승

　김현승의 출생이 1913년이니 올해로 태어난 지 꼭 100년이 된다. 그 오랜 세월만큼이나 그가 한국 시단에 끼친 영향은 실로 다대한 것이어서 어느 면을 부각시키느냐에 따라 그의 작품이 갖는 시사적 의미는 새롭게 자리매김될 것이다. 그런 다양성에도 불구하고 김현승 시인이 갖는 품격이랄까 특성은 몇가지로 모아진다. 우선 그는 평생 차를 좋아해서 다형(茶兄)이라는 호를 얻었다. 차에 대한 시인의 선호는 거의 생리적인 것이어서 자연친화적인 그의 시세계와도 분리하기 어려운 것이었다. 그리고 다른 하나는 기독교와 그의 작품이 갖고 있는 상관관계랄까 영향관계이다. 김현승하면 기독교가 떠올려지고, 기독교하면 김현승이 환기되는 이 기막힌 현실은 실상 그의 작품세계가 지향하는 방향과 분리하기 어려운 것이었다. 무엇이 이런 현상을 만들어냈을까. 거의 오류에 가까운 이런 선입견은 대략 두가지 요인에 그 원인이 있었던 것이 아닌가 한다. 하나는 시인 자신이 가졌던 전기적 사실이다.

익히 알려진대로 김현승은 기독교를 자신의 필생의 종교로 받아들였고, 그의 가정 또한 그런 분위기였다. 이런 외피적 사실이 그의 작품세계에 덧씌워짐으로써 그를 종교적 성향의 시인으로 분류하는데 주저하지 않은 것이다. 둘째는 그의 작품에서 풍겨져나오는 분위기랄까 어조의 영향이다. 김현승의 대표작은 「가을의 기도」이다. 기도란 무엇인가. 세속적 인간이 성스러운 공간으로 들어가기 위한 예비단계가 기도이다. 그렇기 때문에 그러한 자세만 취해도 그는 여지없는 종교적 인간이 되어버린다. 종교와 분리할 수 없었던 삶, 그의 대표시가 주는 성스러운 경건함에 오버랩되면서 김현승은 틀림없는 기독교 시인이 되어버리고 만 것이다.

그러나 이런 선판단은 시인의 내면풍경을 세밀하게 분석하게 되면 전연 다른 결과를 가져오게 된다. 그 가운데 하나가 '고독'의 감수성이다. 이 의식이야말로 종교적 감수성과 더불어 김현승 시를 대표하는 주된 아이콘이었다. 그런데 문제는 '고독'과 '종교적 감수성'이 과연 양립할 수 있는가 하는 데에 놓여진다. 이런 상위가 그를 종교적 인간과는 무관한 것으로 이해하기도 했고, 또 종교의 일반적 가치인 '구원'의 의미가 그의 작품에서 사상되었다는데 착목하여 그의 시들이 이와 무관한 것으로 이해하기도 했다. 이에 따라 그의 시들이 초기에는 기독교를 부정했다가 말년에 이르러서 다시 기독교를 긍정했다는 시각은 그 설득력을 잃게 된다.

실상 김현승을 둘러싸고 있는 외피를 벗겨내게 되면 그의 작품에서 기독교 의식이랄까 감수성을 읽어내는 것은 쉬운 일이 아니다. 이렇게 되면 그를 기독교와 연관시키거나 이로부터 어떤 의미역을 밝혀내는 것은 의미없는 일이 된다. 그의 시세계의 중심을 관통하고 있는 '고독'이라는 것도 따지고 보면, 기독교와는 무관한 것이다. 그의 '고독'은 시인의 기질에서 비롯된 것으로, 모든 인간에게 내재된, 그리하여 감각할 수 있는 보편의 감수성에 불과한 것이기 때문이다. 이 점에 대해서 김현승 자신도 부정하지 않고 있다. 그는 자신의 고독을 기질상의 문제로 인식하면서 그 고독의 뿌리에 구원이 전제된 것이 아니라 고독을 위한 고독, 절망을 위한 절망에서 온 것으로 이해하고 있기 때문이다[18].

따라서 김현승의 작품들과 기독교의 세계가 내밀한 대응 관계로 이루어져 있다고 하기는 어려워보인다. 그의 고독은 존재론적인 것에 가깝다. 그것은 지극히 보편적인 영역에 닿아 있는 까닭에 시인 자신의 내밀한 특수성이라는 한계를 뛰어넘는 어떤 것이다.


## 2. 예찬으로서의 자연

종교의 아우라를 벗어버리게 되면, 김현승 시의 도정이랄까 시

---

18) 김현승, 「굽이쳐가는 물굽이와 가치」

세계의 변모를 이해하는 매개는 지극히 일반적인 것에서 찾아진다. 바로 자연이다. 이 소재가 김현승에 의해 처음 작품화 된 것은 아니지만, 그것이 김현승의 작품세계에서 차지하는 비중은 의외로 크다. 김현승이 처음 작품활동을 시작한 것은 1934년이다. 『동아일보』 5월 25일자에 「쓸쓸한 겨울 저녁이 올 때 당신들은」과 「어린 새벽은 우리를 찾아온다 합니다」를 발표함으로써 그는 시인의 길로 들어서게 된다. 다소 격정적이고 센티멘탈한 감수성을 지닌 것이긴 하나 자연은 이때부터 중요한 소재로 등장하고 있다.

이렇듯 빈번하게 나오는 자연의 소재들이 그의 작품세계에서 갖는 의미는 무엇일까. 한국 근대시사에서 자연이 갖는 철학성이랄까 형이상학적인 의미는 크게 세가지로 구현되어 왔다. 하나는 선비적 풍류의 세계이고 다른 하나는 근대의 역사철학적인 의미망이다. 전자를 대표하는 경우가 조선의 유학자들이었고 근대에 들어서는 가람이었다. 후자를 대표하는 경우는 물론 정지용이다. 그리고 우주의 이법이랄까 그것의 교술성을 인유화하는 방식들은 늘상 있어왔는 바, 이는 주로 김소월을 비롯한 낭만주의 시인들에게서 흔히 발견된다. 자연의 서정화에 대한 김현승의 방법적 의장들은 이 세 번째에 가까운 경우이다. 그의 시에서 표나게 등장하는 자연은 그것에 대한 예찬 혹은 동경의 방식이었다. 초기 시에서 등장하는 자연의 그러한 의미에 대해 시인 역시 굳이 부정하지 않는다.

그 무렵 나의 시에는 自然美에 대한 예찬과 동경이 짙게 풍기고 있었다. 이 점 또한 그 당시의 한 경향이었다. 불행한 현실과 고초의 현실에 처한 시인들에게 저들의 국토에서 자유로이 바라볼 수 있는 곳은 아무도 거기서는 주권을 행사하지 않는 자연뿐이었다. 그야말로 이상화의 표현마따나 「빼앗긴 들에도 봄은 오는가」이었다. 그러므로 그 당시 자연을 사랑한다는 것을 흉악한 인간--日人들과 같은 인간의 때가 묻지 않은, 깨끗하고 아름다운 세계를 지향하는 의미가 포함되어 있었고 지상에서 빼앗긴 자유를 광대무변한 천상에서 찾는다는 의미도 함축되어 있었다. 또 검열에 걸릴 위험도 별로 없었다[19].

김현승이 자연을 작품의 소재로 인유한 계기는 인용글에서 보듯 의외의 곳에서 찾아진다. 여기에 나온 맥락에 의하게 되면, 그는 자연을 소재로 작품을 쓴 이유에 대해 첫째는 깨끗하고 아름다운 세계에 대한 지향, 둘째는 지상에서 빼앗긴 자유를 광대무변한 천상에서 찾는다는 것, 셋째는 검열의 위험도 피할 수 있다는 것에서 찾고 있다. 객관적 상황의 변화에 따라 서술된 이 의도를 액면 그대로 받아들일 수 없긴 하지만, 어떻든 시인이 자연을 시의 소재로 채택한 이유는 지극히 간단한 데에 있다. 현실과 화해할 수 없는 갈등이랄까 거리감이 시인으로 하여금 자연의 숲에 갇히게 했다는 것이다. 그러한 까닭에 그의 시에서 자연은 찬양의 절대 공간으로 나타나게 된다.

> 내가 詩를 쓰는 오월이 오면
> 나무, 나는 너의 곁에서 잠잠하마,

---

19) 김현승, 위의 책.

이루 펴지 못한 나의 展開의 이마아쥬를
너는 공중에 팔 벌려 그 모양을 떨쳐 보이는구나!
나의 입술은 메말라
이루지 못한 내 노래의 그늘들을
나무, 너는 땅 위에 그렇게도 가벼이 늘이는구나!


목마른 것들을 머금어주는 은혜로운 오후가 오면
너는 네가 사랑하는 어느 물가에 어른거린다.
그러면 나는 물 속에 잠겨 어렴풋한 네 모습을
잠시나마 고요히 너의 영혼이라고 불러본다.

「나무와 먼 길」 부분

시인이 시를 쓴다는 것은 인위적인 행위에 해당한다. 인용시에 따르면 반자연적인 것인데, 그러한 글쓰기는 그러나 자연의 완벽한 조화 앞에 무력한 것이 된다. 내가 표현할 수 있는, 혹은 만들어낼 수 있는 이미지를 자연은 이미 초월하고 있는 까닭이다.

자연에 대한 그러한 예찬의 감각이란 무엇일까. 그것이 삶의 원형질이 아닌 다음에야 이런 찬양은 불가능할 것이다. 따라서 자연이란 시인에게 아름답고 깨끗한 공간이고 잃어버린 자유를 되찾게 해준 시원의 공간에 해당한다고 할 수 있을 것이다.

자연에 대한 시인의 의미화는 사회적 맥락과 분리하기 어려운 것이긴 하지만, 다른 한편으로는 종교적인 맥락과 가까운 것이기도 하다. 그는 자연을 "동양적이 아니고 서양적인 것"의 관점에서 이해했고, 그리고 "그것이 기독교적이며, 성선설보다는 원죄설에 뿌리박은 생활임을 언제나 인식하고 있다"고(김현승, 「나의 문학백서」) 언급하고 있기 때문이다. 물론 여기서 운위되고 있는 동양적이라거나 서양적인 것, 혹은 원죄설과 같은 의미역에 굳이 주의를 기울일 필요는 없다. 또한 원죄설의 연장선에서 그의 자연시들을 기독교적 상상력과 결부시킬 근거도 없다고 본다. 자연이란 그것이 종교의 음역에서 직조되든 혹은 동양적 사유에서 만들어지든 간에 유기적 덩어리로 인식되는 유토피아의 공간으로 구상화되는 까닭이다.

자연은 김현승에게 객관적 현실의 열악성을 회피하는 현실적 공간이면서 인간이 잃어버린 선험적인 공간으로 구현된다. 자연에 이르는 시인의 도정이 상이한 길목에서 형성된 것임에도 불구하고, 그것이 표명하는 의미역은 이렇듯 동일한 길로 귀결되는 것이다. 즉 잃어버린 낙원에의 향수가 사회적인 맥락과 존재론적 계기에 의해서 시인을 자연이라는 영원의 공간으로 이끌리게 한 것이다.

## 3. 고독의 구경적 의미

자연에 대한 열망과 그 비평적 이해가 김현승의 초기 시를 이끈 매개였다면, '고독'과 같은 내면적 주제들은 중기시 이후 그의 시세계의 중심으로 자리잡게 된다. 이런 시적 변화를 내면적 갈등이라든가 종교와 같은 형이상학적 문제들에서 찾을 수 있겠지만, 김현승의 경우는 전연 예외적인 국면에서 탐색해낸다.

자연 예찬에 중점이 주어졌던 시인의 초기 시들은 해방 이후 조금씩 변모하기 시작한다. 시인 자신의 말에 따르면, 이때부터 대상에 대한 시선이 외부가 아니라 내부로 방향을 돌리게 되었다는 것이다. 그리하여 자연에 대한 막연한 관조나 비평이 아니라 내밀한 자의식과의 만남으로서의 자연을 발견하게 되었다고 한다. 그런데 중요한 것은 이러한 변화들이 내적 필연성에 의한 시적 자아의 발전의 논리가 아니라 외부 현실의 상황에서 찾고 있다는 점이다. 가령, 일제 강점기의 현실로부터 벗어났으니 민족적 센티멘탈리즘에 기반을 둔 자연 예찬은 더 이상 가능하지 않았다는 것, 그리고 해방이후 빚어진 좌우익의 혼란으로 인해 그 어지러운 현실로 틈입해 들어가기 어려웠다는 것 등을 자신의 시세계의 변화 요인으로 들고 있는 것이다. 그 결과 외부적인 대상이 더 이상 자신의 주목을 끌지 못했을 뿐만 아니라 그 외부를 대표했던 자연에 대해 비평적 의미까지 부여해가면서 창작 행위를 지속한다는 것은 더 이상 의미가 없다고 판단했다는 것이다. 해방이후 전개된 내면으로 특징지어진 그의 시세계는 그런 외부 환경의 영향에서 빚어진 결과였다.

김현승 시의 중심 주제인 '고독'은 이렇듯 외부현실의 변화에 그 일차적인 원인이 있었는데, 그의 말을 전적으로 수용한다 해도 석연치 않은 구석이 남아있는 것은 사실이다. 그의 시적 변화의 계기는 일제 강점기의 소멸과 해방, 그리고 해방이후 빚어진 좌우익의 혼란이라고 한다. 해방이전의 시세계가 불온한 현실과 불가분의 관계에서 형성된 것이라면, 해방 이후의 그것도 실상은 똑같은 국면에서 빚어진다. 일제 강점기나 해방의 혼란은 그 주체가 다를지언정 안식과 평온의 공간, 유토피아의 공간으로서 자연이 내포하는 가치는 전연 손상되지 않은 채, 시적 자아가 다가올 수 있는 것이기 때문이다. 그러면 어떻게 동일한 현실을 두고 그의 시세계는 이렇듯 다른 모양새로 나타나게 되는 것인가.

일제 강점기에 시인이 대상화했던 자연이란 유토피아의 감각과 분리될 수 없는 것이었다.당시의 상황을 산문으로 밝힌 시인의 의견에 전적으로 동의할 경우, 잃어버린 고향에 대한 향수, 낙원에의 꿈 등이 알알이 모아져 하나의 결실로 맺어져 나온 것이 자연이었다. 그렇기에 김현승이 인유한 자연 속에는 도피의 의미, 저항의 의미가 담겨져 있었다. 또 그러한 자의식을 갖는 것만으로도 식민지 지식인으로 견딜 수 있는 자긍심이랄까 존재의 의의가 있었을 것이다. 그러나 그러한 긍정성들은 해방이라는 외적 환경에 의해 산산이 부서지게 된다. 해방은 시인의 전가의 보도처럼 가치고 있는 자연의 유토피아적 의미를 완벽하게 사상시키는 계기가 되기 때문이다. 도피의 공간, 유토피아 공간으로서의 자연 대신에 해방된 조국이 들어왔던 것이다. 그러나 해방된 현실은 시인에게 이상화된 현실을 제공하지 못한다.

그토록 열망했던 유토피아라는 것이 한갓 허망한 것으로 판명되었을 때, 시인에게 남아있게 되는 것은 무엇일까. 자연과 유토피아는 김현승에게 등가관계였고, 해방이후 이 관계에 새롭게 추가된 것이 조국이었다. 그러나 열망했던 조국의 이상화된 모습이 시인의 자의식으로부터 사라짐으로써 그의 시선이 더 이상 외부로 향하는 것은 불가능했을 것으로 판단된다. 자연의 유토피아, 해방된 조국의 유토피아가 무화된 자리에 들어온 것은 자신의 내면이었다. 그것도 모든 것이 차단된 자기고립주의로의 상태에 갇히게 되는 것, 그것이 곧 '고독'이었던 것이다.

나로 하여금

세상의 모든 책을 덮게 한

최후의 지혜여,

인간은 고독하다!


우리들의 꿈과 사랑과

모든 광채 있는 것들의 열량을 흡수하여버리는

최후의 언어여,

인간은 고독하다!


슬픔을 지나,

공포를 넘어,

내 마음의 출렁이는 파도 깊이 가라앉은

아지 못할 깨어진 중량의 침묵이여,

인간은 고독하다!


이상이란 무엇이며

실존이란 무엇인가,

그것들의 현대화란 또 무엇인가,

인간은 고독하다!

「인간은 고독하다」 부분


시인의 인식세계에서 고독은 현존하는 진리나 이성의 영역보다 앞서 존재한다. 또 그것은 "우리들의 꿈과 사랑과/모든 광채 있는 것들의 열량을" 내포하는 인간의 정서와 욕망을 초월하기도 한다. 그가 이런 자의식에 도달하게 된 것은 '가을'에 대한 인식과 '까마귀'와 같은 단독자의 의식을 거친 뒤의 일이다. 「가을의 기도」에서 시인은 '가을'을 계절의 순환이나 시간의 흐름 정도로 이해하지는 않았다. 그에게 '가을'은 지독히도 신화적인 맥락으로 의미화된 채 다가온다. 신화 속의 '가을'이란 조락이고 뿌리뽑힘의 이미지에 가깝다. 김현승은 '가을'의 이미지로부터 훼손과 상실을 읽어내고 있으며, 에덴 동산의 상실로까지 이해하고 있다.

'가을'을 통한 유토피아적 자연의 소멸은 '까마귀'라는 단독자 의식을 통해 더욱 선명하게 구체화 된다. 빈가지와 마른 하늘을 날고 있는 까마귀가 "네 영혼의 흙벽이라도 덤북 물로 있는 소리"(「겨울 까마귀」)로 '까악' 외치는 것은 실존의 고뇌에 몸부림치는 시인 자신의 고뇌의 표현인 까닭이다. 그러므로 "인간은 고독하다"라는 선언적 명제가 가능해지게 되는데, 이 경지에 올라서게 되면, 이를 앞서나가거나 초월하는 사유란 더 이상 불가능하게 된다. 그것은 상대적인 관점을 허용하지 않으며, 또 인간의 제반 행위를 모두 설명하고도 남는 절대 관념과도 같다. 인간사의 제반 문제를 이해하거나 조망한다는 것은 어떤 절대 위치에 올라서지 않고서는 불가능하다. 그렇기 때문에 구원과 같은 신성의 문제는 '인간은 고독하다'라는 이 선언 앞에서 더 이상 개입할 여지가 없어지게 된다. 이를 두고 비종교적이라 할 수도 있을 것이고, 신에의 초월 현상이라 할 수도 있을 것이다.

나는 이제야 내가 생각하던
영원의 먼 끝을 만지게 되었다.

그 끝에서 나는 눈을 비비고
비로소 나의 오랜 잠을 깬다.

내가 만지는 손끝에서
영원의 별들은 흩어져 빛을 잃지만,
내가 만지는 손끝에서
나는 내게로 오히려 더 가까이 다가오는
따뜻한 체온을 새로이 느낀다.
이 체온으로 나는 내게서 끝나는
나의 영원을 외로이 내 가슴에 품어준다.

「절대고독」 부분

이 작품은 김현승이 말하는 고독의 실체가 무엇인지 잘 말해준다. 영원은 감각되거나 그 실체가 무엇인지에 대한 인식자의 접근을 거부한다. 그러한 불가능성은 다음 두가지 이유 때문이다. 하나는 그것이 감각적으로 느껴질 수 없는 오성적 실체라는 것과, 다른 하나는 그리하여 그 존재의 끝이 미지의 영역의 것으로 남아있다는 사실이다. 영원은 통상적인 관점에서 보면 불변의 비가역적 실체이다. 그것은 절대적인 거리로 분리되어 있는 것이어서 감각과 물리적인 차원을 초월하는 것에 위치해 있게 된다. 또한 그것은 어떤 존재론적 모양새로 현상하는 것을 거부한다. 영원은 곧 무한이기 때문이다. 그것은 계기적 연속으로 끊임없이 이어진 까닭에 그것의 존재라든가 실체 혹은 형이상학적인 의미로 접근되는 것을 허락하지 않는다.

그럼에도 김현승은 "영원의 먼 끝을 만지게 되었다"고 하고

"내가 만지는 손끝에서/나는 내게로 오히려 더 가까이 다가오는/따뜻한 체온을 새로이 느낀다"고 했다. 그렇다면, 영원이 물질성으로 구현된다는 것은 어떤 의미가 있는 것일까. 만약 그것이 감각할 수 있거나 그 실체의 끝을 알 수 있는 것이라면, 그것이 가지고 있는 본래적 의미는 상실하게 될 것이다. 그것은 무한이 아니라 유한이며 구원이 아니라 실존의 괴로운 고통이기 때문이다.

따라서 영원이 감각될 수 있다는 것은 시인에게 더 이상 그것이 어떤 구원이나 무한의 실체와 같은 형이상학적인 것이 아니라는 의미가 된다. 그에게 영원은 유한이었고, 또 유한은 영원이었다. 유한으로서의 영원이라는 이 기막힌 역설이야말로 김현승이 가지고 있는 고독이 실체가 무엇인지를 잘 말해주는 대목이 아닐 수 없다. "나는 내게서 끝나는/아름다운 영원을/내 주름잡힌 손으로 어루만지며 어루만지며/더 나아갈 수도 없는 나의 손끝에서/드디어 입을 다문다"는 생과 사의 동시성, 영원과 순간의 동시성이 김현승 시에 내포된 고독의 궁극이었다.


## 4. 원점 회귀로서의 자연

김현승은 자신이 의도했든 혹은 그렇지 않았든 간에 기독교적인 것과의 상관성에서 늘 논의되었다. 그것은 그가 기독교로부터 자유롭지 않았다는 전기적 사실과 그의 시에서 풍겨나는 종교적 품격 때문이었다. 그러나 종교의 영향을 전혀 배제하는 것은 어려운 일이지만, 김현승 시의 일차적인 이해는 보다 현실적인 문맥에서 이해해야 할 듯하다.

일제 강점기의 모든 시인들이 그러했던 것처럼, 김현승 역시 그러한 외부 현실로부터 자유롭지 못했다. 그런 불온한 현실이 그로하여금 훼손되지 않은 자연을 탐색케했고, 그 영향으로 인해 시인은 자연을 예찬하는 시를 상재했다. 그러나 자연예찬이라는 그의 외부지향적인 시작 태도는 해방공간을 맞이해서는 전혀 다른 방향으로 흐르게 된다. 일제 강점기의 불온한 현실을 대신한 것이 자연이었지만, 해방된 현실을 대신할만한 새로운 자연을 발견하지 못했기 때문이다.

김현승은 그러한 현실적 요건을 매개로 철저한 자기고립에 갇히게 된다. 그 사색의 결과 시인이 나아간 곳은 '고독'이라는 폐쇄된 자의식이었다. 그에게 고독은 진리나 이성, 존재를 초월하는 실존의 그 무엇으로 기능했다. 그는 영원을 부정하고 그속에서 '고독'의 궁극적 의미를 읽어냈다. 말하자면 유한으로서의 영원이라는 역설을 통해 고독의 실체를 깨달은 것이다.

김현승은 말년에 다시 자연에 대해 긍정적인 의미를 부여하기 시작한다. 신병을 앓은 직후에 그는 기독교의 정신적 가치를 받아들이면서 자연이 가지고 있는 긍정적 가치를 새롭게 발견하게 되는 것이다. 이런 맥락에서 보면, 그는 에덴동산으로서의 자연과 그 일탈, 그리고 다시 그 초기의 자연적 가치세계로 되돌아가는 원환론적인 세계를 보여주게 된다. 이를테면 자연은 김현승에게 원점회귀의 단위로 기능하고 있었던 것이다.

# 현대시와 물의 상징

## I. 현대시와 물

현대시의 가장 중요한 의장 가운데 하나는 상징이다. 보조관념을 통해서 원관념의 의미를 확정하는 것이 상징의 기본 원리인데, 그것이 특별히 은유와 구별되는 것은 관습성의 유무에서 찾아진다. 또한 상징은 그것이 지속적으로 반복되어 나타날 경우 원형의 문맥에서도 이해된다. 어떻든 하나의 사물이 상징이 되고 원형이 되는 것은 그것이 문맥화되어 어떤 고유의 의미역으로 현상될 때 가능해진다.

현대시의 시적 의장인 상징은 서정시 본연의 장르적 특성이다. 그런데 상징이 시의 중요한 장치로 부각하게 된 것은 현대 사회의 특성인 감성적 영역의 복잡성에 그 원인이 있다. 어느 특정

시대나 시인에게 패턴화되어 나타나는 물상들은 시대 혹은 그들만의 고유한 의미역이 있을 것이다. 따라서 어느 의미가 유형화되어 나타난다고 해도 그것이 고정된 채 의미의 다양성을 허용하지 않는 것은 아니다. 사물이나 대상이 굳어진 의미로 존재하는 것이 아니라 그 기본의미를 바탕으로 해서 부채살 모양으로 펼쳐져나가는 것이 상징의 특색이기 때문이다.

현대시 속에서 흔히 산견되는 '물'의 상징도 이런 시대적 의미 혹은 장르적 특색에서 그 의미를 추출할 수 있을 것이다. 현대시에 나타나는 물의 상징성이랄까 재생성은 몇가지 유형으로 패턴화되어 구현되는 것이 일반적이다. 바슐라르의 물질적 상상력에 의하면 물은 우선 생명의 근원으로 의미화된다. 지구를 구성하는 중요 원소가운데 핵심이 바로 물이다. 그렇기에 그것은 생명을 떠받치는 근본 요인이 된다. 화성 탐사선 큐리오시티가 화성생명체의 실재여부를 증명하는데 있어서도 물의 존재가능성에 그 탐색의 초점이 맞추어져 있는 것도 이와 밀접한 관련이 있다. 그만큼 물은 생명과 등가관계에 있다.

한편 물은 재생의 이미지로도 구현된다. 여기에는 부정한 것들을 털어내는 단계인 세례의식이 포함된다. 혼탁하고 더러운 육신이나 사물을 새롭게 하는 매개는 물이 갖는 정화의 능력 때문이다.

물의 속성이 이런 원형적 이미지에 놓여있다는 것은 그것이 패턴화되어 있다는데 기인한다. 따라서 작품 속에 구현된 물의 이미지도 이런 틀로부터 자유롭지 못한 것이 사실이다. 그러나 지금 여기의 현실은 물을 의미의 감옥 속에 갇혀있게 하지 않는다. 근대성의 제반 원리들은 어떤 물상이나 속성이든 간에 그것을 하나의 고정된 틀 속에 놓아두지 않기 때문이다. 견고한 모든 것들이 근대의 휘발적 속성들에 의해 무너지고 날라가듯이 물의 이미지도 자신만의 고유한 영역을 갖고 있지 못하는 것이다. 그리하여 경계가 무너지듯 물의 의미역도 겹겹이 쌓이게 되는데, 근대의 욕망들은 거기서 파생된 여러 실타래들을 물속으로 내재화시켜버렸다.

근대의 아우라는 물을 더 이상 수소와 산소의 결합이라는 화학적 정식 속에 갇혀 있게 하지 않았고, 또한 재생이나 원형과 같은 단일한 이미지로 고착시키지도 않았다. 물이 알콜과 결합하여 불이 되고, 피와 결합하여 생명이 되듯 물은 근대의 제반 요소들과 결합되면서 근대적인 물로 거듭 새로운 의미의 층위들을 만들어내었다. 그것은 근대라는 시장의 구석구석을 누비면서 다양한 형태로 의미화되기 시작한 것이다. 그러한 다양성들은 현대시의 여러 층위에서 쉽게 확인할 수 있다.


## 2. 영원과 정화, 재생으로서의 물

한국 근대시에서 물의 이미지가 등장한 것은 근대 초기의 일이다. 어쩌면 근대의 출발과 더불어 시작되었다해도 과언이 아닐 만큼 물은 중요한 시의 소재 혹은 상징으로 등장했다. 근대시의 출발을 알리는 「해에게서 소년에게」의 중요한 소재가 물(바다)이었기 때문이다. 이 작품에서 물은 근대로 나아가는 길이자 세계성을 받아들이는 통로로 이미지화되었다. 근대의 형성과 더불어 부각된 것이 물이었기에 그것이 가지고 있는 상징적 의미 또한 다대한 것이었다. 그것은 인간의 생명을 보증하는 구경적인 것이면서 근대로 나아가게 하는 생존의 지렛대 역할을 한 것이다.

육당에게 구현된 물은 근대라는 상징성과 분리하기 어려운 것이었고, 근대 초기의 아우라가 그러했듯이 그것은 계몽의 속성으로부터도 벗어나기 어려운 것이었다. 상승하는 부르주아의식과 더불어 시작된 조선의 근대는 계몽의 빛으로부터 자유롭지 못한 것이었기에 물의 상징성 역시 이 틀 속에 갇혀버렸다. 계몽이란 거대담론이다. 따라서 이때 형성된 물의 상징성 역시 그러한 보편적 문법과 밀접한 상관관계를 갖고 있었던 것이다.

그러나 근대와 더불어 시작된 물의 상징성은 계몽의 시기를 거치면서 보다 내밀화된 인간의 심층영역에 눈을 뜨게 된다. 대사회적인 거대 시선이 내부로 축소되면서 물의 의미역도 인간의 정신영역과 밀접한 관련을 맺기 시작한 것이다. 그런 내밀성들은 계몽이라는 거대담론의 분리와 정비례의 관계에서 형성되었다.

> 그립다
> 말을 할까
> 하니 그리워
>
> 그냥 갈까
> 그래도
> 다시 더 한번---.
>
> 저 산에도 까마귀, 들에 까마귀,
> 서산에는 해진다고
> 지저겁니다.

앞 강물 뒷 강물

흐르는 물은

어서 따라 오라고 따라 가자고

흘러도 연달아 흐릅디다려.

김소월, 「가는 길」 전문

인용시는 소월의 명작 「가는 길」이다. 소월의 시를 말할 경우에는 적어도 두가지의 찬사가 그에게 따라붙는다. 하나는 근대시의 큰 과제 가운데 하나였던 리듬의 완성자였다는 점이고, 다른 하나는 한으로 표상되는 그리움의 정서를 매우 효과적으로 그려낸 시인이라는 점이다. 그런데 이 둘사이의 상관관계는 분리적인 관점에서 접근할 수 있는 성질의 것이 아니라 통합의 관점에서 고려해야할 사항이다. 형식과 내용이란 결국 유기적인 하나의 조직체로 현상될 수 밖에 없는 까닭이다.

근대시를 잘 빚어진 유기체로 완성한 소월의 시에서 주목해야 할 부분이 바로 물의 상징성 이다. 「가는 길」은 시의 문맥대로 그리움의 정서를 표출한 작품이다. 전일적 자아로서는 완성하지 못한 완전성에 대한 그리움, 이성적 님에 대한 끊임없는 그리움의 정서를 「가는 길」은 전통적 리듬인 7.5조에 실어서 유장하게 표현해내고 있다. 이때 그러한 그리움의 정서를 웅숭깊게 표현해 준 매개가 바로 물의 이미지이다. 물의 일차적인 속성은 흐름과 정지, 정지와 흐름과 같은 반복의 연속으로 구현된다. 그러한 연속이 영원의 감각에 닿아 있는 것은 상식에 속하는 일인데, 「가는 길」이 말하고자 하는 것도 그 연장선에 놓인다. 님에 대한 그리움, 절대에 대한 향수는 단속적인 것이 아니라 항상적인 것일 때, 그 진정성이 담보된다. 그 감수성을 매개하는 것은 아마 지속의 정서일 것이다. 그러한 연속성이 그리움의 정서에 덧씌워져 나타나는 것은 이런 이유 때문일 것이다. 「가는 길」은 그러한 지속성을 물의 항구성에서 인유해낸다. "앞강물과 뒷강물"이 "어서 따라 오라고 따라 가자"는 유연한 흐름이야말로 영원의 상징이 된다. 곧 시적 화자의 그리움에 대한 감수성이 일회적 순간이나 우연이 아니라 영원의 감각 속에 내재해있다는 것, 그것을 물의 영속적 흐름 속에서 읽어낸 것이 이 작품의 특색이다.

물이 영원의 맥락과 연결될 수 있는 것은 이처럼 유형화된 패턴 때문에 가능해진다. 시대와 시인을 초월해서 똑같은 의미역으로 현상되는 것이 패턴이다. 원형 상징이 형성되는 것도 이러한 원리 때문인데, 「가는 길」에서의 물 이미지가 재생의 문맥으로 이해되는 것 또한 동일한 맥락에서이다. 이렇듯 물은 재생의 이미지, 곧 원형상징과 밀접한 관련을 맺고 있다.

그리고 물의 그러한 이미지와 관련하여 또하나 주목해야 할 것이 정화로서의 물이미지이다. 물에는 오염된 것을 씻어내리는 속성이 있다. 그러한 세례적 성격으로서의 물은 인류의 역사와 함께 할 정도로 오랜 역사를 갖고 있다. 노아의 방주에서 엿볼 수 있는 성서적 신화가 바로 그러하다. 이 신화가 주는 상징적 의미는 물에 의한 정화이다. 지상의 오염된 모든 것들은 물에 의해 씻겨나감으로써 신의 기대치에 부응하는 새로운 물상으로 거듭 태어나게 되는 것이다.

성서에 의해 예비된 물의 세례적 이미지는 인간의 삶 속에 깊이 뿌리내리고 있다. 가령, 어떤 의식을 진행하기 전에 목욕을 하는 행위나 손을 씻는 행위 등이 그러하다. 이런 맥락에서 물은 세례 이전과 이후를 구분하는 중요 구분점이 되며, 새로운 인식의 단위가 된다. 즉 물은 어떤 주체로 하여금 새로운 인식 주체나 환경으로 추동케하는 주요 매개가 되는 것이다.

> 첫 窓門 아래 와 섰을 때에는
> 피어린 牡丹의 꽃밭이었지만
>
> 둘째 窓 아래 당도했을 땐
> 피가 아니라 피가 아니라
> 흘러내리는 물줄기더니,
> 바다가 되었다.
>
> 별아, 별아, 해, 달아, 별아, 별들아,
> 바다들이 닳아서 하늘 가며는
> 차돌같이 닳아서 하늘 가며는
> 해와 달이 되는가. 별이 되는가.

서정주, 「旅愁」부분

이 작품은 서정주의 중기시에 속하는 「여수」이다. 이 시의 특징은 부정(不淨)의 상징인 피가 화학적으로 전이되는 과정에서 찾아진다. 그것은 부정적인 피가 정화(淨化)되어 물이 되는 과정으로 상징된다. 서정주에게 있어 피는 욕망의 상징 혹은 관능의 상징으로 기능했다. 그의 초기 시세계를 이끈 것은 피에 의해 추동하는 육체적 관능의 세계였다. 윤리적 자의식이 무감각한 세계, 그리하여 욕망의 거침없는 발산이 그의 초기 시를 이끌어간

동력이었다. 그러나 중기 이후에 오면 그의 시들은 새로운 단계를 맞이하게 된다. 욕망에 의해 이끌려지는 육체, 일시성의 감각에 황홀되는 육체가 아니라 보다 근원적인 어떤 세계를 지향하는 정신의 세계로 바뀌게 된다. 그것이 시인의 작품세계에서 흔히 운위되는 영원의 감각이다.

그러한 도정으로 나아가는 길목에 놓여있는 것이 물이다. 물은 그 속성상 생명의 근원이기도 하지만 더러운 것에 대한 정화의 능력 역시 가지고 있다. 그러한 기능이 이 시에서는 피가 물로 전환되는 형이상학적인 과정으로 구현되고 있는 것이다. 부정(不淨)이 정(淨)으로 되는 과정은 인용시에서 알 수 있는 것처럼, 시적 자아가 첫번째의 창문를 거치고 두번째 창 아래 당도했을 때부터 시작된다. 이러한 과정의 상징이 '창문'이다. 이 문은 시인이 오랜 방황을 끝내고 돌아 왔을 때의 자기 성찰적 인식의 지표로서, 그것은 곧 피가 물로 정화되는 과정을 매개한다. 그것은 정신적인 면에서 볼 때, 질적으로 다른 삶으로의 정화나 이행의 과정이다.


## 3. 욕망과 근원, 이율배반성으로서의 물

물은 낙차성을 생리적 특성으로 갖고 있다. 이는 물리적 사실이면서 움직일 수 없는 진실이다. 그러한 사실성 혹은 진정성에 기대게 되면, 어떤 형이상학적 의미를 산출해내는 것이 가능해진다. 이법이라는 것, 섭리라는 것들은 모두 이 영역에서 잉태된다. 영원의 감각 또한 그러하다. 소월은 그러한 영원을 지속의 감각에서 찾았고, 미당은 세례라는 통과의례에서 찾았다.

물에 의해 형성된 이런 형이상학적 의미들은 그것이 가지고 있는 생리적 속성에서 얻어진 것이다. 속성이란 무엇인가. 그것은 원리이자 보편이며 또한 법칙이다. 그러한 장치가 견고한 철학적 의미틀을 갖기 위해서는 어떤 정식이 필요하다. 그것만이 보지하는 움직일 수 없는 증거랄까 그것만의 고유의 속성이랄까 하는 것이 바로 그것이다.

수소와 산소가 만나 물이 된 이후
물은 원래의 성분으로 되돌아갈 수 없다
화학적 방법이 아니라면 물은
영원히 물이다
(중략)
중심에 스며들어, 찬란하게 박혀
다른 이름으로 살아보고자 몸부림쳐 보는 날이 있다
뒷걸음질쳐 다다른 숲에게
물고기를 낚게 해준 그 강에게
종일 세상을 말리다가 지는 태양에게

그러나 건너가 박히고자 하는 것들을 통째 삼키며
물렁해지기를, 숨어 흐를 수 있기를 바라지만
쓸쓸하게도 나는 흠집이 나있거나 부서진 자리로
매번 환원한다

되돌아가지 않고 분리되지도 않는 단단한 물

> 그 무엇으로도 해부되지 않는 고집이
>
> 어느 날은 꽝꽝 얼어
>
> 세상 모든 것을 철썩, 달라붙게 한다.

이향란, 「물의 해부학」 부분

이 시인이 주목하는 물의 속성은 결합성에 있다. 물의 주된 특성이 유동성이고, 이를 바탕으로 물의 의미들은 생성되어 왔다. 그러나 인용시는 물이 만들어지는 과정과 그것의 속성에 주목했다. 결합성, 곧 접착적 성질에서 물의 특성을 찾아낸다. 물이란 "수소와 산소가 만나서" 만들어진 것이고, 또 그렇게 형성된 물은 "원래의 성분으로 되돌아가지 않는다"는 그 결합성에 대해 시인은 착목한다. 즉 "화학적 방법이 아니라면 물은 영원히 물"이라는 불가역성에 주목하고 있는 것이다. 물에 대한 이러한 분리불가능성은 매우 예외적인 것이 아닐 수 없다. 물이 영원의 감각이나 세례의식과 같은 전환의 매개로 인유되는 것과는 전연 다른 경우이기 때문이다.

상황에 따른 변화를 인정하지 않거나 속성이 바뀌지 않는 것은 견고한 자의식 없이는 불가능하다. 이 작품에서 물은 변함없는 물리적 특성으로, 가령, "숨어 흐를 수 있기를 바라지만/쓸쓸하게도 나는 흠집이 나있거나 부서진 자리로/매번 환원"하는 고집성, "되돌아가지 않고 분리되지도 않는" 견고성 등으로 현상된다. 이런 상상력은 자연의 법칙이나 우주의 이법으로 인유되던 것과는 전연 다른 경우에 속한다. 뿐만 아니라 그러한 물리적 특성들은 "그 무엇으로도 해부되지 않는 고집이/어느 날은 꽝꽝 얼어/세상 모든 것을 철썩, 달라붙게 한다"에 오면 그것의 정점,

그 본색을 드러내게 된다.

물의 고착성에 주목하는 이런 시각은 실상 물의 유동성에 대한 시각과 동일한 차원에 놓이는 것이 아닐 수 없다. 결합하는 성질이나 유동하는 성질 역시 궁극적으로는 물의 근본 속성이기 때문이다. 그럼에도 「물의 해부학」에서 말하고자 하는 의도는 물의 그러한 생리적 속성이라는 일차원성에 머물지 않는다는 데 있다. 그런 생리성은 인간의 본성과 밀접히 맞닿아 있기 때문이다. 여기서 물의 응고성, 결빙성 속에서 새로운 의미의 자장이 태어난다. 물은 우주의 진리나 이법과 같은 긍정성에서가 아니라 인간의 덫인 욕망이라는 부정성으로 새롭게 의미화되는 것이다.

신성의 영역을 넘나들기 이전이라면 인간의 욕망은 지극히 견고한 것으로 인식된다. 욕망을 제어한 삶이란 거의 불가능한 까닭이다. 어떻든 그러한 욕망이 인간에게 고착될수록 인간은 더욱 그것의 노예가 되어버린다. 이 작품의 매력은 물에 대한 물리적 통찰과 그로부터 얻어진 냉철한 인식으로부터 물이 갖고 있는 분리불가능한 속성, 그리고 그 견고성 속에서 근대적 인간형들이 갖고 있는 욕망의 지형도를 이해한데서 찾아진다. 근대적 인간형이 갖고 있는 한계를 물의 물리적 속성에서 도출해내고 있다는 것, 그것이 이 작품이 갖는 의의일 것이다.

「물의 해부학」은 근대의 사유 속에 편입된 물의 자장을 새롭게 인식한 시이다. 자연물 속에서 근대적 인간형을 읽어내는 것이 낯선 경우는 아님에도 불구하고 물의 속성을 통해 인간의 욕망을 인식한 상상력은 지극히 참신해 보인다. 더구나 순기능으로 받아들여지고 있던 관습적 의미를 전복시켜버리는 그러한 돌발적 사유는 인식의 깊이 없이는 불가능한 경우이다.

산을 오르지 않는다


남고개 작은 언덕 너머
낮은 골짜기 따라
작은 물 큰 물과 만나는
강으로 간다


계곡 웅덩이 버들치 가재 소금쟁이 보면서
비알진 언덕빼기 놀라 달아나는
참다람쥐 토끼 꿩들 보면서 강으로 간다


강 저편 아낙들이 올뱅이를 줍는다
오늘따라 알이 실하다며
히득이는 웃음 속에는
산과 산이
이마를 맞대고 마을 이루는
알토란 꿈이 펼쳐진다


산중에 들어 살면서 산 오르지 않는다

양문규, 「강으로 간다」 전문

　　욕망에 몰입된 자아가 근대적 인간형이라면 그 저편에 놓인 자아도 똑같은 경우이다. 「물의 해부학」이 욕망의 절대성을 말한 것이라면, 「강으로 간다」는 그 반대편에 놓인다. 근대는 긍정과 부정 사이에서 끊임없는 길항작용을 한다. 하나의 결락은 다른 쪽의 보충을 요구하기 때문이다. 욕망을 요구하는 근대가 있다면, 그것을 초월하고자 하는 근대도 있다.

양문규는 똑같은 대상을 두고 이향란의 경우와는 전연 다른 시각에서 물의 상상력을 펼쳐보인다. 그에게 물이란 어떤 근원과 밀접히 연결되어 있다. 시인의 시들이 귀소본능성을 그 기본 특성으로 하고 있거니와 그런 지향들은 어떤 사물들을 근원과 곧바로 연결시키는 특성을 보여주었다. 그가 걷는 근원에의 도정들이 모두 원점회귀 단위들과 분리하기 어려운 것은 이런 이유 때문이다. 그러한 근원으로 돌아가는 길에서 만난 것 가운데 하나가 물의 상상력이다.

이 시인의 작품에서 물은 「물의 해부학」과 달리 섬세한 시선과 날카로운 관찰력으로 여과되지 않는다. 근원으로 돌아가는 길은 그저 단순하면 되기 때문이다. 따라서 물의 결빙성과 응고성, 분리불가능성 등 물에 결부된 잡다한 상상력은 더 이상 요구되지 않는다. 근대가 주는 정신의 혼란이나 이해불가능성, 그리고 복합성의 사유들은 강으로 흘러가는 물속에 모두 익사해버린다. 그리하여 남는 것은 "낮은 골짜기 따라/작은 물 큰 물이 만나"는 자연의 순일한 법칙 뿐이다. 이런 섭리에 순응할 때 분열된 자의식이나 근대의 암흑이 던져준 굴레로부터 자연스럽게 해방될 것이다.

근대는 인간에게 두가지 양면성을 남겨 두었다. 분열과 파괴적인 속성이 그 하나이고, 통합과 복구적 속성이 다른 하나이다. 이는 계몽의 명암과 곧바로 맞아떨어지는 것이기도 한데, 그만큼 근대는 개발과 보존이라는, 이질적인 야누스의 얼굴을 하고 있었던 것이다. 분열과 통합의 상상력은 그러한 근대가 주는 명암과 정확히 대응된다. 동일한 물을 두고 가졌던 두시인의 편차 역시 근대의 양면적 모습과 닮아 있다. 하나는 욕망을, 다른 하나는 근원에 그 뿌리를 두고 있는 까닭이다.


## 4. 고발과 실천으로서의 물

근대의 제반 사유는 현존하는 지상의 사물과 결합하여 다양한 스펙트럼을 만들어내었다. 근대성이 인간적 삶의 조건을 어떻게 개선시킬 것인가에 모아진다고 할 때, 생명의 근원을 상징하는 물의 이미지가 주요한 매개로 등장한 것은 어쩌면 당연한 결과라 할 수 있다. 근대가 위기의 관점에서 인식될 때, 그에 비례해서 반담론의 미학 또한 새롭게 인식되기 때문이다. 그러한 과정에서 기존에 덧씌어졌던 이미지들은 새로운 옷을 입고 등장하기 시작했다. 산업화가 정점에 이른 시기에 현상하기 시작한 물의 상징적 의미들이 근대의 사유 속에서 걸러지기 시작한 것도 이와 무관하지 않다.

물은 더 이상 생명의 근원이나 영원과 같은 재생의 의미를 갖지 못하게 되었다. 물은 긍정성이 아니라 부정성에서 사유되고 근대에 대한 안티 담론적 경향이 더욱 강하게 드러나기 시작한 것이다.

관광객들이 잔잔한 호수를 건너갈 때
水夫는 시체를 건지려
호수 밑바닥으로 내려가

호수 밑바닥에 소리 없이 점점 불어나는

배때기가 뚱뚱해진 쓰레기들의 엄청난 무덤을,

버려진 태아와 애벌레와

더러는 고양이도 개도 반죽된

개흙투성이 흙탕물 속에

신발짝, 깨진 플라스틱통, 비닐조각 따위를 먹고 배때기가

뚱뚱해진 쓰레기들의 엄청난 무덤을,

갈수록 시체처럼 몸집이 불어나는 무덤을

본다 폐수의 독에 중독된 채

창자가 곪아가는 우울한 쇠우렁이를

물가에 발상했던 문명이

처리되지 않은 뒷구멍의 온갖 배설물과 함께

곪아가는 증거를


호수를 둘러싼 호텔과 산들의 경관에

취하면서 유원지를 향해

관광객들이 잔잔한 호수를 건너갈 때

최승호, 「물 위에 물 아래」 전문

근대의 비판적 현실에 착목하게 할 때, 서정적 자아의 시선이 어떤 모호한 형이상학보다 현실 바깥의 구체적 대상으로 향하게 되는 것은 자연스러운 일일 것이다. 욕망과 같은 실존의 문제보다는 환경과 같은 외부적 요건이 중요해진 것인데, 그러한 면에서 최승호의 「물 위에 물 아래」는 근대의 불온한 현실에 대해 시인이 무엇을 사유해야 하는지를 잘 일러주는 작품이라 할 것

이다. 이 작품의 핵심 이미지 역시 물이다. 그러나 여기서 그것은 생명의 근원도 아니고 세례와 같은 재생적 이미지로도 구현되지 않는다. 물은 근대의 사유 속에 편입됨으로써 더 이상의 긍정적 기능을 잃고 용도 폐기되고 있는 것이다. 이 작품의 물은 근대의 어둠이 뿌려놓은 온갖 부정한 것들의 백화점으로 의미화되고 있다. 문명의 발상지이고 인간의 삶을 추동했던 물은 이제 그 긍정적 동력을 잃어버리고 만다. 바이러스적으로 팽창하기만 하는 인간의 욕망에 의해 그것은 이제 죽음의 상징으로 바뀌게 된 것이다.

물은 자연이라는 거대 서사의 상징이었다. 근대의 사유 속으로 들어오기 전에 물은 생명의 원형이었다. 그러나 근대 산업사회는 인간과 자연의 조화로운 공존을 허락하지 않았다. 자연은 인간의 기술적 욕망에 의해 그저 개발의 대상으로만 존재하게 되었다. 그러나 무한 증식하던 인간의 욕망은 그 승리를 보장받지 못했다. 생명의 근원인 물이 더 이상 그 긍정적 역할을 하지 못하기 때문이다.

> 흐르는 것이 물뿐이랴
> 우리가 저와 같아서
> 강변에 나가 삽을 씻으며
> 거기 슬픔도 퍼다 버린다
> 일이 끝나 저물어
> 스스로 깊어가는 강을 보며
> 쭈그려 앉아 담배나 피우고
> 나는 돌아갈 뿐이다

삽자루에 맡긴 한 생애가

이렇게 저물고, 저물어서

샛강바닥 썩은 물에

달이 뜨는구나

우리가 저와 같아서

흐르는 물에 삽을 씻고

먹을 것 없는 사람들의 마을로

다시 어두워 돌아가야 한다

정희성, 「저문 강에 삽을 씻고」 전문

인용시는 유연한 리듬과 복합적 인간상들이 한데 어울려 빼어난 시적 구성을 보이고 있는 「저문 강에 삽을 씻고」이다. 이 작품을 이끌어가는 소재 역시 물이다. 근대의 사유 속에 편입된 최승호의 물처럼 이 작품의 물도 긍정적 함의로 읽히지 않는다.

이 작품의 물이미지는 매우 다층화되어 나타난다. 우선 그 가운데 하나가 속성이다. 1연에서 보듯 그것은 흐름으로 나타난다. 그러나 그러한 지속성이 어떤 긍정적 맥락으로 곧바로 대응되지 않는다. 오히려 서정 주체의 빈곤한 처지와 결부되면서, 그러한 열악성이 쉽게 해소될 수 없는 것임을 암시하는 상징으로 구현된다. 두 번째는 그럼으로써 표출되는 탄식이랄까 한의 의미이다. "슬픔을 퍼다 버린 강", "스스로 깊어 가는 강"을 통해서 보듯 자아의 고단한 삶이 뿌리 깊은 것임을 말해주고 있으며, 또 그러한 삶이 "샛강 바닥 썩은 물"로 전화함으로써 현실의 궁벽성과 더욱 굳건히 결합시키는 역할을 하게 된다. 그리고 그러한 물이 다시 흘러감으로써, 아니 영원히 지속됨으로써 시적 자아의 설움이 일회적인 것이 아니라는 것, 곧 한으로 맺히게 되었음을 일러주고 있다.

이처럼, 「저문 강에 삽을 씻고」에서의 물의 의미는 복합적으로 나타난다. "삽을 씻는" 세례로서의 물이 있는가 하면, "쭈그려 앉아" 보는 응시의 대상으로서의 물이 있고, '달빛'에 반사되는 물도 있다. 뿐만 아니라 '슬픔'을 안는 물, 그러한 부정성들이 모여서 만든 '썩은'물도 있다. 이렇듯 물의 온갖 기능적 속성이 모여서 만든 작품이 「저문 강에 삽을 씻고」이다. 그러나 그것이 어떤 속성과 이미지로 결합되더라도 이 작품에서의 물의 의미는 가난과 같은 소외된 자들의 잔영이라는 측면과 분리하기 어렵다. 그러한 물이 가난한 자의 삶과 동일시된다는 것, 곧 "우리가 저와 같다"는 데에서 이 작품의 의도가 무엇인지를 이해할 수 있기 때문이다.

## 5. 현대시에서 물의 의미

물은 생명의 근원으로 사유된다. 그러한 속성은 실상 일상생활의 한 편린에서만 중요시되었던 것은 아니고 문학의 경우에도 똑같은 무게로 다가왔다. 물은 흔히 정지와 반복과 같은 영원의 이미지나 상징, 세례와 같은 재생의 의미로 구현되어 왔다. 그러나 그것의 보편적 의미들은 근대의 제반 양상에 따라 다양하게 굴절되어 여러 의미역을 갖기 시작했다.

한국 현대시에서 물이 작품의 소재로 처음 등장한 것은 「해에게서 소년에게」이다. 이후 20년대의 소월을 거치면서 그것은 많은 시인들이 즐겨 사용하는 소재가 되었다. 그 대강의 의의들은 물이 보지하고 있던 상징의 테두리에서 크게 벗어나지 않는 것이었다. 그러나 근대화가 진행되고 산업화가 심화되면서 물의 의미는 많은 변화를 겪게 된다. 서정적 자아의 처지나 세계관에 따라 그것은 욕망의 상징이나 근원의 의미가 되기도 했고, 현대 사회의 병리적인 양상을 대변하는 것이 되기도 했다. 근대가 심화되면서부터 시작 주체의 시선은 자아 내부보다는 외부로 향하게 되었다. 이제 물은 어떤 보편화된 틀이나 규격화된 의미보다는 근대 사회의 요구에 부응하면서 그 나름의 비판적 구실을 충실히 수행하는 근대적 소재로 거듭 태어나기 시작한 것이다. 그만큼 물도 근대의 사유로부터 자유롭지 못한 물상이 되어버린 것이다.

인식과 비평

# 비상하는 새에서 펼쳐지는
# 생태론적 인식 지평의 확대

## ―오세영론

## 1. 오세영 시의 궤적

오세영 시인은 지금까지 상재했던 17권의 시집을 한데모아 『오세영시전집1,2』권(2007년)을 펴낸 바 있다. 그 양이 실로 방대한데, 이런 대단한 업적은 어느 한 시인의 영광이기도 하거니와 한국 시단의 풍요를 증거해주는 반증이 아닐 수 없다. 그러나 시에 대한 시인의 열정은 여기서 그치지 않고, 전집 이후 시인은 『푸른 스커트의 지퍼』를 2010년에 출간했고, 계속해서 『밤하늘의 바둑판』(2011년), 『마른하늘에서 치는 박수소리』(2012)를 세상에 내보였다. 지칠 줄 모르는 시인의 정열에 새삼 감탄을 금할 수 없으며, 그 양에 걸맞게 내용의 폭 또한 대단히 넓은 것이었다. 이 시집들에서 울려 퍼지는 목소리들은 실상 어느 하나의 부면에서 그치는 것이 아니라 존재의 문제에서부터 세상사에 이르기까지 그 모든 것들을 아우르고 있다. 그의 시를 앞에 두고 갖는 경이로움이란 아마도 그러한 서정의 폭이 가져다주는 광대함에서 찾아지는 것이 아닐까.

시인이 사유했던 그 광대한 서정의 폭을 몇 개의 단선적인 계선으로 분류하는 것은 가능한 일이 아니거니와 오히려 섣부른 유형화는 시인의 시세계를 왜곡하는 오류를 가져올 수도 있을 것이다. 그럼에도 정신사적 흐름이라는 하나의 큰 틀을 제시하는 것도 가능할 터인데, 그의 시들을 단선화시킨다면, 시선의 확장 과정으로 설명할 수 있을 것이다. 여기서 확장이란 소재의 다양성이랄까 주제의 깊이 혹은 넓이만을 꼭 집어서 말하는 것은 아니다. 그의 시세계들이 펼쳐 보이는 부챗살들은 특히 시선의 문제에서 더욱 응집하는 양상을 보여주었다.

익히 알려진 것처럼, 시인이 처음 시집을 낸 것은 1970년 초에 낸 『반란하는 빛』이었다. 평생 서정시라는 영역을 올곧게 지켜온 시인에게 이 시집은 분명 낯선 영역에 속하는 것이었다. 그러나 그런 예외성이랄까 일탈성에도 불구하고 이 시집은 그의 시세계의 출발이랄까 서장을 열고 있다는 점에서 매우 중요한 위치를 차지하고 있다. 여기서 주로 다루고 있는 것은 존재의 내면에 관한 것이었다. 이를 시선이라는 측면에 국한시켜 보면, 그 응시의 대상은 지극히 협소한 영역에 국한되어 있었다. 서정적 자아의 모습을 지극히 좁은 영역에 가두어 놓고, 그의 시들은 탄생했던 것이다.

이로부터 시작된 서정적 자아의 시선들은 그 한정된 영역으로부터 점점 그 시야를 넓혀온 과정으로 이해되었다. 곧 개인적 자아의 분열성을 존재의 문제로 확대시키기도 했고, 사랑과 같은 주제로 그 영역을 넓히기도 했다. 뿐만 아니라 문명비판의 경계를 넘어가기도 했고, 종교의 영역으로 침투해들어가기도 했다. 후기시에서 펼쳐지고 있는 국토애나 자연애도 그 연장선에 놓이는 경우이다.

이런 맥락에서 보면, 오세영의 시들은 작은 자아부터 시작해서 거대 담론의 문제로까지 끊임없이 확대되어 왔음을 알 수 있다. 그런 넓은 세계로의 도정이 『오세영시전집』이라는 커다란 성채로 가는 길이 되었다. 이른바 넓혀지고 확장된 시야들이 만들어낸 인간과 세상사에 대한 냉철한 성찰과 반성들이 이 시집의 요체였던 것이다. 이렇게 카테고리화된 그의 담론의 질서들이 이후에 펼쳐진 세계에서는 어떤 언어의 무늬를 띠고 나타났을까하는 것이 이 글의 주제인데, 실상 이 질문이란 그의 정신사적 발전의 궤도를 묻는 것과 똑같은 일이 아닐 수 없을 것이다.


## 2. 생태에의 요구

전집 이후 오세영 시인이 주로 관심을 가졌던 분야는 인간의 생존조건에 관한 것이었다. 어떻게 살아야 한다는 당위성이 아니라 어떻게 하면 인간답게 살 수 있을까하는 필연성이 시의 주요 주제가 되었던 것인데, 그의 작품세계에서 생태론이 화두가 된 것은 이와 밀접한 관련이 있다. 그의 시에서 생태에 관한 문제가 대두된 것은 다음 두가지 측면에서 큰 의의가 있는 것이었다. 하나는 이 문제가 시인이 평생 추구해왔던 존재의 문제와 밀접히 관련되어 있다는 측면이고, 다른 하나는 그의 서정시의 여적이 보여준 시선의 확장이라는 측면에서이다.

시인이 탐색했던 서정시의 핵심주제 가운데 하나는 존재의 모순에 관한 것이었고, 이를 통해서 하나의 완성된 인식 혹은 초월의 형태로 나아가는 것이었다. 시인은 존재의 모순이나 사물의 모순같은 필연의 문제들을 외부의 응시를 통해서 극복해왔다. 모순이 내부에 갇혀있게 되면, 그에 대한 인식만이 살아있을 뿐 이를 초월할 수 있는 시야는 확보되지 않는다. 모순을 초월하기 위해서는 이 테두리 밖에서 시선이 형성되어야 한다. 그의 작품 세계에서 시선이 중요시되는 것은 이 때문인데, 응시의 모양이 밖으로 나올수록 모순 속에서 헤매이는 서정적 자아의 갈등은 그 힘을 현저히 잃게 된다. 시인이 중기 이후의 문학세계에서 집요하게 천착해왔던 주제인 사랑이 존재초월의 중요한 수단이 되었던 것은 이와 밀접한 관련을 맺고 있다. 사랑은 내부에서 한계지어지는 의식이 아니라 타자와의 관계망에서 형성되는 의식이기 때문이다. 존재가 자기 고립을 벗어날 때, 그 도정에서 만났던 것이 사랑이었던 셈이다. 사랑은 나의 의식과 타자의 그것 속에서 형성되는 의식이다. 사랑에 의한 상호간의 공존관계가 분명해질 때, 시인은 자기고립주의에서 형성된 존재의 모순이나 한계의식을 벗어날 수 있었다. 이렇듯 그의 시선들이 존재로부터 탈출할 때 그 앞에 펼쳐진 세계는 분열이 아니라 통합의 세계였다. 그가 최근에 관심을 갖기 시작한 생태문제들도 그러한 자기초월의 과정에서 형성된 의식이다.

생태란 인간의 삶의 조건이 무엇이냐하는 문제와 밀접한 관련을 맺고 있다. 그것이 등장하게 된 배경은 물론 근대성의 제반 사유로부터 자유로운 것이 아니었다. 근대의 본질이 무엇이고 그것의 초극에 관한 논의가 활발히 진행되고 있지만, 그것이 어떤 모양새로 귀결되어야 하는 것에 대해서는 많은 논란이 있어 왔던 것이 사실이다. 근대성이 삶의 조건과 분리될 수 없는 것은 이 때문인데, 생태주의의 확산 또한 그 연장선에 놓여 있는 것이다. 나와 너와 함께 공존할 수 없는 공동체의 상실이 생태론적 환경에 대한 관심을 불러일으켰다.

존재론적 불안이라든가 갈등의 양상을 극복하고 통합의 세계를 그리워한 시인의 의식들이 공존의 의미를 되짚어가는 생태론에 경사된 것은 지극히 자연스러워보인다. 그것은 모순의 세계가 아니라 통합의 세계이며, 카오스의 세계가 아니라 코스모스의 세계이기 때문이다. 모순은 유토피아가 펼쳐지는 장에서는 그 에네르기를 현저하게 잃어버리게 되는데, 오세영의 시들은 생태론적 구원의 세계에 이르러 비로소 존재와 비존재, 갈등과 모순이 하나로 통합되는 완결의 장을 형성하기 시작한다. 그가 전집이후 가장 먼저 탐색해 들어간 시들이 생태주의에 관한 주제였음은 그의 사유의 끝이 어디를 지향하고 있었는지 잘 말해주는 것이 아닐 수 없다. 시인이 『푸른 스커트의 지퍼』에서 표명한 「생태시 선언문」은 존재의 모순이나 갈등을 완결하기 위한 서장이었다.

인간은 홀로 살 수 없다. 그래서 더불어 사는 존재라고 한다. 그러나 인간은 인간과 더부는 것만으로 살 수 없다. 자연의 보살핌이 있어야만 산다. 인간은 자연의 아들이기 때문이다. 시인 역시 언어만으로 살 수 없다. 자연과의 교감으로 산다. 시는 자연의 모방이기 때문이다. 그러므로 인간을 사회적 동물로만 규정했던 옛 현인의 오류는 이제 수정되어야 한다. 인간은 사회 생태적(socio-ecological) 동물인 것이다(「생태시 선언문」).

인간은 홀로 살 수 없다는 것, 그리하여 자연과 더불어 살아야 한다는 것이 그의 생태론의 요지이다. 그 연장선에서 그는 인간이란 사회 생태적 동물이라는 정언명령적 선언을 하기에 이른다. 이런 선언에서 알 수 있듯이 시인이 관심을 갖고 있는 분야는 자아의 문제가 자아를 둘러싼 외부와의 문제였다. 시인의 관심은 이렇듯 내면의 자아라든가 갈등하는 자아와 같은 고립된 틀을 벗어나서 좀더 넓은 세계를 지향하기 시작했다. 이런 변화는 지극히 평범한 것이면서도 또 그렇지 않다는 데 그 특색이 있는 경우이다. 자아를 탈출한 시선이 응시한 것은 내면의 리얼리티가 아니라 외면의 리얼리티였다.

시선의 그러한 물리적, 혹은 질적 변화는 시인으로하여금 보다 큰 인간 조건의 문제에 대해 관심을 갖게 하는 계기로 작용한다. 그리하여 자신을 둘러싸고 있는 환경들에 대한 거대담론이 싹트기 시작했다. 작은 자아가 아니라 보다 큰 자아들이 시인의 언어 속에 틈입해 들어오기 시작한 것이다.

산에서
산과 더불어 산다는 것은
산이 된다는 것이다.
나무가 나무를 지우면
숲이 되고,

숲이 숲을 지우면

산이 되고,

산에서

산과 벗하여 산다는 것은

나를 지우는 일이다.

나를 지운다는 것은 곧

너를 지운다는 것,

밤새

그리움을 살라 먹고 피는

초롱꽃처럼

이슬이 이슬을 지우면

안개가 되고,

안개가 안개를 지우면

푸른 하늘이 되듯

산에서 산과 더불어 산다는 것은

나를 지우는 일이다.

「나를 지우고」전문

시인의 시선은 나로부터 벗어나 외부로 향해져 있다. 그런데 그가 응시한 외부의 환경들은 서정적 자아와 부조화의 관계에 놓여 있다. 그런 부정성을 잉태한 근본 동인은 지금 여기의 삶의 조건과 불가분의 관계에 놓여 있다. 바로 근대가 가져다준 어둠에 그 원인이 있었다. 계몽과 합리성의 깃발을 자랑스럽게 휘날린 근대의 빛들은 욕망의 무한한 발산이라는 어둠 또한 함께 길러내었다. 근대성의 문제에 대한 반성적 의문들은 이런 어둠에서 비롯된 것인데, 무한증식하는 욕망이야말로 그 어둠의 정점에 서 있는 것이 아닐 수 없었다. 욕망의 관점에서 보면, 비욕망의 대상들은 단순히 정복의 대상에 불과할 뿐이다. 자연은 그러한 대상 가운데 대표적인 것이었다. 근대의 비극이 자연과 인간의 화해할 수 없는 간극에서 비롯되었음은 익히 알려진 일이다. 소월의 작품에서 표명된 인간과 자연과의 사이에 놓인 '저만치' 거리가 만들어낸 비극이야말로 근대인의 우울한 초상을 말해주는 것이었다.

근대가 잉태한 비극을 초극하기 위해서는 무엇보다도 자연과 인간 사이에서 빚어진 '저만치'의 거리가 무화되어야 한다. 그리하여 나라든가 혹은 자연이든가 하는 개별성이 아니라 하나의 완벽한 동일체로 거듭 태어나야 한다. 그러기 위해서는 인간적인 요인들이 소멸되고 자연과 하나가 될 필요가 있다. 인간이라는 개체성, 나무라는 개체성이 지워지고 모두 숲으로 통일되어야 한다. 자연이라는 하나의 계통성으로 거듭 태어나게 될 때, 비로소 근대가 갈라놓은 인간과 자연 사이에 놓인 유기적 전일성은 회복되는 것이다.

> 새벽 산책길에서
> 살모사가 개구리 한 마리를 잡아
> 입에 삼키는 것을 보았다.
> 어제 저녁에 나도
> 꽁치 한 마리를 통째로 구워먹지 않았던가.
> 하나의 생명을 먹고 사는 다른 또 하나의 생명
> 죽은 자는 죽인 자의 어머니.

이 무참하게 저지른 죄를 씻기 위해 산자는

식사 후 항상

물로

자신의 내장을 헹구어낸다.

아무도 살지 않은 목성이나 토성엔

물도 필요 없지 않던가

「목성이나 토성엔」 전문

시인의 생태론은 자연과 인간사이에 형성되는 조화만이 문제가 아니라 지상의 모든 생명체가 수평적으로 살아가야 한다는 당위의 문제로까지 확산된다. 소위 양육강식이 없는 세계, 인과론이 없는 세계에까지 미치고 있는데, 이런 사유야말로 에덴동산에서 펼쳐졌던 유토피아의 모습이라 할 수 있을 것이다. 성서에 의하면, 이곳에서는 양육강식이 없는, 모든 생명체가 똑같은 가치와 존재로 하나의 유기적 동일체를 구성하고 살았다고 한다. 이런 사유에 기대게 되면, 시인의 생태론은 인공과 자연과의 간극뿐 아니라 모든 생명체가 수평적 동일체로 공존해야 한다는 이상적 유토피아임을 알게 된다.

어떻든 생태론의 핵심은 인공이 아니라 자연이 우위되는 삶이다. 따라서 생태적 조화와 상위되는 인공의 것들은 시인의 시선에서 철저하게 배격된다. 욕망과 결부되는 것들은 자연의 거대한 품에서 철저하게 녹아들어가 사라져야 한다. 경계를 무너뜨리는 유동적 혹은 모성적 상상력이 그의 시에서 뼈대를 이루는 것은 이 때문이다.

## 3. 생태론의 수평적 확산

생태론이 추구하는 본질은 보다 인간답게 사는 데에 있다. 현재 인간이 처한 환경의 위기나 전쟁의 공포와 같은 위기들은 모두 근대의 어둠에서 빚어진 것들이다. 그 어둠의 근본 동인이 인간의 욕망에서 비롯된 것임은 잘 알려진 일이거니와 이 와중에서 자연은 완벽한 타자가 되었다. 자연과의 부조화된 삶들은 인간적 삶의 조건들을 철저하게 무너뜨렸다. 따라서 인간이 희구하는 유토피아라든가 전일적 삶에 대한 욕망들은 어떻게 하면 그 원형적 삶의 형태로 되돌아갈 것인가하는 의식과 불가분의 관계에 놓일 수밖에 없었다. 자연과 인간의 조화라든가 인간의 완벽한 자연화같은 주제들이 생태론의 핵심주제가 된 이유도 여기에 그 원인이 있었다. 시인이 「나를 지우고」에서 인간적인 나의 모습을 지우고 자연의 나로 거듭 나고자 했던 것도 자연으로 회귀하고자 하는 근대인의 영원한 꿈에서 비롯된 것이었다. 이렇듯 시인의 시선은 자아로부터 탈출하여 자연의 광장으로 나아가 거기서 나를 응시해보고 세상을 바라보기 시작한 것이다. 그 거리화된 시선들이 만들어낸 포즈들이 오세영 시에서 드러나는 생태론의 방법적 의장이었다.

생태론에 관한 시인의 관심은 『푸른 스커트의 지퍼』이후 상재된 『밤하늘의 바둑판』에서 더욱 넓은 시야를 확보하게 된다. 여기서 시인의 시선은 자연으로부터 빠져나와 사회로 그 방향을 돌리기 시작했다. 그가 응시한 곳은 사회의 어두운 구석이다. 자연과 인간의 조화라든가 그것이 나아갈 궁극적 형태가 어떤 것이어야 하는 것을 인식한 시인은 여기서 벗어나서 인간들 사이의 문제로 향하고 있었던 것이다. 이런 시선의 이동이랄까 확대는 다음 두 가지 점에서 큰 의미가 있는 경우라 할 수 있다. 하나는 생태론의 확산이라는 점에서이고, 다른 하나는 계속해서 진화하고 있는 시인의 시선의 확장이라는 측면에서이다.

잘 알려진 대로 생태론은 두 가지 방향성을 갖고 있다. 자연생태론과 사회생태론이 바로 그러하다. 인간적 삶의 조건을 어떻게 개선시킬 것인가가 생태론의 요체인데, 자연과 인간의 조화에 관한 문제가 자연생태론이 강조하는 궁극적 귀결점이라면, 인간과 인간의 조화는 사회생태론이 강조하는 핵심적 문제이다. 생태론의 범주가 이러하다면 오세영 시인이 펼쳐보이는 생태론은 이 모두를 아우르는 매우 포괄적인 것이라 할 수 있다. 『밤하늘의 바둑판』에서 탐색하는 주제들이 주로 사회생태론에 관한 것들이기 때문이다.

둘째는 그럼으로써 그의 시집에서 드러나는 시선의 변화이다. 오세영 시의 궤적은 시선의 확장과 불가분의 관게에 놓여 있었다. 자아의 문제에서 시작된 그의 시야들은 이를 중심축으로 두고 점점 그 외야로 확장되어 가는 과정을 보여주었다. 이를 두고 시선의 넓이라든가 혹은 세계관의 확장이라 설명해도 좋을 것이다. 특히 이번 시집에서는 그의 시야들이 점점 천상적인 것으로 더욱 높이 올라가는 경향을 보인다. 이런 응시법이 우주와 연결되어 있음은 당연한 일이거니와 거기서 울려퍼지는 음성들은 지극히 권위적이고 교술적인 특성을 갖게 된다.

지상적인 것으로부터 멀리 떨어진 시선 속에 내재되어 있는 그의 음성들은 우주성과 교술성이 혼융된 채 울려퍼진다. 물론 그가 응시하는 대상들은 그런 우주성과 상치되는 지대에 있는 것들이다. 그러한 지대들은 모두 차단된 채 나타나게 되는데, 만약 그러한 벽들이 서로간의 관계를 막게 되면, 그가 희구하는 인간적 삶의 개선이라는 생태론의 이상은 요원한 문제가 되어버린다. 그런 이상이 실현되기 위해서는 그러한 벽이 무너져야 한다. 이번 시집에서 소통과 흐름의 상상력이 특히 강조되는 것도 이런 이유 때문일 것이다.

스스로 움직여 흐르지 않고
한곳에 멈춰 고여 있는 것은 어차피
썩기 아니면 얼기다.
지하의 수맥 또한 그렇지 아니한가.
동토의 저 물상으로 굳어버린 나무와
수렁에서 썩어가는 풀을 보라.
나무가 혹은 풀이 간단없이
바람에 나부끼며 흔들려야 하는 이유를
알 것이다.
누가 그렇게 말했던가.
의식은 지하에 흐르는 물과 같아
투명하다고---
물은 토양의 정신, 항상
감성의 전율로 어디론가 흘러가야 할지니
고여 있는 그것을 우리는 일컬어
'이념'이라 한다.

「이념」 전문

인용시에 의하면, 흐름이 멈춰버린 것은 썩기 아니면 얼기라 한다. 물이 흐르지 않으면 썩어버리고 생명 또한 살지 못한다고 인식한다. 나무와 바람이 간단없이 흔들린다는 사실이야말로 생명성의 근거인데, 그런 움직임은 소통 때문에 가능하다는 것이다. 그런데 시인의 그러한 상상력은 인간 사회에서도 똑같은 형태로 구현된다. 시인은 감성이 흐르지 않은 이성이라든가 차단된 사유를 '이념'으로 규정한다. 이념이 인간들 사이를 가로막는 절대의 벽이라는 사실을 감안하면, 그것은 인간적 삶의 조건을 훼손하는 것이 된다.

「이념」은 오세영 시인의 생태론적 경위와 폭을 아주 극명하게 보여준다. 이 작품은 자연 생태론이 어떤 것이야하고 하고 사회 생태론이 어떤 것이어야 하는 것을 시의적절하게 일러주고 있기 때문이다. 시인이 인식한 생태론의 위기는 사회적 단절에서 비롯된다. 따라서 생태론적 이상이 실현되기 위해서는 막힘이라든가 벽과 같은 차단의 상상력이 더 이상 힘을 발휘하지 못할 때 실현되는 것으로 시인은 이해하는 것이다.

산채길, 풀 섶에서
불쑥 뛰쳐나온 한 마리 뱀,
놀라 한 발짝 물러서서 다시 들여다보니
썩은 새끼줄이다.
객쩍은 마음에 절로 웃음이 난다.
한때는 누군가 목을 맸을 혹은
옴짝 달싹 못하도록 사지를 결박했을
그 새끼줄.

살아서 공포의 대상이었던 그가

이제는 죽어 조롱감이다.

줄을 대고, 줄을 세워, 줄로서 줄줄이 줄을 묶어

뱀처럼 교활하게

한세상 또아리를 틀었던 그

권력이

실은 한토막 썩은 새끼줄이었던가.

무엇이든 묶어 방치된 줄은

언제인가 한번은 녹슬거나 썩는 법.

나 오늘 산책길에서

부패도 아름다울 수 있음을

처연히 깨우친다

「권력」 전문

이 작품의 상상력 역시 「이념」과 동일한 데에서 시작된다. 권력은 중심에서 발생하는데, 중심이란 모여 있는 곳이다. 고여 있기에 흐름이 존재하지 않는다. 소통이 되지 않는 힘이란 권력에 지나지 않을 것이고, 그러한 권력이 남기는 것은 억압과 같은 비인간적인 요소들 뿐이다. 권력이 인간적인 모습으로 되돌아오기 위해서는 해체되어야 한다. "한때는 누군가의 목을 맸을 혹은 옴짝 달싹 못하도록 사지를 결박했을" 권력이 아름다울 수 있는 것은 그것이 '부패'(해체)되었을 때뿐이라는 것은 이런 이유 때문이다.

시인이 사유하는 인간적 삶의 조건들은 반중심적인 것에서 비롯된다. 중심이 차단이고 소통되지 않는 힘이라면 그의 생태적 사유들은 반중심 속에서 움직인다. 따라서 그가 관심을 두고 있는 것은 차단의 상상력이 아니라 흐름과 소통의 상상력이다. 시인이 보기에 사회적 생존조건을 위협하는 것들은 그것이 소통되지 않을 때 발생한다. 그가 타기하는 증오라든가 갈등, 비정규직, 해고, 실업의 문제들이 모두 그런 소통의 부재에서 비롯된다고 하는 것은 이와 밀접한 관련이 있다.


## 4. 생태적 초월의 상상력과 '새'의 이미지

『밤하늘의 바둑판』에서 시인의 시선은 산(자연)으로부터 내려와서 인간들이 거주하는 공간으로 옮겨왔다. 그러나 그의 시선이동은 수평적 차원의 문제에 놓여 있지 않다. 이는 물리적 시선의 변화일지 모르나 그의 위치는 지극히 높은 곳에서 이루어지고 있기 때문이다. 그런 위치성과 시선의 변화야말로 전집이후 그의 시세계가 나아가는 근본 동인이 아닐 수 없는데, 최근에 상재된 『마른 하늘에서 치는 박수소리』는 그 정점에 놓인 경우라 할 수 있을 것이다. 제목이 시사하는 것처럼, 이 시집의 포즈는 천상적인 것에 놓여진다. 시선의 높이는 세상에 대한 올곧은 응시와 정확히 대응하는 것이라는 점에서 주목을 요하는 것이 아닐 수 없다. 초기시부터 응시의 폭을 넓혀오던 시인의 시야들은 이렇듯 포즈의 정점에서 시를 의미화시키면서 생태론의 궁극적 의미에 대해 탐색해 들어갔다.

이런 높이의 시학이 우주성과 불가분의 관계에 놓여있는 것임은 당연한 일이거니와 이 시집의 주제 또한 이로부터 크게 벗어나 있지 않다. 높은 포즈에서 형성된 시인의 시선 속에 지상의 사물들이 지극히 축소된다. 그리하여 지상으로부터 멀어진 지금 여기의 모든 사물들이 시인의 시선속으로 모여들기 시작한다. 이런 원근법적 조망이야말로 『마른 하늘에서 치는 박수소리』의 방법적 특색이 아닐 수 없다.

> 숲 속 산책길,
> 바위에 앉아 잠깐
> 땀을 식히며 쉬고 있는데
> 따끔
> 정강이가 아프다.
> 반사적으로 손이 가
> 잡고 보니 불개미 한 마리.
> 내 손가락 끝에서 우왕좌왕
> 어찌할 바를 모른다.
> 만물의 영장을 몰라보는 이
> 방자한 놈.
> 짓눌러 죽일까 말까.
> 발밑을 굽어보니
> 수백, 수천의 개미들이 떼를 지어
> 흙 위를 부지런히 바자니고 있다.
> 아, 거기에 한 세상이 있었구나.
> 푸른 하늘을 우러러본다.
> 행여 풀숲을 기는 벌레들을 밟아 죽일까 봐
> 바닥의 올이 성긴 짚신을 신고 다닌다는 스님들의

이야기가 문득 생각나서
이놈을 풀잎 끝에 살짝 놓아준다.


사랑하고, 미워하고, 의지하고, 배신하고, 감사하고, 분노하고,
저주하고, 용서하고, 시기하고, 질투하고, 무고하고, 모략하고,
욕하고, 칭찬하고, 기뻐하고, 슬퍼하며---
분주히 돌아가는 한세상 인간사도
하늘에서 보면
한 무리 개미 떼!


"이놈 짓눌러서 죽일까 말까."

「개미」전문

이런 조감법에 의할 때, 지상의 사물들이 매우 작아지는 것은
당연한 이치일 것이다. 갈등이나 부조화는 사물의 확장이나 인식
의 팽창과 분리하기 어려운 것들이다. 그러나 시선의 거리화 혹
은 포즈의 원거리화는 그러한 사물이나 인식을 매우 좁은 영역
에 갇히게 만들어버린다. 어쩌면 무화시킨다는 말이 적당할 정도
로 지극히 미세해지는 것이다. "사랑하고, 미워하고, 의지하고,
배신하고, 감사하고, 분노하는" 시선들은 지상적인 것들일 뿐만
아니라 인식의 팽창과 관련되어 있는 정서들이다. 그러나 정점의
시선에서 보면, 그러한 물상들은 "한무리의 개미 떼"에 불과할
정도로 축소화된다. 이런 조감법이야말로 생태론적 유토피아의
세계를 추구하는 오세영 시인의 방법적 특색이라 할 수 있을 것
이다. 그는 지금 여기의 시선으로 세상을 보는 것이 아니라 저

멀리 천상에서 응시한다. 이렇게 거리화된 응시 속에서 세상의 간극들은 하나의 점으로 종속된다. 작은 세계, 조그만 점 속에서 팽창하는 인식이나 갈등이 존재할 수 없지 않은가.

오세영의 최근 시들이 보여주고 있는 시학의 특색은 이렇듯 정점의 시학에 있다. 그런데 그런 높이의 시학과 관련하여 주목을 끌고 있는 것이 바로 '새'의 이미지이다. 『마른 하늘에서 치는 박수소리』에서 가장 많은 소재로 등장하고 있는 것도 새인데, 실상 조감법의 시학을 새로운 시적 방법론으로 구사하고 있는 시인에게 있어 이 이미지의 발견은 지극히 당연하면서도 또한 매우 신선한 것이 아닐 수 없다.

새란 지상적인 동물이면서 천상적인 동물이다. 그렇기에 그것 속에 내재되어 있는 대표적인 이미지가 비상의 의미이다. 비상이란 상승이면서 초월이다. 지상으로부터 힘차게 날아가는 새의 역동적 모습에서 천상적 질서에의 그리움, 우주적 조화의 세계를 꿈꾸어보는 것은 지극히 자연스러운 일이 아닐까 한다.

이런 맥락에서 새는 생태론적 삶을 추구하는 시인의 시세계를 상징하는 주요한 상징이라 할 수 있다. '새'는 이 시집에서 다양한 형태로 변주되는데, "팽팽한/몇 가닥 전깃줄에 가지런히 앉아 먼/우주를 응시하"(「새4」)는 새이기도 하고, "탐욕과 집착이 아우러져 빚어낸/생의 어두운 그림자"(「새10」)를 벗고자 몸부림치는 새의 모습으로 구현되기도 한다. 실존에 대한 이런 반성적 모습들은 모두 생태론적 질서를 회복하고자 하는 시인의 영원한 꿈일 것이다. 그러한 꿈들은 「새18」에서 부활의 이미지로 새롭게 태어나기도 한다.

그는 필시
한 마리 새였을지도 몰라.


그의 자궁이 우주에 떨어트린
커다란 알.
물속에서 불을, 불 속에서 물을
한가지로 끌어안고 출렁이는 태극(太極)


분화(噴火)의 때를 기다려 지금
지구의 노른자는 뜨겁게 끓고 있다.


어린 새가 알 속에서 부리로 껍질을 쫀다.
금 간 지구의 틈새로 언뜻 피가 비친다.


하늘 저 건너에서
부재의 시간을 지켜보고 있는 그
거대한 새 한 마리.

「새18」 전문


　시인은 새를 통해서 새로운 부활을 꿈꾼다. 그러한 꿈은 미완의 상태로 지구에 던져진 알에서 배태되기 시작한다. 그리하여 "물속에서 불을, 불 속에서 물"과 같은 상극 속에서 새로운 조화로 승화되기를 기다리는 것이다. 마치 갈등을 딛고 새로운 통합의 모델로 나아가는 태극의 현신처럼, 희망의 새, 조화의 새, 통합의 새로 거듭 태어나길 소망하는 것이다. "어린 새가 알 속에서 부리로 껍질 쪼고" "하늘의 저편에서 부재의 시간을 지켜보는 거대한 새한마리"로 승화될 때까지 시인은 그러한 유토피아적 삶의 부활을 꿈꾸는 것이다.

오세영 시인의 시선은 먼 곳에 닿아있다. 자아의 내면으로부터 빠져나온 그의 시선들은 의식과 무의식의 경계를 뚫고 조화로운 삶의 모습이 어떠해야하는가와 같은 거대 담론의 세계에까지 이르렀다. 그러한 시선의 변이는 오직 인간적인 삶이 무엇일까라는 근대성의 과제에 충실히 답하는 것이면서 존재론적 완성이라는 인간의 영원한 꿈을 담아내는 것이기도 했다. 이러한 과정에서 그가 행한 시선의 변화는 매우 의미있는 것이었다. 내면을 뚫고 나온 그의 시선들은 수평적 지상의 세계에서 수직적 하늘의 세계에까지 이르렀기 때문이다. 그렇게 상승의 곡선을 그리면서 만난 것이 '새'의 이미지였다. 이런 면에서 새는 조화를 꿈꾸는 희망의 메시지이면서 세상을 바라보는 시인의 인식적 매개가 된다고 하겠다. 시인은 새를 매개로 천상적 시선을 갖게 되었거니와 세상에 대해 새롭게 인식하는 계기도 마련했다.

시인에게 생태론적 관심과 요구에서 만난 새의 이미지가 의미 있는 것은 그것이 갖고 있는 비상의 이미지와 정점의 포즈가 주는 물리적 거리감 때문일 것이다. 그렇게 확보된 물리적 거리와 여기서 얻어지는 시야를 통해서 시인은 생태론이 요구하는 담론들에 대해 사색해 들어갔다. 그러한 담론들은 천상적인 것이며 권위적이고 또한 교술적이기도 하다. 담론의 그러한 교훈성들은 오랜 시적 고뇌 없이는 불가능한 것이었다. 순간의 감각이나 정서의 여과없이 걸러진 담론들과는 그 차원을 달리한다. 시인은 한 마리의 새가 되어 세상을 조망하고 나아갈 방향에 대해 정언

명령의 담론을 제시한다. 뿐만 아니라 시인은 인간적 가치가 실현되는 조화로운 세상을 꿈꾸기 위해 저 높은 창공을 나는 초월의 새로 거듭 태어나고자 한다. 생태론적 위기로 얼룩진 지상적인 질서를 초극해서 모든 것이 수평화된 천상적인 유토피아를 꿈꾸는 것이다. 오세영 시인의 최근 시집에서 '새'의 이미지가 자주 등장하는 것은 시인의 그러한 꿈 혹은 욕망과 무관하지 않은 것이다.

인식과 비평

# 원시 기호와 전일적 삶

## —이건청론

## I. 반구대 암각화에서 들려오는 소리

근자에 들어 이건청 시인은 반구대 암각화에 다녀왔다. 그리고 이를 오브제로 한 시집 『반구대 암각화』를 상재하기도 했다. 새로운 대상과 사물을 보면 이를 곧바로 작품화해야만 하는 시인의 버릇이 이 소재에 대해서도 비껴가지 못했던 것이다. 이를 두고 사물에 대한, 혹은 사유에 대한 시인의 열망이라는 말 이외에 다른 어떤 것으로 설명할 수 있을까.

이건청은 지난 40여년간 시에 대한 지칠줄 모르는 열정을 보여주었다. 그는 시의 소재가 될만한 것들을 찾아 이곳 저곳을 넘나들었다. 그리고 경우에 따라서는 자신의 시야를 지금 여기를 뛰어넘어 지구촌 저멀리까지 던지기도 했다. 이런 열정이 그의 시세계의 깊이와 넓이를 형성했음은 물론이거나와 그러한 그의 선구자적 노력들이 그를 한 시대의 중심적인 시인으로 자리매김 하는 데 주저하지 않게 했다.

이건청은 현대사가 요동칠 때마다 그 주요한 골목을 지키면서 자신의 발언을 해왔다. 이승만 독재체제를 무너뜨린 4·19에도 참여했고, 뒤이어 발생한 5·16군사 구데타와 군사독재 정권에 대해서도 시적 저항을 거침없이 쏟아내었다. 뿐만 아니라 인도 보팔시 유니언 카바이트사의 살충제 원료 유출 사고를 처음 시의 소재로 올려놓음으로서 문명에 대한 경각심과 생태주의적 환경의 소중함을 역설한 바 있다. 생태담론의 화두가 최근의 것임을 감안하면, 시인의 이러한 선구적 작업들은 매우 이례적인 것이었다. 그만큼 시인은 사회의 예민한 구석들에 대해 직정적이고 격한 발언들을 서슴지 않고 해 온 것이다.

시인이 발언해온 시의 음성들을 곧바로 따라가게 되면, 이건청은 마치 현실정향적인 시인, 혹은 내용 우위의 시인으로 치부되기 십상이다. 그는 항상 자신의 작품속에 현실의 예민한 부위들을 담아왔던 까닭에 시와 사회의 관계는 이건청의 시세계에서 서로 분리될 수 없는 쌍생아처럼 인식되었기 때문이다. 그러나 시인은 시를 반영론의 협소한 시각에서만 규정하고 인식한 것은 아니다. 그는 60년대의 다른 어떤 시인보다 앞서서 시의 방법적 자각에 대해서도 혜안을 가져왔기 때문이다. 이건청은 이미지의 참신한 구현을 위해서 데뻬이즈망이라는, 초현실주의자들이 사용하는 시적 오브제를 시의 방법적 장치로 원용한 바 있다. 시의 형식에 대한 이런 자각은 그를 단순한 리얼리스트나 모더니스트로 간주하는 것에 어느 정도 경계감을 갖게 해주는 것이 사실이다. 어떻든 그는 시의 형식이나 내용적인 국면에서 새로운 금자탑을 쌓은 시인이라 해도 과언이 아닐 것이다.

시에 대한 열정을 남달리 가졌던 시인이기에 그가 최근에 관심을 보이기 시작한 '반구대 암각화'라는 소재가 범상스럽지 않게 다가오는 것은 당연한 일일 것이다. 반구대 암각화는 울산시 울주군 대곡리에 있는 신석기 시대의 유물이다. 이 암각화는 약 6천년 전 쯤 만들어진 것이라고 한다. 여기에는 약 296개의 도형이 그려져 있고, 이중 가장 많이 등장하는 것이 고래로 알려져 있다. 고래가 이렇게 많은 이유는 신석기 시대 사람들에게 이것이 풍부한 식량거리였다는 점 때문이라는 것이다.

시인은 최근의 시론인 「감각과 주술의 말을 찾아서」(『시현실』, 2010년 여름)에서 반구대 암각화에 대한 자신의 소회를 이야기한 적이 있다. 그가 여기서 밝힌 요지는 크게 세가지이다. 하나는 시를 구성하는 담론이란 감각이 먼저이고 의미는 그 다음에 온다는 것이고, 두 번째는 이 암각화에서 얻은 고래의 이미지이다. 그리고 세 번째는 과거의 반구대 암각화가 말하고 있는 기표와 지금 내가 글자로 새겨 남겨놓고 있는 '오늘의 형태'들 사이에서 느끼는 차질, 곧 일종의 글쓰기에 대한 자기 성찰의 문제이다. 그런데 이 세 가지를 꼼꼼히 살펴보면, 이들은 전연 다른 것이 아니라 하나의 줄기 속에 녹아 있는 것들임을 알게 된다.

이건청이 반구대 암각화에서 처음 받은 인상은 감각이었다. 눈과 귀와 코와 입과 피부를 통해서 암각화들이 자신에게 다가왔다는 것이다. 즉 그것은 그냥 '감각'이고 '전율'이었으며, 거대한 '주술'이었고 새롭게 창출되는 '신화'였다는 것이다. 6000년 동안 지속되었던 그들의 함의가 시인의 뇌리속에 다가온 순간 전율하는 것은 당연한 수순이 아니었겠는가.

그리고 다음 순간에 발견한 것은 '고래'의 이미지이다. 실상 이건청의 최근의 시에서 고래는 매우 중요한 이미지 가운데 하나인데, 이는 반구대 암각화에서 얻은 고래의 그것과 거의 흡사한 형태로 나타난다. 신석기인들이 고래를 바위에 그려넣은 것은 생산과 분리시킬 수 없다는 뜻에서이다. 고래는 이 땅에 살았던 신석기인들에게 푸짐한 식량이었을 것이며, 그 뼈는 무기나 건축자재로 활용되었을 뿐만 아니라, 고래에서 채취한 기름은 난방과 조명에 더 없이 좋은 것이었을 것이라는 점, 말하자면 고래야말로 식석기인들의 삶에 있어서 그 활용도가 가장 큰 사냥물이었을 것이라는 사실 때문이다. 고래는 생활의 풍요와 삶을 영위하기 위한 최상의 가치였던 것이다. 따라서 이 암각화가 함의하는 것은 신석시 시대인들의 글쓰기(암각화만들기)가 유희의 차원이 아니라 생계를 위한 수단에 있었음을 말해주는 것이다.

신석기인들의 글쓰기가 이런 것이었다면, 시인이 남겨 놓는 시쓰기, 곧 '오늘의 형태'들은 무엇이고 어떠해야 하는 것인가 하는 자문이나 성찰에 이르는 것은 당연한 수순이 아닐까. 이런 성찰이란 늘상 있는 일이긴 하지만, 이건청 시인에게 '반구대 암각화'에서 얻어지는 자성이 보다 특별한 의미로 다가오는 것은 그것이 시인의 시세계에서 어떤 구별점을 갖고 있기 때문이다.

이건청은 반구대 암각화에서 감각을 느꼈다고 했다. 처음에는 전율이었지만, 궁극에 이르러서는 신화에까지 이르렀다고 했다. 그렇다면 신화란 무엇인가. 통상 그것은 의미의 세계가 아닌가. 시인은 이 신화에서 신석기 시대인들의 삶을 읽었고, 그들에게 풍요로운 생활을 가져다 준 고래의 역능에 대해 이해했다. 이건청은 그러한 의미작용을 읽어내면서 현재의 글쓰기에 대해 자성하고 추동받고 있는 것이다. 시인은 반구대 암각화가 들려주는 준엄한 소리에 전율하고, 풍요의 소리에 귀기울이며, 그것이 현재에 주는 교훈에 대해 성찰의 자세를 취한다. 이를테면, 반구대 암각화는 시인의 오감을 자극하는, 아니 서정의 샘을 자극하는 풍경(風磬)이 되고 있는 것이다.

## 2. 풍경(風磬)이 가져다 준 그리움

최근에 쓰여지고 있는 이건청의 시들에서 사회를 향한 발언들은 지난 과거에 비하면 현저히 줄어든 편이다. 아니 줄었다는 것보다는 거의 없는 편이라고 보는 것이 좀 더 옳은 표현일지도 모른다. 이런 현상들은 거대 담론의 상실과 불가분의 관계가 있는 것이긴 하지만, 어떻든 요즈음에 이르러 이건청의 시에서 거대한 서사의 세계를 찾아보는 것은 그리 녹록한 일은 아니다. 반면 그러한 문법들은 사라졌지만, 지나온 과거를 회상하는 시가 많아졌는가 하면, 소시민적 일상을 읊은 시세계도 있고, 미래에 대한 그리움의 세계를 표출한 낭만적 이상을 읊은 시 등 시의 넓이는 확대된 느낌이 있다.

시인의 이러한 변화들은 인생의 전환기라는 시간의 변화에서 온 것일 수도 있고, 세계관의 변화에서 온 것일 수도 있다. 지난 과거를 회상하는 빈도가 자주 등장한다는 것은 성찰의 맥락과 분리하기 어려운 일일 것이다. 성찰이란 시간구성상 미래성이 단절되는 순간에 발생하는 심리적 기제이다. 성찰의 감각이 앞으로 나아가는 방향이 닫혔다는 점에서는 부정적이긴 하지만, 지나온 과거에 대해 반성하고 새로운 단계로의 도약을 예비한다는 점에서는 긍정적이라 할 수 있다. 또한 이 감각이 단절감이 아니라 하나의 연속성에 놓여 있을 때에는 더욱 그러하다고 할 수 있다. 가령 다음과 같은 감수성을 보이는 작품이 그 본보기가 될 수 있을 것이다.

> 아버지의 등 뒤에 벼랑이 보인다. 아니, 아버지는 안 보이고 벼랑만 보인다. 요즘엔 선연히 보인다. 옛날, 나는 아버지가 산일 줄 알았다.(중략)난 이제 늙은 짐승 되어 힘겨운 벼랑에 서서 뒤돌아보니 뒷짐 지고 내 뒤를 따르는 낯익은 얼굴 하나 보인다. 아버지의 이름으로 쫓기고 쫓겨 까마득한 벼랑으로 접어드는 내 뒤에 또 한 마리 산양이 보인다. 겨우겨우 벼랑 하나 발 딛고 선 내 뒤를 따르는 초식 동물 한 마리가 보인다.
>
> 「산양」 부분

인용시는 가장 이건청 시인다운 작품으로 꼽는데 주저하지 않을 정도로 대표성이 있는 시이다. 가족주의적 틀에 대한 인식의 경계를 이 작품만큼 효과적으로 보여준 것도 없을 뿐만 아니라 또한 보편성의 영역에서도 다른 어느 작품에 비해 뒤지지 않고 있는 까닭이다. 특히 이 작품은 시인의 내향과 분리되기 어려운 까닭에 더욱 그 애틋함이 묻어나 있는 시이기도 하다. 세대교체의 당위성이라든가 비유의 참신성 같은 시적 의장 또한 깊은 참고의 대상임은 말할 필요가 없을 것이다.

「산양」에서는 보이는 과거 회상이나 반성의 끝이 새로운 미래의 추와 연결되는 것은 매우 자연스러운 일이다. 만약 미래에의 연결고리가 없다면, 이는 한갓 회고의 감수성이나 현실도피라는 비난으로부터 자유로울 수 없을 것이다. 시인에게 그러한 반추의 정서를 가져다 준 것은 지나온 과거가 들려주는, 자신의 귓전을 때리는 풍경소리들에서 찾아진다. 시인의 기억 속에서는 전쟁의 참혹한 소리도 들려오고(「사라진 시간 속의 아이에게」), 60년대의 어두운 사회적 음성도 들려온다(「60년대의 귀뚜라미」). 어디 이뿐인가. 6000여년 전의 신석기인들이 남겨놓은 '반구대 암각화'의 격양가도 듣고 있다. 그러한 음성들이 모여서 하나의 실체로 만들어진 것이 바로 최근 시인의 시에서 보이는 고래의 이미지이다.

6천 여 년 전 반구대 벼랑에 고래를 새겨 놓고 고래를 부르던 사람들의 열망을 나는 안다. 그 고래들이 지금도 울산 일원, 우리나라 해안에 살고 있다. 분기를 뿜어 올리고 거대한 몸체로 솟구쳐 오르고 있다. 고래를 보면 생명의 근원적인 힘이 솟구친다. 소중하고 반갑고도 고마운 녀석들이다. 그 고래들이 불편하지 않도록 보살피고 지켜주는 것이 6천 여 년 전 반구대에서 '암각화'를 불러낸 사람들의 염원에 오늘의 우리가 혼연히 응답하는 길이기도 할 것이다(이건청, 「감각과 주술의 말들을 찾아서」).

신석기인들에게 고래란 풍요의 상징이다. 먹거리를 제공해주고 생활의 편리함을 주는 단초의 대상이기도 했다. 그것의 풍부성은 인간의 그것과 곧바로 연결되는데, 신석기인들이 고래를 숭상하

고 이를 암각화에 새긴 것은 풍요로운 삶을 살고자 한 욕망의
표현이었다. 이들에 따르면, 고래는 생명의 근원적인 힘이다. 따
라서 그것에의 지향은 바로 인간의 근원적인 꿈과 곧바로 연결
된다. 세월이 바뀌고 시간이 달라졌다고 해도 인간의 욕망이 들
쑥날쑥 달라질 것은 없다. 과거와 마찬가지로 인간의 현존성이란
똑같은 것이기 때문이다. 시인이 꿈꾸는 세상도 신석기 시대의
그들과 하등 달라질 것이 없다. 고래가 이건청시인에게 똑같은
함량과 의미를 지닌 상관물이 될 수밖에 없었던 근거도 여기에
있다.

> 귀신고래 몸통엔
> 따개비들이
> 붙어산다고 하는데,
> 살 속에 든든한
> 뿌리까지 내리고
> 깊은 바다 까지
> 드나든다고 하는데,
> 해 뜨는 아침
> 귀신고래 몸통에 붙은
> 따개비들은 따개비의
> 가볍고 조금만 꿈속에
> 고래의 꿈을
> 나누어 퍼 담으면서
> 하품도 한다고 하는데,
> 귀신고래에 붙어살면서,

해 다 진 밤,

따개비들이

할머니 무릎처럼

고래 몸통을 베고 누워

귀신 이야기를

들으며 잠이 들기도

한다고 하는데---.

「따개비」 전문

신석기들의 삶의 토대였던 고래는 시인의 상상력 속에 이렇게 새로이 탄생한다. 이 작품에서 고래는 생명체들에게 삶의 근원이고 꿈으로 표상된다. 과거에는 그것이 먹거리를 해결해주는 소모적 대상이었다면, 지금은 보다 형이상학적인 관념으로 현현된다. 일회적 소모의 대상이 아니라 살아있는 생명체들에게 반드시 필요한 모성적 대상으로 승화되기 때문이다.

삶의 궁극적 조건들이 무엇인가에 대해 끊임없이 물어온 이건청이 이런 결론에 이르게 된 것은 결코 우연이 아니다. 그는 자신을 에워싼 환경들에 대해 적당히 넘어간 적이 없다. 삶의 과정에서 시시각각 다가오는 위험적 대상들에 대해 시인은 예의주시해 왔고, 그것을 자신의 시적 오브제로 삼아왔다. 이런 끊임없는 자기 모색과 자기 성찰의 결과가 6000여년 전의 시공으로 자신을 추동해들어갔고, 거기서 발견한 것이 반구대 암각화였다. 그는 이 암각화에서 삶의 터전이자 대상으로서 고래를 발견했고, 그것의 건강성을 자신의 시적 소재로 이끌어들였다. 60년대 이후 거듭된 사회적 혼란과 그 암중모색의 결과가 고래라는 건강성,

삶의 풍요성으로 안착해들어간 것이다.


## 3. 풍경(風磬)에서 걸러진 우주론적 승화

감각을 열어 제친다는 것은 의미를 초월하는 세계로 육박해 들어간다는 뜻이다. 이를 의미 이전의 세계인 본능이라 해도 좋고, 무의식의 심연이라 해도 좋다. 또한 자아가 자각되지 않는 순수 본연의 세계, 곧 우주론적 질서와 이법이 구현되는 일체화된 세계라 해도 무방할 것이다.

감각이 일차원적인 지각작용임에도 불구하고, 대단히 의미있게 다가오는 것은 이 때문이다. 감각이 둔화되었다는 것은 그만큼 현실에 대한 적응력과 판단능력이 저하되었다는 뜻과도 같다. 감각이 살아있을수록 오성이나 이성과 같은 판단능력 또한 강화된다. 공자는 오십이 되면 지천명(知天命)이라 했고 육십이 되면 이순(耳順)이 된다고 했다. 천명을 안다는 것, 귀가 순하게 된다는 것은 본능의 영역으로 되돌아간다는 뜻도 된다. 나이가 들수록 감각의 능력이나 본능의 영역이 확대된다는 것인데, 본능이 우선시된다는 것은 욕망의 세계와는 멀어지고 우주의 이법이나 질서에 순화된다는 삶일 것이고 또 이에 보다 가까워진다는 뜻이 아닐까.

객사에 누워 뒤척이는 새벽,
벌레들이 운다
벌레들이 푸른 울음판을 두드려

울려내는 청명한 소리들이

쌓이고 쌓이면서

반야봉 하나를 뒤덮고

마침내 그 봉우리 하나를 통째로 떠메고

조금씩 떠가는 게 보인다

새벽이 깊을수록 더 깊어진 울음의 강이

산을 싣고 흐르는 게 보인다

아래쪽 산자락을 잘팍잘팍 적시면서

벌레 소리에 떠가는 산.

골짜기의 절간까지, 싸리나무 일주문까지

벌레들이 울음소리로 떠메고

남해 바다로 가고 있는 게 보인다

「움직이는 산」 전문

「움직이는 산」은 시인이 활판 시집의 표제시로 삼을만큼 애착을 보이고 있는 시다. 우선 이 작품을 이끌어가는 힘은 일차적으로 소리에 있다. 흔히 마음이 혼탁한 자는 청명한 소리를 들을 수가 없다. 게다가 그것이 자연의 음성이라면 더욱 그러하지 않겠는가. 자연의 소리가 그대로 들리지 않는 것이야말로 가장 혼탁한 소리이다. 이것이 맑게 들리지 않는 것은 욕망이 개입되었기 때문이다.

시인은 이제 이순의 나이를 지났다. 욕망으로부터 어느 정도 벗어나 모든 것을 순하게 받아들일 나이가 된 것이다. 그러나 그러한 시간의 경과가 그의 편한 귀를 만든 것은 아니다. 이는 지극히 일차원적인 영역일 것이다. 오히려 그보다는 자신을 끊임없이 추동해 온 시적 의지의 결과로 보는 것을 옳을 것이다. 그는 반구대 암각화에서 정신의 풍요를 읽었고, 이를 현재화시켰다. 그가 이 암각화에서 얻은 교훈은 지극히 소박한 것에서 시작되었다. 일차원적인 감각, 곧 전율이 그 출발이었다. 그런 다음, 시인이 신석기인들의 삶의 교훈에서 얻은 것은 모성적인 풍요의 이미지였고, 그것이 시인으로하여금 감각의 영역, 본능의 영역을 일깨워주게 했다. 본능이란 삶의 현실적 규율로부터 자유스러운 무정형의 지대이다. 뿐만 아니라 흔히 운위되는 유토피아의 모든 것을 함유하는 색다른 지대이기도 하다. 이 영역에 맴돌 수 있다는 것이야말로 유토피아의 행복한 단잠과 동일한 것이 아닐까.

이건청은 그것을 소리라는 일차원적인 감각에서 느끼고 받아들이고 있다. 「움직이는 산」의 핵심이 소리의 영역에 놓여 있는 것은 이 때문이다. 시인에게 소리란 삶의 진정성을 알리는 경계의 소리이며, 우주가 하나임을 알리는 통합의 소리이다. 「움직이는 산」의 중심소재들은 벌레와 산, 강, 그리고 바다와 같은 자연물이다. 이들은 하나의 우주라해도 무방할만큼 지구상의 모든 것을 내재시키고 있다. 그런데 이를 하나의 실체로 묶어내는 것은 벌레의 소리이다. 이 소리가 산을 강으로 옮기고, 궁극적으로 바다에 이르게 하고 있다. 벌레소리가 산을 옮기고 강으로 흐르게 하면 바다에 이르게 한다는 것은 단순한 동화적 상상력을 말하는 것이 아니다. 여기에는 시인만이 펼쳐보이는 높은 사유의 세계가 내재되어 있다.

근대가 지구상에 뿌려놓은 가장 부정적인 사유 가운데 하나가 분열, 곧 비통합의 사유였다. 특히 자연과 인간의 합일할 수 없는 영원한 거리화는 이들의 관계를 대결과 갈등의 양상으로 내몰았다. 따라서 반근대성이라든가 모더니티에 대한 반성적 사유들이 그러한 갈등을 어떤 식으로든 통합의 감수성으로 다시 되돌리는 것에 두는 것은 당연한 귀결이었다. 정지용이 보여준 「백록담」은 그러한 사유의 단적인 표현이었다. 이건청의 「움직이는 산」이 표방한 것도 정지용의 그것과 마찬가지의 경우이다. 벌레라는 소리를 통해서 산과 강, 그리고 바다를 하나로 묶어내는 솜씨야말로 그러한 통합적 상상력의 백미이기 때문이다. 이 작품에서 벌레는 단지 자연의 소리에 불과한 것이지만, 그러나 그 이면을 들여다보면, 시인만의 득의의 영역이 묻어나온다. 시인은 소리라는 감각을 통해서, 즉 본능의 맑은 영역을 통해서 벌레 소리를 자기화하여 이를 우주라는 통합의 상상력으로 이끌어 올리기 때문이다. 나와 자연, 곧 인간과 자연의 억지스런 결합과 이를 통해 하나의 우주로 이끌어내는 뻔한 수법이 아니라 인간의 심연 속에 잠재해 있는 무의식의 맑은 영역을 통해 자연과 인간을 하나의 묶음으로 엮어내고 있는 것이다. 이런 수법은 다른 시인에게서는 찾아볼 수 없는 그만의 고유한 것이다. 이런 이해에 이르게 되면 시인이 「움직이는 산」을 소중히 여기는 이유를 알게 된다. 그 연장선에서 「하류」같은 시가 놓여 있음은 당연한 귀결이라 할 수 있다.

거기 나무가 있었네.

노을 속엔

언제나 기러기가 살았네.

붉은 노을이 금관악기 소리로 퍼지면

거기 나무를 세워두고

집으로 돌아오곤 했었네

쏟아져 내리는 은하수 하늘 아래

창문을 열고 바라보았네.

발뒤축을 들고 바라보았네.

거기 나무가 있었네

희미한 하류로

머리를 두고 잠이 들었네.

나무가 아이의 잠자리를 찾아와

가슴을 다독여 주고 돌아가곤 했었네

「하류」 부분

이건청이 꿈꾸는 세상은 통합의 세상이다. 자연과 자연만의 통합적 세계도 아니고, 또 인간과 인간만의 세상도 아니다. 자연과 인간이 하나로 어우러져 살아야 한다는 것, 그리하여 궁극적으로는 우주론적 일체 속에서 똑같은 삶을 영위해나가는 세계가 이건청이 꿈꾸는 세상의 모습이다. 그의 그러한 꿈은 어쩌면 신석기인들의 그것과 거의 동일한 것이 아닐까. 그들이 숭상했던 고래의 모습과 이건청이 바라마지 않는 고래의 모습이란 거의 같은 것이기 때문이다. 고래란 삶의 완결성이며 모체이며 우주의 완결성이다. 이건청은 신석기인 들이 새겨 남겨놓은 고래의 암각화처럼 자신만의 '오늘의 형태', 곧 완결성의 상징인 고래를 계속 만들어갈 것이다.

# 미메시스적 동일성의 미학

## —김완하론

> 위대한 사건들, 그것은 우리의 더없이 소란한 시
> 간이 아니라 더없이 적막한 시간이다. 세계는 소
> 란을 일으키는 사람이 아니라 새로운 가치를 창
> 출하는 사람을 중심으로 돈다. '소리 없이' 그렇게
> 돈다. – 니체

얼마 전 제19대 총선이 있었다. 선거 때가 되면 어김없이, 후보들의 선거운동으로 소란스럽기가 이를 데 없다. 모두들 자신이 세상을 바꾸어 보겠다며 여러 공약들을 내걸고 목이 터져라 외쳐댄다. 그러나 그 많은 '말'들이 '위대한 사건'으로 전화되지 못할 것임을 우리는 지금까지의 경험을 통해 익히 알고 있다. 결국 그 소란스러움은 그 자체로 그치고 마는 경우가 대부분이었던 것이다.

일찍이 니체는 '고요'와 '소란'에 대해 언표한 바 있다. 그의 대표작 『차라투스트라는 이렇게 말했다』를 보면 이런 말들이 나온다. "폭풍을 일으키는 것", 그것은 "가장 조용한 말"이다. "비둘기 걸음으로 걸어오는 사상"이 세계를 끌고 간다. 또 이러한 구절도 나온다. "실토하라! 너희가 일으키는 소란과 연기가 사라지고 난 후에 보면 실제 일어난 일이 별로 없다는 것을."

니체의 철학에서 '고요함'과 '소란'의 의미는 결코 가볍지 않다. '고요함'은 새로운 가치의 창출과 관련되고, '소란'은 인간에게 내면화되어 있는 기존의 '견고한 가치'들과 맥락이 닿아있기 때문이다. '견고한 가치'들은 동일성의 범주를 형성하게 되고 세계는 이러한 동일성의 경계를 중심으로 관리된다. 이런 권위적인 동일성의 범주 내에서 어떤 새로운 가치의 창출을 기대하기는 어려운 일이다. 가치의 창출은 그것의 전복에서 시작된다. 동일성 범주의 밖, 배제되고 소외된 타자의 강요된 침묵으로부터 가치의 전복은 소리 없이 시작되는 것이다. "위대한 사건은 더없이 적막한 시간"이라는 니체의 언표는 이러한 맥락에서 이해해 볼 수 있을 것이다.


## I. 경계의 무화, 가치의 전복

니체에 관한 서설이 이리 길었던 까닭은 바로 이번에 상재된 김완하 시인의 『그리움 없인 저 별 내 가슴에 닿지 못한다』의 작품들에서 이 '고요함'의 의미를 되짚어 볼 수 있었기 때문이다. 김완하 시인의 시는 남성적이고 웅혼하면서도 세계를 보는 관점

에 있어서는 매우 유연하다는 특징이 있다. 그의 시에서 이 유
연함은 견고했던 가치들의 전복, 탈중심적 사유와 연결되는 것이
며 나아가 경계의 무화, 우주적인 공동체의 유대와도 연결되는
의미이다.

가장 빛나는 너의 속살만큼
어두운 것이 있으랴

제 목숨의 안팎을 벗어나
스스로 밖이 되어 빛나는

「별 · 서시」 전문

어둠은 깊을수록 고요하다
익을수록 소리 내지 않는다
어둠 없이 누가 빛을 보는가
어둠만이 빛을 지킨다
인간을 휴식으로 빨아들인다
어둠을 욕하는 자 누구인가

「어둠만이 빛을 지킨다」 부분

인용시에서 가장 먼저 확인해볼 수 있는 것은 시인의 '어둠'에
관한 인식이다. 보편적으로 밝음/어두움이라는 이항대립적 관계
에서 가치우위를 점하고 있는 것은 밝음이다. 밝음은 긍정적인
의미에, 어두움은 부정적인 의미들에 연결되는 것이 일반적이기
때문이다. 그런데 위 시들에서 '어둠'의 의미는 이러한 보편적이

고 일반적인 틀 안에서 규정되고 있지 않다.

한편 「별 · 서시」에서는 '어두운 것'이 '가장 빛나는 너의 속살'로 표상되고 있다. 여기서 '어두운 것'과 서로 상충되는 의미인 '빛남'이 등가를 이루고 있다는 것에 우선 주목할 필요가 있다. 이항대립의 경계가 무화되고 있음을 확인할 수 있는 대목이기에 그러하다. 이는 그 다음의 시구에서도 확인된다. '안팎을 벗어난다'는 것은 바로 '안'과 '밖'의 경계 자체가 무화됨을 의미하는 것이며 "스스로 밖이 되어 빛나는"에서는 기존의 우위에 위치하고 있었던 의미들에 대한 가치 전복으로 해석되기 때문이다.

작품 「어둠만이 빛을 지킨다」에서도 '어둠'은 '고요함', '휴식'에 연결되어 의미지어지고 있으며, '빛'을 드러내는 역할에서 나아가 '빛을 지키'는 존재에로까지 이어지고 있어 '빛'과 '어둠'의 전복된 가치를 여실히 보여주고 있다. 이는 단순히 '어둠'의 의미에 한정되는 것이 아니다. 그의 시집 『그리움 없인 저 별 내 가슴에 닿지 못한다』의 기저에는 이러한 경계의 무화, 가치의 전복, 객체에로 동화되는 미메시스적 합일의 의식이 짙게 깔려 있다.

가령 「강을 건너와」에서 보면, '힘겹게 강을 건너'온 화자가 '물 밖'에서 깨달은 점은 '내'가 강을 건너간 것이 아니라 '강이 나를 건너갔'다는 것이었다. '내'가 힘겹게 건너왔다고 생각했지만 그 '걸어온 길'은 이미 '물살에 지워'졌고 강은 여전히 흐르고 있었기 때문이다. 이는 무한의 자연 앞에서 인간의 유한성에 대한 깨달음이라고 볼 수도 있지만 다른 한편으로는 인간 중심, 주체 중심의 사유에서 벗어나 있음을 의미하는 것이기도 하다. 이 또한 탈중심적 사유, 가치의 전복이라는 의미망 안에서의 한 자장으로 이해할 수 있는 대목이다.

그 동안 우리는
거꾸로 살아온 게 아닐까
오히려 지금껏
땅을 발로 이고 머리로 걸어온 건 아닐까

「우리」 부분


강 앞에 서서, 우리는
강 물살이 잔잔하기를 바라거나
깊이가 얕기를 바랄 수 없다는 것을 알았다


아무 힘 들이지 않고 강 건널 수 있다면
노인은 벌써 이 강을 떠났으리라
나룻배가 발동선으로 바뀌었다면
강을 벗어나 이미 노인은 대처로 떠돌았으리라

「노인의 강」 부분


작품 「우리」에서 시인은 그동안 우리가 "땅을 발로 이고 머리로 걸어온 건 아닐까"하는 재미있는 발상을 보여준 바 있다. 이는 인간 직립보행의 보편적 양태에 대한 인식을 뒤집는 상상이면서 동시에 '거꾸로' 살아왔다는 의미의 표상이다. '거꾸로 살아'왔다는 것은 하나의 의미로 환원되지 않는다. 정작 중요한 것은 접어두고 살아왔다는 의미로도, 기존의 견고했던 가치들에 대한 회의와 소외되어왔던 의미들에 대한 재인식으로도 해석될 수 있다.

「노인의 강」 역시 그 연장선에서 논의될 수 있는 작품이다.

이성 중심, 혹은 합리성을 기반으로 한 산업 기술의 발달에 종속된 현대인의 삶이라는 시각에서 그러하다. 이 작품에서 시인은 "강 물살이 잔잔하기를 바라거나/ 깊이가 얕기를 바랄 수 없다는 것을 알았다"고 표명함으로써 시인의 인식이 인간 중심적 사유로부터 일탈해있음을 확인할 수 있기 때문이다.

이 작품에서 '나룻배'는 다층적 의미를 띤다. 그것은 노인의 '힘'을 필요로 한다. 노인의 '힘'을 다른 말로 표현한다면 사용가치로서의 인간의 노동이라 할 수 있을 것이다. 고유한 질적 사용가치로서의 노인의 '힘'에 의해 '노인의 강'이라는 명명이 가능해진다. 따라서 '나룻배'에서 '발동선'으로의 변화는 사용가치에서 교환가치로의 전화를 의미하며, 이러할 때 '강'은 더 이상 '노인의 강'이 될 수 없게 되고 '노인은 대처로 떠돌'게 된다.

'나룻배'와 '발동선'의 관계는 휴머니즘적인 전근대의 삶과 기계 중심적 근대의 삶, 혹은 인간과 기계라는 이항대립의 관계에 다름 아니며 여기에서 시인은 '나룻배'와 '노인'의 존재가치에 더 무게를 둔다. 기실 기계화된 산업사회의 몰인간성에 대한 비판은 장르를 불문하고 문학작품에서는 일반화되어 있는 주제이다. 그런데 바로 이 지점에서 김완하 시인의 경계의 무화, 가치 전복의 시의식은 빛을 발하게 된다. 시인은 결코 대상을, 세계를 이분법적으로 구획하여 어느 일편에 날을 세워 응전의 태도를 취하고 있지 않기 때문이다. 오히려 시인은 그 경계를 허물고 미메시스적인 합일을 현현해 보이고 있다.

하루 동안 나를 태우고 다닌
나의 말을 지하에 매놓고 나오며 나는 본다

피곤을 어깨 가득 인 채로 자면서도 발목 풀지 못하는
저들의 측은한 뒷모습, 평생을 눕지도 못하는 저들의
피로한 허리에서 새어 나오는 신음 소리

「도마동・4 – 지하 주차장」 부분

버스가 산모퉁이를 돌아서자
노인과 배는 보이지 않았다
바로 그때였다
노인의 뱃길이 차 앞 허공에 떠서
너훌너훌 춤추며 날아가고 있었다

그 세찬 물 이랑을 가르며
나아가는 뱃길을 따라서
내가 탄 버스는 달리고 있었다.

「노인의 강」 부분

위 시들에 등장하는 승용차나 '버스'는 인간의 노동을 대체하는 이동수단으로서의 기계라는 점에서 '발동선'과 동궤에 자리하는 사물들이다. 그런데 이들을 바라보는 시인의 관점이 매우 흥미롭게 사유된다. 먼저 작품 「도마동・4 – 지하 주차장」을 보면 시인은 주차된 차들에 대해 기계의 차가운 금속성, 속도, 개인성 등과 같은 현대성의 분리주의적 측면이나 도구적 관점에서 접근하지 않는다. 오히려 생명 없는 그들에 생명성을 부여한다. 시인은 그들의 '낡아감'을 '피로', '피곤', '신음' 등의 시어로 표현하고 이에 대한 '측은'한 마음을 발현시키고 있기 때문이다. 특히 "그들은 고철로 변해가며 무엇을 꿈꾸는 것일까"라는 대목에서는 생물과 무생물의 경계를 넘어 인간과의 경계도 허물고 있는 시의식의 면모가 확인되어 매우 이채롭기까지 하다. '꿈'이라는 것은 인간의 의식, 희망, 의지 등과 긴밀하게 연결되어 있기 때문이다. 이 시는 인간의 사물화에 대척되는 사물의 인간화라는 서정의 원리를 명징하게 보여주고 있는 작품이다.

「노인의 강」에서는 '배'를 타고 있는 '노인'과 '버스'를 타고 있는 화자가 '인간/기계', '전근대/근대'와 같은 이항 대립의 구도를 이루고 있다. 그러므로 '버스'를 탄 화자의 시야에서 '노인과 배'가 사라진다는 것은 인간적·유대적 통합이 상실된 현대로의 진입, 혹은 그러한 현대를 살아가고 있는 화자의 현실에 대한 인식을 의미하는 것이다. 그런데 이어서 화자의 눈앞에 펼쳐지는 환상은 이러한 구도와 해석을 동시에 해체시킨다. "노인의 뱃길이 차 앞 허공에 떠서/ 너훌너훌 춤추며 날아가고", 화자가 탄 '버스'는 그 '뱃길'을 달리는 것으로, 대립 구도에 자리했던 두 세계가 합일을 이루고 있기 때문이다. 더욱이 이 합일이 의미가 있는 것은 객체를 주체에로 환원시키는 주체중심의 형태가 아니라 주/객의 경계를 무화시키며 조화롭게 융합되는 상호동화의 미메시스를 구현하고 있다는 데 있다.


## 2. 거리를 극복하는 힘

흔히, 서정시의 본질을 세계와의 동일성으로 규정한다. 그런데 이 동일성이라는 개념은 시적 자아와 세계와의 '거리'에서 발원하는 것이다. 동일성을 지향한다는 것은 이미 세계와의 거리가 전제되어 있다는 의미이다. 결국 시인들의 시쓰기란 세계에 대한 인식태도를 드러내는 작업이자 그것에 대한 성찰과 대응의 과정이라 할 수 있을 것이다. 세계에 대해 어떠한 관점을 가지고 어떻게 대응하느냐의 문제가 바로 세계와의 거리를 극복하고 동일성을 획득하고자 하는 서정적 주체의 개성과 관련되는 것이자, 시세계의 주조적 정서나 이미지와도 직결되는 것이다.

그렇다면 김완하 시인의 『그리움 없인 저 별 내 가슴에 닿지 못한다』에서는 어떠한 세계를 보여주고 있는 것일까. 서정적 주체가 세계와의 거리를 극복하는 방법은 무엇이며 이를 추동하는 힘은 어디에서 발원하는 것일까. 이와 관련하여 '그리움 없인 저 별 내 가슴에 닿지 못한다'라는 시집의 제명에 암시하는 것은 무엇일까. 실상 이 물음에 대한 답이야말로 이번 시집의 본질과 관련되어 있을 것이다.

네가 빛나기 위해서
수억의 날이 필요했다는 걸 나는 안다
이 밤 차가운 미루나무 가지 사이
아픈 가슴을 깨물며
눈부신 고통으로 차 오르는 너

믿음 없인 별 하나 떠오르지 않으리
그리움 없인 저 별 내 가슴에 닿지 못하고
기다림 없는 들판에서는
발목 젖은 풀 뿌리 하나에도

별빛 다가와 안기지 않으리

어둠 속 무수히 흩어지는 발자국
별 하나 가슴에 새기고 돌아가
고단한 하루에 빗장을 지를 때
지친 풀잎 허리 기댄 언덕 위로
너는 꺼지지 않는 등을 내다 건다

너와 내가 하나의 강으로 닿아 흐르기까지
수천의 날이 또 필요하리라
이 밤 네가 빛나기 위해
수억의 어둠을 뜬눈으로 삼켜야 했듯
그 눈물 어리어 흘러가는 강을 나는 본다.

「그리움 없인 저 별 내 가슴에 닿지 못한다」 전문

별빛이 우리의 감각기관에 인식되기까지는 '수억의 날'이 필요하다. 그것은 '별'과의 거리이기도 하다. 시인의 시에서 '거리'에 대한 인식은 비교적 뚜렷하게 포착된다. 가령 "사랑을 실어 나르기 위해/ 철길은 서로의 거리가 필요했으리"(「별·7」)에서 '거리'는 사랑의 합일을 위한 필수불가결한 요소이다. 이는 위 시의 "네가 빛나기 위해서/ 수억의 날이 필요했다"와도 같은 변증법적인 구도이다. 즉 대상 간의 '거리'로 인해 대상의 움직임이 필요해 진 것이 아니라 대상의 합일을 위해서는 반드시 '거리'를 '필요'로 하고 그 '거리'를 좁히는 과정이 필요하다는 것이다. '남기 위해/ 흘러가'고 '다시 돌아오기 위해서/ 떠나가는 것'(「강물」)

과도 같은 이치이다.

그렇다면 '거리'는 왜 필요한 것인가. 고여 있는 물이 썩는 것과 마찬가지로 머물러 있기만 해서는 아무런 가치도 생성될 수 없다. 그러므로 그저 남아있는 것이 아니라 '남기 위해'서는, '다시 돌아오기 위해서'는 끊임없이 '흘러가고', '떠나가'야 하는 것이다. 결국 '거리'란 주체가 성찰하고 감내해야 할 생(生) 그 자체라 할 수 있으며 '거리'를 좁혀가는 과정은 생에 대한, 세계에 대한 관점이자 대응하는 자세라 할 수 있는 것이다.

위 시에서 '수억의 날'은 '고통으로 차 오르는', '고단한' 나날들이며 '어둠'으로 표상되는 시공간이다. 이 작품뿐만 아니라 시인의 시에서 세계는 '어둔 하늘 속', '한낮의 고통'(「별·6」), '어두운 길'(「어둠이 나뭇잎마다 내려앉을 때」), '어둠 벌판'(「별·7」), '밤의 어둠 숲'(「별·8」) 등과 같이 '고통', '어둠'의 심상으로 발현되고 있음을 쉽게 확인할 수 있다. 이는 전언한 바와 같이 시인이 인식하는 세계의 양상이자 극복해야 할 생(生)인 것이다. 그러나 시인은 이를 운명과 같이 주어진 것으로 받아들이는 수동적인 자세를 취하지 않는다.오히려 동일성의 세계, 완성된 생을 위해서는 반드시 담보되어야 할 '거리'로 인식하고 있음을 우리는 이미 확인하였다. 그러하기에 시인에게는 '눈부신 고통'이라는 명명이 가능했던 것이다.

"너와 내가 하나의 강으로 닿아 흐르기까지/ 수천의 날이 또 필요"하다. 이 '수천의 날'이라는 '거리'를 극복하는 힘으로 시인은 '믿음', '그리움', '기다림' 등을 호명하고 있다. 그리고 시인은 "수억의 어둠을 뜬눈으로 삼켜야 했"던 타자의 '고통'과 '눈물'에 동참하는 연대의식을 말한다.

그래 나도 손을 뻗고 싶다
저 하늘 너희들이 꿈꾸는 세상으로
나도 차 오르고 싶다

기대지 않고는 설 수 없는 땅에서
서로의 어깨에 팔을 두르고
하나의 기둥으로 서고 싶다

휘감지 않고 버틸 수 없는 비탈
가파른 바지랑대에 몸을 묶어서
단 한 번만이라도
나팔 소리 힘차게 불어 올릴 수 있다면

「나팔꽃의 꿈」 전문

시인의 눈에 들어오는 세계는 '고통'이고 '어둠'이다. 그러므로 서로 "기대지 않고는 설 수 없"으며 "휘감지 않고는 버틸 수 없는" 것이다. 위 시에서는 이러한 세계를, 다시 말해 '거리'를 극복하고자 하는 시인의 의지가 강하게 드러나고 있다. "너희들이 꿈꾸는 세상으로/ 나도 차 오르고 싶다"가 그러하고, "단 한 번만이라도/ 나팔 소리 힘차게 불어 올릴 수 있다면"이 그러하다. 여기에 필요한 것이 바로 '기대'고 '휘감'고 '서로의 어깨에 팔을 두르고', '몸을 묶'는 행위로 표상되고 있는 공동체적 연대의식이다. 이는 "아픔으로 얼크러져 바로 서고/ 서로의 상처를 온몸으로 감싸 주며// 가파른 어둠 벼랑을 타고 올라/ 죽음까지도 함께 지고 갈"(「칡덩굴」) 만큼의 강한 연대의식이자 대상을 온전히 사랑하는 마음인 것이다.


## 3. 다시 고요함으로

겨울 숲의 고요가 나를 깨운다
사그리 비워 낸 자의 가냘픈 허리
미동 없이 숨죽인 사시나무 곁에서
나는 가슴이 설렌다

무엇이 저토록 큰 고요를 빌어
태어나고 있는가
큰 숲에 가득 알몸의 나무들
뿌리 땅속으로 일제히 퍼붓듯 내려가
끌어올리는 것은 무엇일까
내 작은 심장의 고동 소리 지워
고요 속 또 다른 고요를 듣는다

이 겨울 수북이 쌓인 낙엽 헤치면
뜨겁게 숨쉬고 있는 황토
얼음 조각 깔린 곳도 파보면
촉촉한 흙살 숨쉬고 있거늘
고요 위에 내 심장 소리 함께 누워
새로이 숨을 고른다

> 겨울 숲의 고요가 나를 때린다
> 사그리 떨궈 낸 자의 서늘한 이마
> 미동 없이 차오르는 떡갈나무 곁에
> 내 영혼엔 맑은 샘이 고인다
>
> 「겨울 숲의 고요가 나를 깨운다」 전문

눈에 보이는 것이, 귀에 들리는 것이 전부가 아니다. 정작 '위대한 사건'은 '비둘기 걸음'으로 오고 세계는 '소리 없이' 돈다지 않았는가. 위 시에서는 이러한 '고요함'의 '생성'이 잘 형상화 되어 있다. '겨울 숲의 고요'는 무(無)가 아니다. 화자를 깨우고 '땅 속'에서 소리 없이탄생을 준비하는 것의 정체가 바로 '고요'이기 때문이다. 화자는 "큰 고요를 빌어/ 태어나고 있는" 생명의 소리를 듣고자 자신의 '심장 고동 소리'까지 지운다. 그러나 "고요 속 또 다른 소리" 또한 고요일 뿐이다. 결국 화자의 심장 소리까지 죽인 겨울 숲은 '고요' 그 자체이며 그 '고요' 속에서 생명은 '뜨겁게 숨쉬고' 그렇게 세계는 소리 없이 돈다. '고요'의 가치에 대한 깨달음은 화자를 설레게 하고 '새로이 숨을 고르'게 하며 '영혼엔 맑은 샘물이 고이'게 한다.

김완하 시인의 작품세계에는 반목이 없다. 물론 「잃어버린 겨울」이나 「마을 당제사」, 「대동 천렵」과 같이 현대에는 부재하는 공동체적 유대를 노래한 작품들이 여러 편 있긴 하지만 이 또한 유년에 대한 회상을 사실적으로 재현하는 데 충실하고 있지 파편화된 현대에 대한 비판에 초점을 맞추고 있는 것은 아니다.

김완하 시인의 작품세계를 관류하는 시의식은 이러한 맥락에서 파악될 수 있는 것으로 보인다. 시인은 기존의 견고한 가치

판단의 경계에서 금 밖의, 침묵하고 있는 대상에 시선을 두지만 이를 이분법적으로 구획하여 어느 일편에서 비판의 주체로 자리하는 것을 경계한다. 그보다는 두 세계 간의 경계를 무화하고 사랑과 연대의식을 매개로 화해로운 합일을 도모한다. 이것이 시인의, 고통의 세계에 대응하는 자세이자 세계와의 거리를 극복하는 방법이다.

중요한 것은 이러한 극복 의지가 목적을 향해 일방향적이거나 일회적이지 않고 회귀한다는 데 있다. 동일성의 세계에 근접했다 하더라도 그것을 유지하기 위해서는, 그리고 더 화해로운 합일을 이루기 위해서는 '다시' 떠나고 흘러 새로운 '거리'를 확보해야 하고 새롭게 극복해야 한다는 것을 시인은 이번 시집에서 현현해 보이고 있다. 이것이 소란스러운 현 시대에 발을 딛고 있는 우리가 김완하 시인의 시에 다시 주목해야 하는 이유이다.

인식과 비평

# 환상과 현실의 교직 속에서 피어나는 꿈

## —김성규론

서정시를 읽는 기쁨 중에 하나는 이를 통해서 정서의 깊이를 체험하고 이를 자기화하는데 있을 것이다. 그럼에도 김성규의 시인의 작품들을 통해서 그러한 서정시의 울림을 얻는 것은 쉽지 않다. 그의 작품을 매개로 정서의 폭과 넓이를 채운다는 기대는 애초부터 접어야 할 것이다. 왜 그러할까. 실상 이런 질문 앞에 선뜻 대답한다는 것은 그의 작품의 본질과 밀접한 관련이 있을 터인데, 나는 그 이유를 우선 사회적 의미망과 연결된 암울한 현실에서 찾고 싶다.

거대서사의 한축을 담담했던 진보의 이념이 시단에서 사라진 후, 그러한 이념들을 작품에서 곧바로 읽어내는 일이 쉽지 않은 것이 요즈음의 현실이다. 지금은 어떤 대단한 규칙이나 보편성이

따로 있어서 그것이 지시하는대로 움직이는 규범화된 문법이 전연 감지되지 않는 시대이다. 그렇다고 그 너머에 있는 미세한 담론의 질서들이 작으나마 어떤 동질성을 목적으로 움직이는 것도 아니다. 대항담론이 없으니 그것의 반대편에 있는 또다른 담론의 축이 있지 않은 것 또한 당연한 것이 아닐까.

저간이 사정이 그러하다 보니 시대의 예민한 감각을 정서화하는 서정시의 역할도 과거에 비해 사뭇 축소된 감이 없지 않다. 이렇게 표면화된 결과를 두고 지도담론의 상실을 문제 삼을 수도 있고, 작가의 성실성 여부를 탓할 수도 있겠다. 그러나 어느 경우를 막론하고 시의 배경이 인접한 사회적 맥락으로부터 자유롭지 않은 것은 사실이다. 문제는 그런 근접성이 얼마나 객관화된 양식을 만들어내는가 하는데 있을 것이다.

그리고 그러한 객관성과 더불어 요구되는 또하나 중요한 문제는 시적 의장에 관한 것이라 할 수 있다. 이는 형식주의자들이 말하는, 판에 박힌 문학성의 문제가 아니다. 동일한 사물이나 사건에 대해 어떻게 인식하고 이를 언표화할 것인가 하는 것은 전적으로 방법의 문제에 속하는 경우이다. 대상에 대한 인식과 이를 상상하는 참신성이야말로 보편의 일반화를 피할 수 있는 적절한 기제가 아닐 수 없다.

김성규의 작품들이 관심을 끄는 것은 이런 맥락과 분리하기 어렵다. 그의 시들은 개인 내부의 관심 영역에서 벗어나 있다. 서정시 일반의 특성이라 할 수 있는 주관의 정서로부터 멀리 떨어져 있는 것이다. 그럼에도 그의 시들에서는 비슷한 경험적 질서와 똑같은 유형적 맥락이 반복적으로 검출되지 않는다. 또한 그의 시들은 사회의 어두운 구석을 향하고 있으면서도 이에 대해 분노하거나 또 그 건너편에 놓인 섣부른 긍정적 미래에 대해 말하지 않는다. 사회의 길항관계에서 흔히 비춰질 수 있는 예민한 갈등들에 대해 고발하는 것이 그의 시의 한 특성임에도 불구하고 이로부터 촉발되는 격한 정서가 쉽게 솟구쳐나오지 않는다. 리얼리즘의 시에서 쉽게 범할 수 있는 뻔한 도식으로부터 한발자국 비껴서 있는 것이다. 그러는 한편으로 그는 그러한 사회적 불온과 위반에 대해 쉽게 발언하는 기계주의적 사고 태도로부터도 벗어나 있다. 그는 시를 단순한 미메시스의 문제로 한정하지 않고, 그에 대한 적절한 의장을 발견해냄으로써 이런 유형의 시들이 흔히 범할 수 있는 무매개성의 한계를 극복하고 있다.

　다소 섬뜩한 느낌을 주긴 하지만 「死者衣裳」은 그의 작품 세계가 지향하는 방향에 대해 예감케한다는 점에서 주목을 끄는 경우이다.

죽은 사람의 옷을 입으면 그 사람의 마음을 읽을 수 있다네
오늘 아침에 죽은 자식의 옷을 가져왔수
사라지는 여자를 바라보며 카드를 뒤집는 노파
안됐군, 더 안 좋아지겠어 운세를 보니,
거기 널려있는 물건 중에 아무것이나 입어보구려
첫 손님에게는 아무것도 받지 않는단 말이우
노파는 나에게 널려있는 옷가지 중에 하나를 건넨다

상점을 들르지 않으면 잠을 잘 수가 없어요
주인 노파는 나를 보며 다시 카드를 뒤집었다
死者衣裳에 맛을 들리면 다시 찾을 수밖에 없다우

새벽의 길, 눈 내려 푸르게 빛나는 날

수많은 돈을 탕진하고 나는 빈털터리가 되어 걸어갔다

주머니의 돈을 모두 쥐어주며 노파에게 말했다

그 어린 아이의 옷을 주세요 빨리

아이의 옷에 코를 파묻자 눈물이 쏟아지기 시작했다

눈송이 · 살 · 빛 · 둥근 · 물 · 눈동자 · 엄마 · 난로 · 젖냄새

역시 제값을 하지요? 이제 더 입어볼 옷도 없을 겝니다

그리고 나는 몇 달 동안 편안한 잠을 잤고

봄눈이 내리는 날 다시 가게 문을 밀쳤다


어쩐 일이우, 또 어떤 옷을 입어 보시겠수?

말없이 내 옷을 벗어주었다

카드 속 나의 운세는 무엇이었을까 나의 운세는……

오늘 밤에 죽을 사람의 옷입니다

틀림없이 자신의 책을 찢다 목을 매고 자살할 거예요

「死者衣裳」 부분

김성규의 시들은 우울하다. 그러한 정서는 물론 사회적 건강성
으로부터 분리된 갇힌 자의식의 결과에서 오는 것이다. 「死者衣
裳」은 그러한 정서가 극한으로 갈 때, 일어날 수 있는 경우의
수가 무엇인지에 대해 잘 말해준다. 시적 자아는 긍정적 가치가
보존될 수 있는 사회의 끈으로부터 분리된 존재이다. 그러한 실
존적 조건이 만들어낸 것은 밀폐된 공간에 대한 인식이다. 그곳
은 삶을 더 이상 추동시킬 힘을 잃어버린 곳, 곧 이승과 저승의
경계로 사유된다. 시적 자아를 이곳으로 이끈 것은 물론 사회적

유폐의식이다. 그런데 그가 여기서 만난 것은 자신의 실존적 조건을 승화시키기 위한 역동성이 아니다. 그는 그보다는 앞선 존재들로부터 자신의 미래를 예단하는 장치로 상상한다. 가령, 시적 자아는 죽은 사람의 옷을 입고 그 사람이 체험했던 것을 자기화하거나 경우에 따라서는 이를 일체화시키고 있는 것이다. 이를 통해서 그들과 하나가 되어서 동일한 비극적 체험을 상상하게 되는 것이다.

이 작품이 의미있는 것은 그러한 체험의 과정에서 중요한 시적 기제로 작용하고 있는 것이 환상의 기법이라는 점에서 찾아진다. 환상은 초월적 혹은 비현실적 요소와 분리하기 어려운 낭만적 요인이 짙게 배어있는 것이 사실이긴 하지만, 시인은 그러한 허구성을 현실의 맥락과 적절히 연결시키는 빼어난 솜씨를 보여준다. 환상과 현실의 결합 속에서 시적 자아에게 주어진 현실적 조건의 비극성들을 더욱 강화시키는 매개로 인유하고 있는 것이다.

실상 그러한 경계를 무화시키는 수단은 무의식의 전면적인 부상속에서 가능해진다. 죽은 자의 옷으로 지워진 의식의 소멸은 그의 삶과 산자의 삶을 무의식의 늪 속에서 자연스럽게 만나게 한다. 자아는 이 늪 속에서 또다른 자신의 모습을 발견하기도 하고, 그와 동화된 삶을 이해하기도 한다. 그러나 그런 체험들이 시인을 어떤 긍정적 삶의 양태로 인도하는 구실로까지는 이어지지 못한다.

김성규 시인의 시들은 이런 시적 장치들이 주는 참신성이 강점이다. 그는 미메시스적 방법이 내포할 수 있는 획일성의 위험에 대해 잘 이해하고 있는 듯하다. 그리하여 그런 함정을 우회

하기 위한 적절한 장치로 환상을 시의 방법적 의장으로 채택한다. 환상은 비현실적이라거나 비과학적이라는 한계를 넘어서 현실을 읽어내는 또다른 방법으로 인유되고 있는 것이다.

김성규 시인의 시들은 대사회적인 것으로 방향지어져 있다. 시인의 경험은 자의식을 확충하는 퇴로 속으로 미끌어지는 것이 아니라 열린 광장으로 나아간다. 그의 시선들은 개인의 경험으로 축소되지 않으며, 자신을 가두고 있는 끈들을 풀어헤치고 자신을 에둘러싸고 있는 보다 큰 환경 속에 넣어둔다. 거기서 그는 사회의 건강성으로부터 분리된 군상들을 만난다.

> 햇살에 소주를 타 마시면 몸이 환해지는 느낌
> 묵은 내 혈관을 햇살이 씻어주는 화! 한 느낌
> 슬리퍼를 신고 자기 발을 썰어내듯 온 신경을 집중한/칼날에는
> 무기력이 없다
> 굶주림이 그녀의 살과 뼈를 미친 듯이 핥아대므로,
> 그놈은 악귀처럼 젖이 쪼그라들 때까지 빨아대므로,
> 한대 맞으면 행복해지는 주사처럼
> 소주가 잔에 채워지는 은은한 소리가 들린다
> 만원어치의 행복, 안주로 나오는
> 메리야스 밖으로 드러나는 족발만한 젖가슴
> 여자는 히죽히죽 웃는다 나도 웃는다
> 광인은 백치
> 그 미친 자는 한 가지만 본다
> 그 한가지로 세상의 모든 이치를 잊어버리고
> 벼랑 끝에 해 볼 테면 해보라고 두려움 없이 선다

「족발집여자」 부분

이 작품의 주인공은 족발집 여자이다. 그는 과부이며 세상의 열린 광장은 그녀를 포용하지 않은 채 버려두었다. 무엇이 그녀로하여금 광장으로부터 멀어지게 했는가. 바로 가난이 그 원인이며, 세상을 헤쳐나가는 거친 힘을 그녀에게 마련해준 것도 이 정서였다. 이는 생의 근원적 욕구에 걸리는 문제이기에 그를 거침없는 존재로 만들어버린다. "굶주림이 그녀의 살과 뼈를 미친 듯이 핥아대므로,/그놈은 악귀처럼 젖이 쪼그라들 때까지 빨아대므로" 생존의 몸부림으로 휘두르는 "그녀의 칼날에는 무기력이 없는" 절대 강자가 되게 하는 것이다.

실존의 조건이 주는 즉자적 야성의 힘들은 경우에 따라서는 시적 주인공으로 하여금 광인으로 만들거나 백치로 만들기도 한다. 제도로부터 일탈된 광인들이 한가지 방향만을 보게 되는 것은 이와 밀접한 관련이 있다. 그것은 세상으로 나아가는 다양한 길과 통로에 대해서는 무감각하기에 "한가지만 보게" 한다. 그렇기에 그녀는 "벼랑 끝에 해 볼 테면 해보라고 두려움 없이 설" 수가 있게 된다. 그런데 이런 폭력성은 그녀의 자발성이라든가 내적 동기와는 전연 무관하다. 그것은 오직 타자성에 의해 형성되는데, 그러한 타자성에는 나도 포함될 수 있고 우리도 포함될 수 있다. 서정적 자아가 광기에 대해 순간적 반전을 일으키는 것은 여기에 그 원인이 있다. 과부가 시적 자아의 눈에 "성녀처럼 보이는 것"이 바로 그러하다. 그녀의 폭력성은 이처럼 폭력 그 자체로 갇히지 않는다. 그녀가 광기 뒤에 숨겨진 건전한 합리성에 대해 전연 무감각하지 않은 까닭이다.

　사회에 대한 시인의 발언이 「족발집여자」의 경우처럼 언제나 순한 영역에서 직조되는 것은 아니다. 처절하고 갇힌 사유들은 더욱 격한 통로를 통해 발산되기도 한다. 「숨」이라는 시가 그러하다. 짧은 형식의 서정시에서 인생의 다양한 단면이 이 작품만큼 입체적으로 드러나는 사례도 매우 드물 것이다.

　　운다 피투성이인체로 자궁에서 빠져나와
　　웃는다 형광등 빛과 수돗물 소리를 느끼며
　　운다 억울하게 미혼모의 몸에서 태어나
　　웃는다 여관에서 오 분 만에 버려진 아이가
　　운다 어미 없는 분노와 허기를 다스리지 못해
　　웃는다 고아원 원장에게 귀싸대기를 맞으며
　　운다 신음소리 한번 내지 않고 눈물만 흘리며
　　웃는다 생일마다 복수하겠다고 소주를 마시며
　　운다 본드를 불때마다 나타나는 엄마를 껴안고
　　웃는다 담뱃불로 손등을 지지며
　　운다 각목으로 집안에서 버티는 임산부를 때리고
　　웃는다 너 같은 깡패는 싫다고 소리 지르는 애인을 보며
　　운다 아무도 몰래 화장실에서 마음잡고 살아야지
　　웃는다 손가락을 자르며 택배 트럭을 몰며
　　운다 칼에 찔려 아스팔트 위 타이어에 등을 기댄 채
　　웃는다 자기 맘대로 흘러내리는 피를 보며
　　운다 전화기를 꺼내다 얼굴도 모르는 엄마를 부르며
　　웃는다 피를 바쳐 분노를 다스리며
　　운다 한 번도 느껴보지 못한 뜨스함에

웃는다 피투성이인 채로 마지막 숨을 몰아쉬며

「숨」 전문

이 작품의 화자는 미혼모의 자식이다. 그러한 인생들이 겪는 경로가 대부분 비슷하듯, 작품 속의 화자의 삶 역시 사회의 어느 곳에서도 환영받지 못한다. 불행한 출생은 잘못된 성장으로 이어지며, 이들의 삶에서 획기적 반전이란 불가능하다. "몰래 화장실에서 마음잡고 살아야지"다짐하고, "손가락을 자르며 택배 트럭을 몰아" 본들 그에게 돌아오는 것은 결국 죽음이라는 비극 뿐이기 때문이다.

한 개인의 서사를 짧은 형식의 시에 모두 담아내는 것은 쉬운 일이 아니다. 그러나 시인은 그러한 서정적 제약을 뛰어넘어서 이 서사를 성공적으로 수행해내고 있다. 이런 기법적 성숙도는 환상과 현실의 교직 속에서 사회의 비극적 단면을 예각화시킨 「死者衣裳」의 연장선에서 설명할 수 있는 부분이다. 시인은 기존의 서정시 영역을 초월해서 시인의 촉수에 걸려든 현실의 불온한 양상들에 대해 거침없이 발언한다. 그러한 발언 뒤에 숨은 의도가 지극히 단선화된 어떤 목적과 연결된 것이라 해도 시인의 이런 시도는 매우 참신해보인다. 시의 형식과 내용이 각자의 목적에 따라 규정되어버리는 다양한 사례들에 비추어보면 이는 지극히 예외적인 것이라 하지 않을 수 없을 것이다.

시인의 작품들이 현실의 부정성에 기반한 것임에도 불구하고 어떤 궁극적 목적성과는 멀리 떨어져 있다고 했다. 그럼에도 불구하고 시인은 현실에 대한 노골적인 폭로라든가 고발만을 능사로 인식하고 있지 않다. 그에게도 지향해야할 시적 목표가 언필

칭 존재하는 것 또한 사실이다. 그러나 리얼리즘 계통의 시들에서 쉽게 발견되는 어떤 단선화된 통로를 자신의 시의 귀결점으로 이해하고 있는 것 같지는 않다. 뿐만 아니라 변증법적인 승화의 긍정적 모델을 시가 나아가야할 목표로 표나게 인식하지도 않는다. 그럼에도 그의 시들이 뿌려놓은 씨앗들을 총총히 따라가다 보면 문자의 뒷면에 가려진 시인의 의도를 어렵지 않게 알아차릴 수 있게 된다. 앞서 인용한 「死者衣裳」에서 시인은 그의 시가 나아가야할 구경적 모습에 대해 어렴풋하게나마 제시해 놓은 것이다. 이 작품에서 시적 화자는 사자와의 무의식적 교감 혹은 환상적 교차를 통해서 잠시 동안의 평안을 찾게 되는바, 유년으로의 회귀가 바로 그러하다. 시적 화자는 죽은자의 체험을 통해서 유일무이한 안식처를 얻게되는데, 그것은 다름아닌 죽은 아이와의 환영적 교차를 통해서이다. 유년의 자아가 인식적 통일에 대한 완전성의 규범적 모델임은 익히 알려진 일이거니와 시적 화자도 이 유년의 체험을 통해서 불온한 현실에 대한 대항담론으로 인유하게 된다.

　　저마다의 눈에 붕대를 감아두어도


　　누가 지금 잠든 뱀을 깨우고 있습니까? 공산당이 사탄의 혀로 부활합니다 헌금하고 기도합시다! 연필을 던지고 삼각자를 던지고 공책을 찢어 바람에 날리는 아이들 구렁이의 등에 업혀 하늘로 날아간다 대기권을 뚫고 우주로 날아간다


　　동맥이 터진 태양은 하늘까지 피의 빛을 내뿜으리

총을 쏘는 경찰의 머리 위로 구원의 증표처럼 피 묻은 공책들
이 쏟아지고 팔다 남은 면죄부를 줍듯 아우성치며 사람들이 몰려
든다 감사합니다 감사합니다 저에게도 한 장만, 한 장만……

「구렁이를 타고 날아가는 아이들」 부분

인용시는 「死者衣裳」의 연장선에 놓인 작품이다. 이 작품 역
시 초현실의 수법을 주요한 문학적 의장으로 구사하고 있기 때
문이다. 이미지와 이미지의 결합이 매우 자유로우면서도 원관념
과 보조관념의 결합관계는 견고하게 유지된다. 이 수법이 주는
효과는 어떤 고정된 틀에 얽매이지 않고 시의 내용을 참신 발랄
하게 전달시켜준다는 데 있다. 어떻든 참신한 의장이 주는 시의
난해함에도 불구하고 이 시가 전해주고자 메시지는 분명해보인
다. 현실의 굴레를 벗어난 자유랄까 해방의지가 바로 그것이다.

작품 속에 구현된 아이들은 매우 재기발랄한 상태에 놓여있다.
그러나 그런 모양새들은 아이들 내부의 샘에서 솟아오르는 에네
르기는 아니다. 그보다는 틀에 박힌 규격으로부터 벗어나고자 하
는 상상력에서 온 것이라고나 할까. 아무튼 이들은 다양한 모양
으로 변주되면서 제도가 저지른 이데올로기로부터 과감하게 탈
출하고자 한다. "연필을 던지고 삼각자를 던지고 공책을 찢어 바
람에 날"리면서 구렁이의 등에 올라타는 것이다. 규격화된 틀로
부터 환골탈태하는 이들의 모습에서 제도의 어두운 그림자를 연
상하는 것은 큰 무리가 아닐 것이다. 허물을 벗어내는 변신의
과정을 거치면서 이들이 도달한 곳은 우주이다. 우주란 존재를
하나의 계통이나 틀로 묶어내는 것을 철저히 거부하는 해방공간
이다. 이들은 이 무한 속에서 제도의 틀을, 의식의 무거운 짐을

벗어던지면서 자의식적 해방감에 젖어든다.

시인의 시선이 내부로만 갇히는 지금의 시단에서 열린 사회로 나아가는 시야를 만나는 것은 반가운 일이 아닐 수 없다. 다소 신비화되고 초월적인 요소들이 현실의 심각한 갈등들을 희화화시키는 약점이 있음에도 불구하고 김성규 시인의 시들은 분명한 사회적 전언을 갖고 있다. 그런 명쾌한 메시지만으로도 시인의 시는 우리에게 가치의 존재성을 일깨워주는 데 충분하기에 매우 의미있는 것이라 할 수 있다.

# '자아'와 그 숙명적 존재론의 문제

## ─김현서론

　근대란 무엇인가와 또 그것은 어떻게 현상되는가에 대해 자신 있게 말할 수 있는 사람은 아무도 없을 것이다. 한때 뜨겁게 달구었던 근대성 논쟁도 따지고 보면 근대란 무엇인가에 대한 탐색의 도정에 불과한 것이었다. 그리고 그러한 탐색의 핵심 주제는 이른바 정체성에 관한 것으로 귀결되었다. 중세의 영원이라든가 근대의 도구적 이성을 부정하거나 해체하면서 어떤 물상에 대해 하나의 올곧은 정의가 가능해질 것인가 하는 의구심에서 시도된 것이 이 논쟁의 요체였다. 견고한 것이란 불가능할 뿐만 아니라 더 이상 정립할 수 없다는 것이 포스트모던의 주된 원리였다. 반면 계몽은 여전히 유효하고, 그것의 힘이랄까 영향에 대해 무한 신뢰를 보이는 쪽에서는 중심이나 개념의 정립에 대한 시도가 가능하다고 보았다.

산업의 진행정도에 따른 새로운 시대적 패러다임들은 이성이나 계몽보다는 해체의 정신에 보다 큰 강조점을 주기 시작했다. 이와 더불어 80년대 이후 그것이 주류화되는 데에는 사회적 환경이 주요한 역할을 담당하기도 했다. 잘 알려진 대로 이때의 한국 사회는 군부 통치라는 중심화된 권력이 자리하고 있었다. 이 패러다임이야말로 도구화된 이성의 가장 전형적인 형태가 아닐 수 없었는데, 그것을 해체시키는 길이 곧 민주화의 도정이라는 의미로 인식되었다. 그 도정은 근대의 두가지 축이었던 실천과 해체라는 방법적 특성으로 진행되었다. 전자를 이끌었던 사유가 마르크시즘이었고, 후자의 경우는 포스트모더니즘이었다. 동전의 앞뒤처럼 양극단이었던 두사조가 중심 권력에 대해서 똑같은 저항의 태도를 취했던 것이다.

마르크시즘이 주체의 정립에 의존한다면, 포스트모더니즘은 주체의 해체에 기대는 경우였다. 주체가 어떤 계기에 의해서 실천의 장으로 나아갈 것인가 하는 것이 전자의 주된 지표였다면, 후자는 정의할 수 없는, 혹은 세울 수 없는 해체의 장을 통해서 자신 앞에 놓인 권력이라든가 중심을 무너뜨리려 했다. 이러한 과정에서 '나'(자아)는 누구인지 알 수 없게 되고 또 뚜렷하게 정의될 수 없었다. 타자에 대한 인식불가능성 뿐만 아니라 내가 누구인지에 대해서도 정확하게 알 수 없다는 이 유행적 담론이야말로 포스트모던의 시대를 알리는 표제어가 되어버린 것이다. '내가 누구인가'에 대해 인지하거나 표명하는 과정이야말로 이 시대의 최대 화두였던 것이다.

　이번 포커스의 탐색 대상인 김현서 시인의 작품 또한 그러한 시대적 의미망과 분리하기 어려운 것이라 하겠다. 자아란 무엇인가에 대해 몰두하고 있는 그의 시를 두고 포스트모던적인 성격으로 이해할 수 있는 것은 이 때문이 아닐까. 내가 누구인지 알 수 없다는 자의식, 그렇기에 그러한 나를 찾기 위해서 지난한 노력을 하고 있다는 가열찬 모색이야말로 이 담론이 요구하는 주제의식과 똑같이 닮아있기에 그러하다.

난 수수께끼
난 비 만한 집
이 포장지 속에 무엇이 있을까요?
열 달 동안 키울 오렌지나무?
열 달 동안 헤맬 지도?

난 안 개인 정원
난 코르셋을 벗는 거울
애완용 붓꽃 긴 칼에 젖무덤이 쏨벅
방울
방울
핏방울들이 자줏빛 어린 꽃을 피운다
모락모락 김이 나는
발효하느라 부풀거리는 이 빵 덩어리!

난 280개의 물음표
난 비눗방울

이 포장지는 방음도 방수도 잘 되요
당신도 이 속에 묻어드릴까요?


난 잠 자리를 찾는 잠자리
난 몸 푸는 앵두꽃
고양이 잇몸 같은 오븐
우선 이 방부터 치워야겠어요
구멍은 모두 메우고

「난 비 만한 집」전문


시인의 작품들은 이런 경향의 시들이 그러한 것처럼 그 음역을 읽어내기가 쉽지 않다. 이 불가해성은 심리 탐색의 시들에서 흔히 볼 수 있는 것이지만, 이 시인은 환상이라든가 공상과 같은 초현실주의적 상상력을 가미시킴으로써 그러한 경향들을 더욱 극대화시키는 방법적 솜씨를 보여주고 있다.

흔히 이야기되듯 환상의 영역은 접근하기 어렵다. 설사 그것에 육박해 들어간다해도 그 실체가 정확히 감촉되거나 알 수 있는 모양새로 쉽게 현상되는 것은 아니다. 그런 면에서 접근하기 어려운 자아의 경계를 환상의 테두리로 감싸고 있는 시인의 시적 의장은 매우 적절한 것이라고 할 수 있다.

이 작품은 "난 수수께끼"라는 전제에서 출발한다. 그렇기에 자아란 모호한 존재일 수밖에 없으며, 또 그것은 정확하게 누구인지 알 수 없게 된다. 알고자 하는 자아와 숨으려는 자아 사이의 시소게임이 벌어지는 것이다. 그러나 그 게임의 결과는 쉽게 드러나지 않는다. '나'는 여전히 "안개인 정원"의 모습으로 덧씌워져 신비로운 존재로 남아있기 때문이다. 그럼에도 그 알 수 없는 자아의 실체를 위한 시인의 노력은 쉽게 포기되지 않는다. 그 헤아릴 수 없는 속을 들여다 보기 위해서는 그것을 에워싸고 있는 겉이 깨끗하게 제거되어야 한다. 이를 감싸고 있는 외피들이 벗겨져야 하는 것인데, 이 작품에서 그 상징적 외피는 '코르셋'으로 나타난다. 그것은 물질적인 것이면서 비물질적인 것이기도 한데, 궁극적으로는 자아의 본질과 가장 가까운 어떤 것이 되기도 한다. 그 이면에 육체의 영역, 본능의 영역이 곧바로 맞닿아 있는 까닭이다.

본질에 이르는 길이 육체에 있다는 것은 지극히 참신한 발상이 아닐 수 없다. 육체란 본능의 영역이면서 시원의 영역과 불가분의 관계에 놓여있기 때문이다. 그것은 성스러운 공간이면서 태초의 시간이며, 생명의 근원이다. 자아란 무엇인가에 대해 물을 때, 근원에서 시작하는 것은 자연스러워보인다. 이곳은 삶의 원형질, 인간의 본질이 충실히 구현되어 있는 까닭이다. 어떻든 시인의 자아란 이 지대에서 시작되고 자란다. "핏방울들이 어린 꽃을 피"면서, "발효하느라 부풀거리는 빵덩어리"처럼, 이곳에서 본질의 구체적 형상, 자아의 본모습이 생성되고 성장하고 있는 것이다. 그러나 자아란 무엇인가에 대한 지난한 물음에서 시작된 시인의 여정은 쉽게 종결되지 않는다. 그러한 노력에도 불구하고 '나'는 "280개의 물음표"라는 인식에서 보듯 여전히 모호한 존재로 남아있기 때문이다.

껍질에 둘러싸인 자아의 모습은 불투명할 수밖에 없다. 그러한 불투명성은 복잡성과도 분리하기 어렵다. 단순화라는 기계적 편리성이 필요한 것은 이 때문인지도 모른다. 그리하여 자아와 외부로 연결된 통로를 차단하고 나 혼자만의 고립된 방에 갇혀 본다. 단순화되면 될수록 초점을 맞추기가 쉬워지는 속성을 이용하기 위함이다. 인용시에서처럼 자아를 탐색하는 시인의 여정이 닫혀진 공간에서 마무리는 되는 것은 자연스러운 일이 될 것이다. 그러한 밀폐된 공간을 위해서 시인은 "잠 자리를 찾는 잠자리"가 되기도 하고 "몸 푸는 앵두꽃"처럼 되기도 한다. 자아라는 실체에 접근하기 위해 스스로를 밀폐된 방에 가두는 것이다. 이로써 서정적 자아는 세상으로 나아가는 통로가 차단되고 고립된 방에 갇히게 됨으로써 '나'에 대한 탐구에 전념하게 된다. 무언가 알 듯 말 듯한 세계, 그 알 수 없는 실체를 위해서 시인은 과감한 모험, 위험한 도전을 시도하게 된 것이다.

> 내가 상자를 열고 있을 때
> 한 아이가 아파트 옥상에서 몸을 던졌다
> 귀를 닮은 꽃들이 죽은 아이 곁에 피어 있었고
> 햇빛은 말벌떼처럼 윙윙거렸다
>
> 내가 네 번째 물건을 찾고 있을 때
> 아이가 놀던 숲이 일그러졌다 펴졌다
> 다시 찢어지는 원고지였고
> 꽃잎들이 흰 접시처럼 땅에 떨어져 깨졌고
> 호수 위로 물고기가 떠올랐다
>
> 내가 뒤죽박죽 된 상자 속으로 들어갈 때
> 내가 아이의 옷과 사진첩의 먼지를 털고 있을 때

밤이 오고 개미떼처럼 어둠이 몰려오고

폭우가 쏟아졌다

폭우는 사자의 갈기를 달고

성난 발자국을 남기며 지붕에서 지붕으로 뛰어다녔다


내가 상자 속에서 울고 있을 때

내가 냉수로 입 속의 피와 남은 기억을 헹궈낼 때

상자 속에서 아기의 마른 울음이 들리고 황토물이 쏟아졌다

나는 액자를 깨트리고 바닥에 주저앉아 오래토록

황토와 물과 소리가 분리되기를 기다렸다

「탱고라고 불리는 상자」전문


자아란 무엇이고, 또 내가 누구인지를 탐색하기 위한 시인의 여정이 타당한 것이었는가 하는 것은 전적으로 시인의 역량과 관계된 몫일 것이다. 따라서 그 성공여부에 대해 정확한 답을 구하는 것만큼이나 어리석은 일도 없을 것이다. 그럼에도 시인의 여정들이 자아와 세계의 불화, 거기서 얻어지는 본질의 문제를 성찰했다는 점에서는 매우 의미있는 것이라 할 수 있다. 자아의 본질이나 그 실존적 성격의 문제들은 어느 특정 시인 하나만의 것으로 국한되는 것이 아니기 때문이다.

생성과 성장, 그리고 다시 근원의 뿌리로 되돌아간 서정적 자아는 신의 본뜻, 태초의 의미를 이해하기 위해 자신만의 고립된 공간, 곧 판도라의 상자 속으로 빨려들어갔다. 새로운 탄생을 위해서 시인은 색다른 모험을 감행한 것이다. 「탱고라고 불리는 상자」는 그러한 모험의 연장선에 놓인 작품이다. 그러나 서정적

자아의 시선은 「난 비 만한 집」과 비교할 때, 전연 다른 곳으로 향해져 있다. 그것은 한편으로는 자아의 영역과 관련되어 있고 다른 한편으로는 세상과 관련을 맺고 있다.

시인은 「난 비 만한 집」에서 자아에 대한 집요한 질문을 던져 온 터였다. 그렇지만 그에 대한 정확한 답을 얻지 못한 채, 밀폐된 공간 속으로 틈입해 들어갔다. 이 공간에서 시인이 얻어낸 것은 무엇일까. 「탱고라고 불리는 상자」는 「난 비 만한 집」과 동일한 상상력을 보여준 작품이다. 그럼에도 전진이랄까 발전의 모습들은 발견되지 않는다. 자아에 대한 시인의 끝없는 탐색들은 종결되지 않은 채로 남아있게 된 것이다. 오히려 자아의 문제들은 괄호로 묶인 채 타자와의 관계망이 중점적으로 부각되는 양상을 보여준다. 그것은 곧 세상과 통하는 문의 문제로 구현된다.

자아란 무엇인가를 알아내기 위해 밀폐된 공간 속에서 자아는 다시 '자아'를 위한 '타자'의 상상력에 의지한다. 그 준거점이랄까 인식성이 '상자'이다. 그것은 열림과 닫힘의 변증법적인 점이지대에 놓인 매개이다. 이 매개를 이용해서 시인은 다시 자아확인에 나선다. '상자'를 열고 세상과의 교통을 시도하는 것이다. 상자로부터의 탈출은 세상과의 만남이며, 진정한 자아정체성을 세우기 위한 도정이기도 하다. 시인이 알고 싶어하는 자아의 모습이 어떠하든 이제 그는 세상과의 만남을 시도한다. 그러나 그가 마주한 세상은 지극히 자아의 그것만큼이나 모호하고 경우에 따라서는 불온하기까지 하다. "내가 상자를 열고 있을 때" 마주한 세상은 "한 아이가 아파트 옥상에서 몸을 던지는" 곳이고, 그 죽은 아이 곁에서 "귀를 닮은 꽃들이 피"며, "햇볕은 말벌떼처럼 윙윙거리고" 있는 공간으로 구현되기 때문이다. 그럼에도 자아는 자신이 거주해야할 공간, 정체성을 세울 곳을 찾아 끊임없는 노력을 기울인다. 그러한 그의 시도가 "네 번 째 물건"의 탐색과정인데, 여기서 네 번이라는 숫자는 큰 의미가 없다. 중요한 것은 자아를 찾는 노력, 세상과의 건전한 만남을 마주하고픈 자아의 끊임없는 시도정도로 이해하면 그만일 것이다. 어떻든 그러한 자아의 열정에도 불구하고 세상은 여전히 혼탁하고 정주할 공간으로 현상되지 않는다. 자아 탐색이 진행되는 열정의 시간 속에서도 "아이가 놀던 숲은 일그러지고", "꽃잎들은 땅에 떨어져 깨지고", "호수 위로 물고기가 떠올리는" 부조화의 순간들은 계속 진행된다. 이런 일상의 공포들은 「10시 27분 버스」에 이르면, 아주 극명하게 드러난다.

### 앞문

노인이 탄다 죽음이 뒤따라 타고 임산부가 탄다 빛이 탄다 내 몸을 통과한 시간이 탄다 까맣게 탄다

### 스피커

까만 립스틱을 바른 입, 벙어리장갑을 끼고 웃음의 몸무게를 재는 저울, 흰 이빨과 혀가 잠든 무덤, 무덤 사이로 쉴 새 없이 날아오르는 새떼

### 손잡이

해머가 내 머리 위를 맴돈다 교수대 밧줄에 목 대신 손을 넣자 차가 흔들린다 삶이 흔들리고 죽음이 웃는다 잇몸을 드러내며

### 의자

연꽃잎 바람에 한 겹 한 겹 뜯겨나간다 돌아가신 아빠의 웃는 얼굴처럼 나비가 잠시 앉았다 떠난 자리 흰 얼룩이 혼자남아 울고 있다

### 창문

깔깔거리는 여고생 말의 알들이 탁탁 터지는 소리 뒹군다 창밖엔 뒤로 달리는 나무들 반대편 차선으로 달리는 구급차 뒷문에 낀 피 묻은 장갑 한 짝 요란하게 떤다

### 뒷문

끼익, 10분 간격으로 아기를 낳는다 꿍 꿍 길바닥에 핏덩이를 떨어뜨리고 도망치는 저 매정한 엄마

「10시 27분 버스」 전문

이 작품을 이끌어가는 근본 상상력은 버스 안이다. 이 시인이 즐겨 사용하는 밀폐의 상상력이 여기서도 그대로 드러나고 있는 것이다. 이 작품에서 시인의 시선은 멀리 뻗어나 있지 못하다. 곧 좁은 공간에 갇혀있는 것인데, 실상 이러한 상상력이 가져올 수 있는 결과가 지극히 폐쇄적일 수밖에 없음은 당연하다고 하겠다. 그것은 소위 전망의 문제를 떠나서는 설명하기 어렵다. 전망이란 리얼리즘적인 용어에도 불구하고 그것이 유효할 수 있음은 바로 상상력의 문제와 밀접한 상관관계를 맺고 있기 때문이다. 시선이 닫혀있다는 것은 곧 상상력의 폭에 관한 문제와 관련된다. 그 폭의 협소성은 그만큼 그의 사유가 닫혀 있다는 의

미가 된다. 시인은 닫혀진 공간에서 세상을 본다. 이 좁은 시야에서 자아의 안식처나 정체성을 세운다는 것, 혹은 이해시킨다는 것은 불가능한 일이다.

세상이 불온하고 자아가 정착할 수 있는 모성적 지대를 찾지 못하게 될 때, 시인이 할 수 있는 일이란 무엇일까. 세상으로 나아가는 문, 세상과 교통하는 통로를 닫는 것이 최선의 방법일까. 아니면 실천적인 주체가 되어 이를 능가하는 계몽의 전도자로 나설 것인가. 이도저도 아니면, 다시 자신만의 밀폐된 공간으로 숨어버릴 것인가. 아니면 이 모두를 승화시킬 유토피아의 세계로 나아갈 것인가. 이런 모든 질문과 해법에도 불구하고 그가 찾는 정체성이랄까 해법은 뚜렷하게 감각되지 않는다. 시인이 찾아나서는 '사탕가게'(유토피아)는 네거리에 놓여 있어서 그 방향을 쉽게 일러주지 않는다(「칸타타 사탕가게」).

자아와 소통할 수 있는 세상이랄까 환경은 녹녹지 않다. 세상 밖으로 나가는 길이 험난하다면, 자아가 할 수 있는 일은 그가 원래 거주했던 공간으로 다시 되돌아가는 것이 최선의 길일지도 모른다. 「탱고라고 불리는 상자」에서 자아가 다시 상자 속으로 들어가는 것은 이와 밀접한 관련이 있다. 그러나 그러한 방향전환이 필요충분한 선택이 되지는 못한다. "내가 상자 속으로 들어갈 때"의 상황이란 처음 그가 나왔을 때의 것과는 전연 엉뚱한 방향으로 전이되어 있었기 때문이다. 상자 속에서는 "아기의 마른 울음이 들리고 황토물이 쏟아져" 들어오는 열악한 상황이 펼쳐진다. 이런 상황 속에서 자아가 할 수 있는 일이란 '우는 것' 뿐이고, "황토와 물과 소리가 분리되기를 기다리는" 수동적 자세 뿐이다.

이렇듯 '나'를 둘러싼 암호를 해독하기 위한 시인의 여정은 불온한 현실에 의해 좌절된다. 내부의 객관적 응시와 묘사를 통해 '나란 누구일까'에 대해 고민하던 자아는 그 해결의 실마리에 대한 지식을 얻을 수가 없었다. 그리하여 타자를 통한 자아 확인하기라는, 지극히 일상화된 수법을 통해서 '내가 누구인지'에 대해 회의해보지만, 시인은 불온한 현실에 대해 절망하게 된다. 자아 확인이라는 지고지선한 주제는 실패하고 마는 것이다.

주체가 무엇이고, 자아가 어떤 형상을 하고 있는가에 대한 의문들은 근대가 부여한 크나큰 과제 가운데 하나였다. 누구나 할 수 있는 질문이고 당연히 가질 수 있는 의혹이긴 하지만, 그 해법으로 나아가는 도정이 쉽지 않은 것이 사실이다. 그렇기에 자아가 무엇인지에 대해 뚜렷한 결론에 이르지 못한 시인의 모색이 허무한 것이었다고 단정지을 수는 없을 것이다. '나'에 대한 독법은 존재론적 숙명이면서 영원히 풀리지 않는 수수께끼와 같은 것이기 때문이다.

# 존재의 완성에 이르는 길, 사랑

## ―노금선론

　시는 생에 관한 진술이자 표출이다. 마치 화가가 도화지에 색을 입히듯 시인은 언어로 생을 부려 놓는 것이다. 그것은 시인의 개성에 따라 수채화나 유화, 혹은 수묵화가 될 수도 있고, 정물화나 풍경화, 추상화가 될 수도 있을 것이다. 이러한 차별성은 시의 내용이나 형식, 기교, 그리고 소재적인 측면과 관련하여 작품의 독창적인 심미성으로 특징지어지는 것이지만 그 궁극적인 주제가 '생'의 내면적 진실에 연결된다는 점에서는 동궤에 자리한다. 그러므로 시인의 사유와, 성찰을 통한 존재와의 관계맺음은 생의 내면적 진실에 근접하고자 하는 고투라 할 수 있을 것이며, 이는 존재론적 완성에 대한 고뇌와 열망에 다름 아니다. 시인들의 관심은 늘 이 '생의 완성' 혹은 존재론적 완성과 관련이 있으며 작품에는 그것에 이르는 그들만의 방편이 드러나게 마련이다.

금번에 상재된 노금선 시인의 작품집은 특별히 이러한 주제들에 대해 깊이 천착하고 있어 우리의 주목을 끈다. 이번 시집은 시인의, 생의 완성에 이르기 위한 가열한 열망과 부단한 성찰이 작품 전체를 관류하고 있는 시의식이라고 해도 과언이 아닐 것이다. 가령, "나는/ 무엇 때문에 태어나/ 무엇을 위해 사는가"(「백년의 기다림」)라는 화두가 이를 방증해준다. 따라서 시적 자아의 생의 의미, 생의 완성에 이르는 길을 간취해 내는 것이 이 시집을 이해하는 관건이 될 것이다.

우선 섣부른 결론이 가능하다면, 시인이 상정한, 생의 완성에 이르는 길은 일차적으로 사랑에서 찾아진다. 현대 들어 사랑이라는 단어가 너무 흔해진 탓에 그 가치가 많이 퇴색된 것이 사실이다. 그런데, 아이러니한 것은 이러한 현실이 오히려 진정한 사랑에 대한 욕망을 추동하는 기제로 작용한다는 것이다. 이는 시의 가장 보편적이면서도 주된 주제 중의 하나가 여전히 사랑이라는 사실과도 연결된다.

시인이 시를 통해 드러내고자 하는 의미 또한 인간을 인간답게 하는 것, 생을 완성시키는 것은 사랑이라는 것이다. 그의 시집에서 사랑은 사계절에 녹아 있고, 자연을 비롯한 온갖 만물에 깃들어 있다. 연인에 대한 사랑, 어머니에 대한 사랑, 이웃에 대한 사랑, 신에 대한 사랑 등, 시인의 작품들에서 사랑이라는 정서는 그야말로 전방위적으로 발현되고 있다고 할 만하다. 또한 그의 시에서 각각 다른 차원으로 보이는 이들 사랑은 서로 긴밀하게 연결되어 있으며 결국 보편적인 하나의 의미로 환원되는 양상까지 보이기도 한다.

> 그대 향한 생각
> 파도처럼 밀려와
> 소금처럼 가슴을 절이니
> 환한 봄날조차 눈부시게 서럽다
>
> 알 수 없는 신비
> 불면으로 이어지는 갈증
> 강물처럼 흐르고
>
> 눈부신 아침
> 쏟아지는 달빛이 서러운 것은
> 오직 그대 때문
> 죽음조차 갈라놓을 수 없는
>
> 사랑은 축복이다

「그대 생각」 전문

　　신화에서 사랑의 신인 에로스가 포로스와 페니아와의 사이에서 태어났다는 대목은 의미하는 바가 크다. 포로스는 풍요의 신이고 페니아는 결핍의 신이기 때문이다. 기실 사랑이라는 정서에는 사랑하는 대상으로 인한 충만함과 함께 결핍감이 양가적으로 공존한다. 여기에서 결핍감이란 대상과의 완전한 합일은 불가능하다는 인식에서 비롯되는 것으로, 자아는 이에 고통을 느끼지만 또 한편으로 이 결핍감은 사랑의 열정을 고양시키는 기제로 작용하기도 한다.

인용시에서 결핍감은 '서러움'으로 발현되고 있다. 환한 봄날'이나 '눈부신 아침', '쏟아지는 달빛'까지도 '서럽게' 느껴지는 것은 바로 '그대'를 향한 사랑 때문인 것이다. '불면으로 이어지는 갈증'이라는 표현은 대상에 대한 시적 자아의 결핍감을 적실하게 드러내고 있다. 그럼에도 불구하고 시적 자아에게 '사랑'은 축복이다. 사랑은 시인에게 생의 의미를 환기시켜 주기 때문이다.

> 잠깐 소풍 왔다 가는 인생
> 소유한 것은 사랑
> 사랑보다 아름다운 말 또 있으랴
> 우주는 텅 비고도
> 가득 찬 무의 세계
> 그 황량함에서 벗어나
> 당신에게 가는 길

「가을걷이」 부분

우주의 영원한 시간에 비한다면 인간 삶의 유한한 시간은 찰나라 할 만하다. 시인은 이를 '잠깐 소풍 왔다 가는' 것으로 표현했다. 위 시에서 이 영원한 '우주'는 화자에게 있어 '무'로 가득 찬 '텅 빈 세계'로 인식된다. 인생은 찰나이고 '우주'는 '무'의 세계라는 자각 속에서 생은 무의미한 것이 될 수밖에 없다. '황량함'이란 이러한 허무감을 표상하는 시어이다. 무의미한 생에 의미를 부여하는 것이 화자가 '소유'한 '사랑'이다. '당신'을 향한 마음, 사랑이야 말로 '그 황량함에서 벗어'나는 길인 것이다.

　시인의 사랑은 '죽어도 당신 곁을 맴돌'고 "다시 태어나도/ 오직 한 사람/ 당신 향해 불어오는 바람"(「바람의 노래」)이길 원하는, 인간의 유한함까지도 뛰어 넘을 만큼 강한 것이다. 또한 "열병으로 뜨겁게/ 달아오르는"(「새순」), "온 몸 태우며 그리움 쏟아 내는데"(「4월의 꽃」), "보고 싶다/ 그립다/ 이 보다 더 간절한 말/ 있을까"(「바람과 꽃」)에서 드러나는 바와 같이 그 표현 또한 매우 농밀하면서도 직서적이다. 이러한 열정적인 사랑은 어디에서 발원하는 것일까. 그것은 다시 결핍감과 연결된다.

　　　내 인생의 4월
　　　무슨 꽃으로 피어 있었기에
　　　한 마리 독한 벌에 쏘여
　　　낙화해 버렸을까

　　　내 청춘의 어느 날
　　　당신은 달콤한 꿀벌인 척 날아온
　　　강한 땅벌이었지

「4월」 부분

　혼히 '4월' 앞에는 '잔인한'이라는 수식어가 따라 붙는다. T. S. 엘리엇의 「황무지」를 떠올리지 않더라도 '잔인한 4월'이라는 구문은 우리에게 익숙하다. 시의 내용을 보면 위 시의 '내 인생의 4월' 또한 동일한 맥락에서 쓰인 것이다. 계절상 4월은 꽃피는 봄, 위 시에서 '인생의 4월'이란 바로 화자의 '청춘의 어느 날'을 의미하는 것이다.

　또한 화자에게 이 '청춘의 어느 날'이 주목될 수밖에 없는 것은 '당신'과의 만남이 이루어진 시기이기 때문이다. '4월'의 잔인함은 '당신'과의 만남에서 연원한다. '달콤한 꿀벌'인 줄 알았던 '당신'이 실제로는'강한 땅벌'이었던 것이다. '4월'에 핀 꽃은 '한 마리 독한 벌'에 의해 '낙화'하고 만다.

　　　시집 온지 33년
　　　한 해도 거른 적 없다
　　　어린것들 장성하여
　　　불어난 식구들
　　　앞세워 선산 간다

　　　한 번도 뵌 적 없는 조상 무덤에
　　　큰 절 올리며
　　　미래에 누울 자리를
　　　새끼들 몰래 눈여겨본다

「성묘」 부분

　　　신혼여행
　　　해운대 백사장을 거닐며
　　　약속하던 사람
　　　"절대로 고생 안 시킬게"
　　　이제 그는 가고 없다

35년 같이 살며 결혼기념일 한 번 못 챙긴

모래알처럼 까칠했던 삶

영원한 것이 어디 있으랴

물살에 부서지는 오랜 세월

작은 슬픔들

「해운대 백사장」 부분

인용시들은 시인의 각박했던 결혼 생활을 들여다볼 수 있는 작품들로서 '낙화'의 구체적인 의미가 무엇인지 묻고 있는 작품들이다. 시인은 33년의 결혼 생활 동안 성묘를 "한 번도 거르지 않았다"는 것에서나 '한 번도 뵌 적 없는 조상 무덤에 큰절 올린다'는 표현에서 가부장적 가족제도 내에서 시인이 감내해야 했던 인종의 삶에 대해 반추하고 있다. "어떻게 그리 험한 길을/ 고요히 살아왔을까// 세월의 실타래 꺼내/ 마디마디 엉겨 있는/ 한을 풀어 놓으며/ 나도 울고 너도 운다"(「코스모스」)에서도 시인의 인고의 생과 그러한 생에 대한 시인의 심정이 여실히 드러나고 있는 것이다.

작품 「해운대 백사장」에서는 그러한 삶을 '모래알처럼 까칠했던 삶'이라고 보다 구체적으로 언급하고 있다. "35년 같이 살며 결혼기념일 한 번 못 챙겼"다는 대목을 보면 이 '까칠했던 삶'의 의미는 경제적인 궁핍에서보다 '그'로 인해 채워질 수 없었던 시인의 정서적인 부분에서 찾아질 것으로 보인다. 작품에서는 시인의 매우 열정적이면서도 감성적인 면모가 자주 드러난다. 이러한 시인에게 '까칠했던 삶'은 정서적인 부분에 있어서 결핍감으로 내재되었을 것이고 이렇게 내면화된 결핍감은 작품에서 열정적인 사랑에 대한 갈구로 표출되었던 것이다.

그는 이제 가고 없다. "영원한 것이 어디 있으랴"라는 화자의 자문은 '그'의 부재에 대한 소회이자 시인이 걸어 온 인고의 삶에 대한 회상이기도 하다. 그러나 시인은 과거의 고통에 매몰되어 있는 것이 아니다. 시인은 '언 땅을 헤집고 나온 새순이/ 꽃을 피울 때까지/ 자신의 삶 포기하지 않듯이/ 그렇게 살았다'(「코스모스」)고 고백하고 있다. '언 땅을 헤집고 나'오는 고통이 있어야만 꽃을 피울 수 있듯이 "인고의 시간 없이 채워지는 축복"(「겨울 산」) 또한 있을 수 없다는 의미이다.

그런데 시인의 내면에는 보다 근원적인 결핍이 자리하고 있는데, 그것은 전쟁 중에 이별한 어머니, 어머니의 부재로 인한 상실감이다.

반세기 넘어서까지
무엇이 나를 그리움에 젖게 하고
밤마다 백지 위를 얼어붙게 하는가

며칠만 피난 갔다 다시 만나자던
그 짧은 헤어짐이
영원한 이별 되어
한 맺힌 영혼 피울음 접어
구천을 맴돌게 하는가

불러도 불러도

메아리로 돌아오는 내 어머니
남편과 두 딸 생이별하고
북녘하늘 그 어디서
어떻게 살다 가셨을까

남녘하늘
낯 설은 새어머니 품속에
사랑에 서툰 여인 되어
그리움 지친 밤을 보내고

팔순의 아버지 이산가족 상봉 뉴스 앞에서
아픔의 눈물이
깊은 주름 타고 흐릅니다
구름만 오고가는 빈 들판 위로
메이도록 불러보는 어머니

하얗게 타버린 그리움 담아
임진강 나루 종이배에
흘려보냅니다

「어머니」 전문

　시인의 작품 곳곳에 드러나고 있는 절절한 그리움의 정서들은 '어머니'에게서 연원하는 것이다. '밤마다 백지 위를 얼어붙게 하는'것 또한 어머니에 대한 그리움 때문이다. 이는 흔히들 가질 수 있는, 돌아가신 어머니에 대한 보편적인 그리움이 아니라 '한

맺힌 영혼'의 '피울음'이다. 그것은 어머니를 그리워하는 시인의 마음에 그치지 않고 '남편과 두 딸 생이별하고/ 북녘하늘 그 어디서' 고통 속에 살다 가셨을 어머니의 한을 자신에게 투영시키고 있기 때문이다.

시인에게 사랑은 거의 생리적인 것에 가깝다. "남녘하늘/ 낯 설은 새어머니 품속에/ 사랑에 서툰 여인 되어/ 그리움 지친 밤을 보내고"라는 시구는 시인이 왜 그토록 사랑에 기투하고 있는지를 간취해 낼 수 있는 대목이다. '낯 설은 새어머니 품속'은 결코 시인에게 자아의 근원으로서의 어머니로 자리할 수 없었던 것이다. 이렇게 채워지지 않는 근원적인 사랑에 고착되어 있는 시인은 "사랑에 서툰 여인이 되"어 숱한 날들, "그리움에 지친 밤"을 보내게 된다. 시인의 작품에 드러나고 있는 짙은 그리움, 열정적인 사랑에 대한 갈급은 역설적으로 그것에 대한 깊은 결핍감에서 비롯되고 있었던 것이다.

> 내리는 눈발
> 창 흔드는 바람소리
> 강하고 부드럽게
> 소리 없이 지나간다.
> …… 중략 ……
> 사랑이라는 바람 속엔 인생의 맛이 있다
> 나도 누군가에게 강한 바람으로 다가가
> 그의 운명 돌려놓고 나의 운명 바꾸고 싶다
> 눈처럼 모든 것 덮어 버릴 수 있다면
> 기꺼이 새로운 사랑에 운명을 걸고 싶다

「사랑이라는 바람」 부분

사랑은 '강하고 부드러운' 바람과도 같다. 사랑은 대상의 운명을 바꿀 만큼 강력한 것이면서도 또 한편으로는 어떠한 상처라도 치유할 수 있는 부드러움을 가지고 있기 때문이다. 삶에서의 상처, 어머니의 부재로 인한 근원적인 상실감, 독립적인 삶에서도 채워지지 않고 계속 유보되기만 하는 결핍감을 "눈처럼 덮어버릴 수 있"는 것이 시인에게는 사랑이다.

그러하기에 시인은 "새로운 사랑에 운명을 걸" 수 있는 것이며 '인생의 맛'을 사랑에서 찾는 것이다. 그런데 연인에게나 적합할 것 같은 열정적이면서도 지고한 사랑이 그의 작품집에서는 신에 대한 사랑과 연결되고 있다는 점에서 다소 이채로운 경우이다.

사랑은 무상으로 베푸는
주님 은총

온 밤 내 소리 없이 내린 눈
그리움으로 쌓여
머리끝까지 덮어버린 아침

영혼의 불꽃 세월을 모르듯
별똥별 마지막 빛을 비추듯
작열하는 태양보다 더 아름다운 황혼
이 사랑 완성시키며
나 그대에게 가려나

「그대에게 가는 길」 부분

영혼 깊은 곳까지 채워 줄

그런 사랑 찾아

오랜 세월 갈망했습니다

…… 중략 ……

그런 사랑 만나기 위해

어둠의 시간 다 벗어버리고

당신은 새롭게 태어났습니다

사랑이라는 이름으로

…… 중략 ……

신이 택한 고난의 십자가

생명의 면류관으로 받고

꺼져가는 세상

환한 빛으로 채워주소서

「환한 빛」 부분

시인이 "오랜 세월 갈망"해 왔던 "영혼 깊은 곳까지 채워 줄 사랑"은 결국 '주님'에 대한 사랑으로 귀착된다. 그러나 속세적인 사랑에서 신에 대한 사랑으로 시간적인 전화가 일어났다는 의미는 아니다. 시인에게 있어 '주님'은 모든 것을 주관하는 절대자로 의미 지어지지 않는다. '주님'은 사랑하는 대상이자 사랑을 "무상으로 베푸는" 존재이다. '주님'은 그 자체로 사랑이다. 시인의 사랑 안에서 속세적인 사랑과 신에 대한 사랑의 분별은 의미가 없다. 중요한 것은 '사랑을 완성시키'는 일이다. 그러므로 '그대에게 가는 길'에서 '그대'는 신일 수도 연정의 대상일 수도 있다. 신에 대한 사랑이든 인간에 대한 사랑이든, 혹은 연정의 대상에 대한 사랑이든, 사랑하는 행위 자체가 중요하다는 의미이다.

실상 신에 대한 사랑을 완성시켜 가는 길이 바로 인간을 사랑하는 것이며, 모든 대상을 사랑하는 것이 신의 완전한 사랑에 근접해 가는 길이 아니겠는가. 실제로 시인의 작품에는 연정이나 신에 대한 사랑 외에도 소외된 이웃들, 인고하며 사는 이웃들에 대한 관심과 사랑을 표출하고 있는 시 또한 적지 않다. 남편에게 "허구한 날 맞고 사는" 여자의 설움(「바보 여자」), "반듯하고 성실하게 살아온" 기러기 아빠의 고독(「기러기」), "청상에 홀로 되어/ 팔순이 넘도록/ 아들 하나 의지하고 살아온/ 박복한 할머니"의 한(「기억 저편」), "지천명 나이에 돌아보니/ 살아온 세월 서러워/ 엄동설한 문 걸어놓고/ 목매어 자살"한 양화점 사장의 외로움(「어떤 죽음」)에 대한 시인의 따듯하고 애달픈 시선이 그러하다.

조약돌 투명한 가을 강에
나를 씻는다

덕지덕지 붙어 있는
영혼의 때 씻어버리면
물보다 더 맑은 세상 보이고
풀빛 기쁨 넘친다

겸손치 못하고

절제하지 못한 채 살아 온
오만과 방종 다 씻어내고
텅 비어 더 없이 깨끗한
가을 강


내 영혼 어디쯤에도
이렇게 맑은 강 흐르고 있을까

「가을 강」 부분


시인에게 신의 축복이고 생의 의미이면서 생의 완성에 이르는 길은 사랑이다. 진정한 사랑을 실천하기 위해서는 끊임없는 성찰과 오랜 비움의 시간을 필요로 한다. 이러한 인내의 시간 없는 즉자적인 사랑은 가히 열정적일 수 있을지는 모르겠지만, 가변적이고 이기적이기 쉽다. 이러할 때 사랑은 상대를 온전히 소유하고자 하는 욕망의 다른 이름일 뿐이다. 시인은 그의 작품에서 부단히 비워내고 씻어내는 모습을 보여준다. "덕지덕지 붙어 있는/ 영혼의 때 씻어버리"고 난 후에야 "물보다 더 맑은 세상"이 보이고 그때 비로소 '풀빛 기쁨'을 느낄 수 있음을 시인은 능히 알고 있기 때문이다. "겸손치 못하고/ 절제하지 못한 채 살아 온 / 오만과 방종 다 씻어내고/ 텅 비어 더 없이 깨끗한" 영혼에 시인이 채우고자 하는 것은 사랑이다.

톨스토이는 일찍이 "사람은 무엇으로 사는가?"라는 물음을 던지면서 사랑의 진의에 대해 사유한 적이 있다. 그런데, '사랑'이 너무 식상한 말이 되어버린 현실에서 이 물음은 오히려 더욱 큰 공명을 일으키며 우리에게 다가온다. 아마도 인류가 존속하는 한

끝까지 남아 있는 것은 사랑이며 세상을 세상답게, 인간을 인간답게 하는 유일한 버팀목 또한 사랑임에는 변함이 없기에 그러할 것이다.

가히 사랑의 시인이라 할 만한 노금선 시인은 이렇게 노래하는 것은 그래서 의미가 있다.

사랑은 아름답다

사랑은 축복이며 희망

나는 당신을 사랑하기 위해 태어났다

「꽃과 나비의 시간」 중에서

인식과 비평

# 자아완성과 식물적 상상력

## ―정혜숙론

정혜숙 시인이 『앵남리 삽화』 이후 두 번째 시조집 『흰 그늘 아래』를 상재했다. 첫 시조집이 주로 일상이나 자아의 내면에서 소재를 취하고 있다면 금번에 상재한 『흰 그늘 아래』는 그야말로 자연의 '그늘' 아래에서 직조되었다고 해도 과언이 아닐 정도로, 편편의 작품들은 예외 없이 자연을 주된 소재로 삼고 있다. 이는 시인이 자아나 대상, 세계를 인식함에 있어 자연이 프리즘의 역할을 하고 있다는 의미이다. 그러므로 정혜숙 시인의 『흰 그늘 아래』는 자연을 매개로 한 존재에 대한 탐색이라 할 수 있으며, 존재에 대한 탐색을 자연으로 체현해 낸 것이라는 말도 성립이 된다. 그렇다면 무엇보다도 그의 시에 현현되고 있는

자연의 양태라든가 의미, 인간 존재의 구체적 삶과의 접맥 등을
살펴보는 것이 정혜숙 시의 본령에 근접해가는 길이라 할 수 있
을 것이다.

먼저 그의 시에서 자연은 생의 진리, 내지는 섭리를 담지하고
있는 대상으로서의 의미를 지닌다. 진리는 자연의 생성과 변화,
소멸을 통해서 현현되고 있으며 시인 자신이기도 한 시적 화자
는 이에 대한 깨달음을 그대로 시에 옮겨 적고자 한다. 그러므
로 시는 존재를 현세계에 드러내는 하나의 도구라 할 수 있으며
시인은 그 제작자가 되는 셈이다.

이러할 때 자아는 겸허해질 수밖에 없다. 이에 대한 원인으로
는 두 가지 측면에서 생각해볼 수 있는데 근원적이고 영원한 존
재 앞에서 자아는 유한자로서의 한계를 인식하게 된다는 것이
그 하나일 것이고, 제작자로서의 자아란 미를 창조해내는 주체가
아니라 존재의 섭리를 온전하게 드러내는 것을 목적으로 하는
매개자로서 기능한다는 것이 다른 하나가 될 것이다. 인간사적인
욕망과 번뇌를 온전히 비워내고 겸허한 마음으로 존재의 소리에
귀를 기울인다는 점에서 시인에게 있어 시쓰기란 구도자의 수행
과도 유사한 행위가 아닐까 한다.

> 처연한 고요와 맨발의 바람 몇 올
> 벼랑에 이내로 앉는 새 우는 소리가
> 폐허가 거느린 식솔이다
> 그만하면
> 괜찮다
>
> 「폐허를 읽다」 부분

　이러한 자아의 내면을 적실하게 형상화한 것이 '폐허'라 할 수 있다. 일반적인 의미에서 '폐허'는 황폐함의 정서를 환기시키지만 위 시에서의 '폐허'는 불모의 공간이라기보다 구도의 공간을 연상시킨다는 점에서 차질적이다. '처연한 고요', '맨발의 바람', '새우는 소리' 등에서 느껴지는 것은 파괴, 고갈, 불모가 아닌 청렴, 정갈, 겸허의 이미지에 가까운 것이기 때문이다. 이러한 맥락에서 '폐허'는 끊임없이 비워내는 구도의 공간이자 '존재'의 소리로 채워나갈 시적 자아의 내면을 표상하는 것이라 할 수 있는 것이다. 이러한 시인의 시의식은「시인의 말」에서 보다 구체적으로 확인할 수 있다.

봄이다


세상을 위로하는 꽃들이 유정하다
말랑하고 연한 나무의 말, 꽃의 말


내 귀는 더욱 깊어지고
내 눈물은 더욱 무거워져야 하리


저 혼자 중얼거리다 지쳐 눕는 꽃들 앞에서
오래 서성인다


나는
아직도 그들의 말을 제대로 받아 적지 못한다
미안하다,

　　나무여! 꽃이여!

「시인의 말」 부분

　　인용한 것은 시를 통해 표현한 「시인의 말」이다. 이 시집을 출간하며 덧붙이고 싶은 이 글을 통해서 정혜숙 시인은 시라는 형식을 빌어 표현한 것이다. 그러므로 여기서 간취되는 시의식이 이 시집을 관류하는 그것이라 해도 그리 틀린 말은 아닐 것이다. 「시인의 말」에서 시인 자신이기도 한 '나'는 '그들의 말'을 '받아 적'는 자이다. 시인에게 시쓰기란 자연으로 현현되는 존재의 '말'을 '제대로 받아 적'는 행위에 해당하는 것이다. 그러나 시인은 아직 "그들의 말을 제대로 받아 적지 못한다." '제대로 받아 적'기 위해서 "내 귀는 더욱 깊어지고/ 내 눈물은 더욱 무거워져야" 한다.

　　이 글에서 존재는 '꽃'과 '나무'를 통해 현현되고 있는데 시인이 이를 통해 체득한 섭리는 세상에 대한 '위로'와 '유정'이다. '귀는 더욱 깊어지고 눈물은 더욱 무거워져야' 한다는 성찰 또한 이와 무관하지 않은 것이다. 진정한 '위로'와 '유정'이 이루어지기 위해서는 마음을 다해 들어야 한다는 것, 그러할 때만이 그 아픔에 진정으로 동참하게 된다는 의미이다. 이러한 까닭에서인지 정혜숙의 시에서는 듣고 읽는 행위가 빈번하게 등장하고 있으며 이 듣고, 읽는 행위는 어김없이 슬픔, 아픔의 정서로 연결되고 있다.

　　소통 부재의 날들이 많이 외로웠겠다
　　슬몃, 흉곽에 통증이 지나가고
　　연보라

> 말간 종소리
> 이명처럼 희미하다
>
> 「애기도라지」 부분

> 고단한 생의 좌표일 수도 있겠다
> 별들이 빚어놓은 간결한 문장들
> 내 눈이 붉어지면서
> 문장을 따라간다
>
> 「풍경, 적막한」 부분

위 인용시들은 각각 '애기도라지'와 '별'이라는 자연물을 소재로 하고 있는데 「애기도라지」에서는 '이명'이라는 시어에서 드러나듯 청각적 감각을 중심으로 시가 전개되고 있고, 「풍경, 적막한」에서는 "문장을 따라간다"에서 보듯 읽는 행위가 중심이 되고 있음을 알 수 있다. 그런데 이 듣고 읽는 행위는 "흉곽에 통증이 지나가고", "내 눈이 붉어지면서"와 같이 아픔, 슬픔 등의 정서와 연결되고 있다. 또한 "소통 부재의 날들이 많이 외로웠겠다", "고단한 생의 좌표일 수도 있겠다"라는 시구에서는 대상에 대한 시적화자의 공감, 혹은 유대의 의지를 간취해 낼 수 있다. 정혜숙의 시에서 듣고 읽는 행위는 공감, 유대 내지는 '유정', '위로'의 기제가 되고 있는 것이다.

여기에서 우리는 시인의 시세계에서 자연이 담지하고 있는 또 다른 의미 하나를 도출해 볼 수 있다. 그것은 바로 아픔, 슬픔, 고독, 고단함 속의 현존재를 표상하고 있다는 것이다. 반드시 시 속에 구체적인 상황이 제시될 필요는 없다. 그것은 오히려 시적

긴장을 이완시키는 원인으로 작용할 수도 있다. 그렇다고 '애기도
라지'나 '별'이라는 자연물에서 아픔이라든가 슬픔의 정서가 환기
되고 있는 것을 그것 자체에 대한 직정적인 감상이라 볼 수도 없
다. 만약 그렇다면 그것은 추상적이고 관념적인 감상에 지나지
않게 되기 때문이다. 따라서 위 시들에서 발현되고 있는 자연에
대한 시적 자아의 정서는, 시인 자신의 존재론적인 고독이나 혹
은 일상의 구체적 경험 속에서 갖게 되는 공동체적 유대의식에서
비롯된 슬픔이 자연물에 투영된 것으로 해석되어야 할 것이다.

　이렇듯 정혜숙의 시에서 자연은 초월적 세계, 현실 너머의 세
계에 봉인되어 있는 관념적인 무엇이 아니다. 자연은 존재의
'말', 즉 진리를 담지하고 있는 대상이기도 하지만 동시에 유한하
고, 불완전한 현존재의 표상이기도 하다. 시인은 자연으로부터
체득된 존재의 섭리를 현실적 삶에서 실현하고자 고투하고 있으
며 또한 자연을 매개로 불완전한 존재로서 필연적으로 갖게 되
는 상처에 대한 유대의식을 드러내 보이고 있는 것이다.

　　　은륜을 굴리던 처녀애 페달을 멈추더니
　　　흰 이마 내려놓으며 어깨를 들썩인다
　　　개망초 피어나는 5월
　　　푸조나무 아래서

　　　이제는 조등을 내려야 할 시간
　　　사력을 다해서 바람 속을 달린다
　　　버찌의 으깨진 과즙이
　　　피처럼 무참했다

> 어둠이 내리고 일찍 돌아난 별들이
>
> 하늘 가장자리에 새겨놓은 한 줄 잠언
>
> 괜찮다, 다 지나간다
>
> 그러나 잊지는 마라

「푸조나무 아래서」 전문

위 인용시 또한 정혜숙의 시에서 자연이 추상적이고 관념적인 것에 머무는 것이 아니라 현실과의 관계에서 의미를 획득하고 있음을 보여주는 예에 해당한다. 특히 위 시는 인과관계에 의한 사건을 기술하고 있는 것은 아니지만 화자 외의 인물이 등장하고 그 인물의 행동을 구체적으로 그리고 있다는 점에서 시인의 시에서는 드문 경우에 속한다.

시는 자전거를 타고 가는 '처녀애'의 등장으로 시작한다. 그런데 '처녀애'는 '푸조나무 아래'에서 페달을 멈추고 서서는 고개를 떨어뜨리고 '어깨를 들썩'인다. 흐느껴 울고 있는 것이다. 그러고는 다시 "사력을 다해서 바람 속을 달린다." 그 원인이 구체적으로 드러나고 있는 것은 아니지만 "이제는 조등을 내려야 할 시간"이라는 시구에서 '처녀애'의 슬픔이 죽음으로 인한 상실에서 연원하는 것임을 유추할 수 있다.

이 사건의 시간적 배경은 '5월'이라는 구체적인 월명으로 제시되어 있다. 그런데 "버찌의 으깨진 과즙이 / 피처럼 무참했다"와 "그러나 잊지는 마라"라는 시구에 이르면 '5월'이라는 시간적 배경이 우연적인 것이 아님을 간취할 수 있다. 여기에서 '5월'의 의미를 5·18사태와 관련지어 생각하는 것은 그리 어려운 일이 아닐 것이다. 이러한 맥락에서 보면 "이제는 조등을 내려야 할 시간"이라는 것은 슬퍼할 수밖에 아무것도 할 수 있는 일이 없었던 시간들과의 단절을 의미하는 것으로 볼 수 있다. '사력을 다해' 바람 속을 달리는 '처녀애'의 행위는 이러한 "소통 부재의 날들"(「애기도라지」)에 대한 극복과, 아울러 진취적인 실천에 대한 의지를 상징하는 것이라 할 수 있다.

이 시에서 자연은 상처 입은 인간을 위로하는 '유정'의 존재로 등장하고 있기도 하지만, 동시에 처절한 상처 속의 현세계, 현존재로 표상되고 있다. '처녀애'의 울음을 지키고 있는 '푸조나무'와 "괜찮다, 다 지나간다"라고 위로하는 '일찍 돋아난 별들'이 전자의 경우라면 무참하게 으깨진 '버찌'가 후자에 해당한다.

정혜숙의 시는 예외 없이 자연에서 소재와 주제를 취하고 있다고 하였다. 이러한 자연시의 경우 자칫 현실과는 괴리된 채 관념적이거나 감상적인 층위에 머무르기 쉽다는 한계를 노정하고 있는 것이 사실인데 「푸조나무 아래서」의 경우 이러한 한계를 가로지르면서 시인의 자연경향적인 시의 의미영역을 확장했다는 점에서 의미가 있는 작품이다.

혹독한 바람이 고통스러운 사람들은
한 점 온기를 찾아서 어디론가 떠났다
인중이 짧은 햇살도
읍하듯 다녀갔다

쌀독을 박박 긁어 늦은 저녁을 앉힌다
닳은 놋수저로 떠올리는 가난은 맑고
오늘은 날이 흐려서

별들도 과묵하다

「섣달」 전문

인용한 시 「섣달」은 시간적 배경으로 '섣달'이라는 특정 달을 제시하고 있다는 점에서, 그리고 그 특정 달은 어떠한 고통, 상처와 관계된다는 점에서 「푸조나무 아래서」와 동일한 맥락에 자리하는 작품이다. 「푸조나무 아래서」가 특수한 역사적 사실에서 비롯된 고통과 슬픔을 다루고 있다면 「섣달」은 인간 삶에서 보편적이랄 수 있는 가난으로 인한 고통을 내용으로 하고 있다는 점에서 차질적이라 할 수 있다.

'섣달'이란 가난한 삶에 있어 고통을 가중시키는 조건을 상징한다. '혹독한 바람', '인중이 짧은 햇살', '과묵한 별' 등은 모두 이들을 더욱 헐벗게 하는 조건들인 것이다. 정혜숙의 시에서 자연은 '위로'이며 '유정'의 존재인데 이 시에서만큼은 이들을 위로하는 자연물을 찾아볼 수 없다. 오히려 바람, 햇살, 별 등의 자연물은 이들의 고통을 가중시키거나 이에 대해 외면하는 타자로 등장하고 있다. 이러할 때 이 '고통스러운 사람들'은 '한 점 온기를 찾아서 어디론가' 떠날 수밖에 없는 것이다.

그러나 '별들도 과묵하다'는 것에서 떠난 뒤에도 특별히 달라질 것 없는, 희망을 기대할 수 없는 이들의 삶을 예측해볼 수 있다. 정혜숙의 시에서 '별'은 따듯함, 빛남, 맑음 등속의 긍정적 이미지로 발현되고 있는데 이 시에서 '날이 흐리고 별이 과묵하다'는 것은 그만큼 어두운 현실을 암시하는 것이기 때문이다. 혹독한 바람이 불고, 햇살이 머무는 시간이 짧은 '섣달'이라는 환경은 이들의 힘으로는 어찌해볼 수 없는 조건이라는 점에서 흔히들 말하는 사회구조적 측면을 떠올려 볼 수도 있겠다.

정혜숙의 시에서는 이처럼 자연이라는 소재적 테두리 안에서 역사적 사실이나 현실에 대한 시선을 드러내고 있다. 그렇다고 그것이 현실에 대한 날카로운 비판을 견지하고 있다는 뜻은 아니다. 시인은 비판의 관점이라기보다는 자연의 일부인 인간에 대한, 그리고 세계에 존재할 수밖에 없는 고독, 고통, 상처 등에 대한 위로와 유대의 측면에서 접근하고 있는 것이다.

마지막으로, 정혜숙의 시에서 자연은 심미적 층위에서 완전성을 구현하는 대상으로서의 의미를 지닌다. 이는 존재를 담지하고 있는 대상으로서의 자연과도 일맥상통하는 의미이나 존재의 담지자로서의 자연이란 진리 층위에서의 완전성을 구현한다는 점에서 차이가 있다. 정혜숙의 시조집 『흰 그늘 아래』는 시인의 시 창작에 관한 고뇌를 그리고 있는 메타적 시들이 차지하고 있는 비중이 결코 적지 않다는 특징이 있다. 이러한 시편들에서 자연은 시인 자신이기도 한 시적 자아에게 있어 완전한 언어를 구사하는 시인이자 절대의 미 그 자체로서 의미를 지닌다.

촉광 낮아진 뉘엿한 빛에 기대어
노트를 펼치고 시를 불렀으나
사나운 바람이 불고
문장은 길을 잃었다

내 문장은 여전히 수형을 살고 있다
두 손을 포갠 채 고통스런 모양새로
여전히 후미에 서 있다

안색이 초췌하다

「시」 전문

　인용시의 제목은 '시'이며 시어 구사의 어려움을 그 내용으로 하고 있다. 화자는 뉘엿한 빛 아래에서 시를 쓰기 위해 노트를 펼치지만 '문장'은 화자의 의식 속에서만 혼란스럽게 맴돌 뿐 제 자리를 찾지 못하고 '길을 잃'을 뿐이다. 시인은 이를 '수형을 살고 있'는 것으로 표현하고 있다. "두 손을 포갠 채 고통스런 모양새로/ 여전히 후미에 서 있"는 것은 제 위치를 찾지 못한 문장이기도 하면서 동시에 화자 자신의 모습이기도 하다. '안색이 초췌한' 대상 또한 '문장'이자 화자 자신이다. 시인은 '문장', 혹은 시 쓰는 행위를 자아와 동일화하고 있는 것이다.

　고통스런 모양새로 후미에 서 있고, 안색이 초췌하다는 묘사는 '수형'이라는 시어와 별개의 것이 아니다. 위 시에서 구체적으로 드러나고 있지는 않지만 여러 정황들로 봐서 화자가 노트를 펼치고 있는 곳은 자연과는 유리된 밀폐된 공간이기 쉽다. 절대적 미의 결정체인 자연으로부터 미적 체험을 하고, 영감을 얻는 시인에게 있어, 그리고 시 쓰는 작업에 있어 자연과 유리된 상황이란 '수형'일 수밖에 없는 것이다. 이는 단순히 공간적 차원에서의 의미가 아니다. 그만큼 시인에게 있어 자연이란 심원한 것에 해당하는 것이며 존재 기반이 되고 있다는 의미이다.

짧은 필력으로는 감당하지 못하는
저무는 숲에 뒹구는 짧은 절명시들
먼데서 새가 한 마리

> 곡비처럼 길게 운다
>
> 「숲에서 듣다」 부분

> 저 꽃의 문하에 잠시 들 수 있다면
> 겨운 문장의 비밀 취할 수 있다면
> 내 생의 남은 수사는
> 생략해도 좋겠다
>
> 「복수초」 부분

자연에 비하면 인간의 언어란 불완전하고 왜소한 것일 수밖에 없다. 아무리 아름다움에 근접해 간다고 해도 그것은 결국 인위적인 것의 범주에 속하는 것이기 때문이다. 시인이 숲에서 자신의 '짧은 필력'을 체감하고 '꽃의 문하'에 잠시라도 들 수 있기를 소망하는 것은 바로 이러한 연유에서이다. 시인에게 자연은 스승이자 모델이며 그것 자체로 하나의 절창인 셈이다.

그렇다면 그토록 시인이 간절하게 취하길 바라는 '겨운 문장의 비밀'이란 무엇일까? 분명한 것은 이 문장의 비밀이란 것이 단순히 수사적이고 기교적인 차원에서의 담론일 리가 없다는 점이다. 만약 그렇게 된다면 진리의 담지자로서의 자연 앞에서 시인이 보였던 겸허한 자세와는 완전히 배치되는 태도가 되기 때문이다.

「복수초」에서 화자는 "겨운 문장의 비밀을 취할 수 있다면/ 내 생의 남은 수사는/ 생략해도 좋겠다"고 한다. 그만큼 '겨운 문장'에 대한 염원이 간절한 것으로 해석할 수도 있겠지만 주목할 점은 '문장'이 '생'과 연관되고 있다는 것이다. 시인이 생각하는 '문장의 비밀'이 단순히 수사적 차원의 그것이 아니라 '생'의 진리에 관계되어 있음을 간취할 수 있는 대목이다.

갈기를 세운 바람이 머물다 가는 7부 능선
비탈에 선 나무의 일대기를 읽는다
눈길이 오래 머무는 곳은
은사시나무의 백서이다

수사는 생략했다 간결하지만 깊은 문장
꽃으로 잎으로 차마 못했던 말들을
수피에 음각으로 새겨
이다지 간곡하다

나무 앞에서 부끄럽다
농담처럼 보낸 시간들
어깨를 툭 치고 가는 가랑잎마저 아프다
잘 벼린 문장 한 줄은
끝내 나를 비껴갔다

「나무의 문장」 전문

위 인용시 「나무의 문장」은 '문장'과 '생'과의 관련성을 보다
구체적으로 드러내고 있는 작품이다. 이 시는 제목대로 '나무의
문장'에 대한 감상과 시인인 화자 자신의 가벼운 문장에 대한 부
끄러움을 드러내고 있다는 점에서 위에서 인용한 시들과 동일한
구도를 보여주고 있다.

화자는 오랫동안 은사시나무를 바라보고 있다. 꾸밈이 많을수

록 본질적인 것과의 거리는 멀어지게 마련이다. 그것은 인간의 언어에서도 그러하고 생의 문제에 있어서도 다르지 않다. 시인의 시에서 '수사는 생략했다'는 표현이 반복해서 등장하는 것은 우연적이라기보다 이러한 사실에 맥이 닿아 있는 것으로 보인다. '은사시나무의 백서'에 화자의 시선이 오래 머물고 있는 까닭도 수사가 생략된 '간결하고 깊은 문장' 때문이다.

'내 문장'은 길을 잃은 것에 비해 '은사시나무'의 문장은 '간결하지만 깊'고 '간곡하'여 화자를 부끄럽게 만든다. 이 간곡한 문장에 비하면 '내 문장'은 '농담'에 지나지 않는다. 그런데 깊은 문장, 간곡한 문장, 이것은 삶과 긴밀하게 관련되어 있는 것이다. '은사시나무의 백서'는 곧 그 '일대기'와 다른 것이 아니기 때문이다. 문장 즉 시는 삶과 등가라는 의미이다. 그러므로 화자의 부끄럽다는 고백은 단순히 미적 차원에서의 '문장'의 문제가 아닌 것이다. '잘 벼린 문장 한줄'을 위해서는 벼리고 또 벼리는 각고의 삶이 있어야 한다는 통찰인 것이다.

정혜숙의 시에서 자연은 단순한 관조의 대상이 아니다. 꽃과 나무는 진리를 담지하고 있는 존재이자 '위로'와 '유정'의 대상이며 그 자체로 절대적 미이다. 시인에게 있어 진·선·미는 다른 것이 아니었다. 시를 쓴다는 것은 자연을 통해 진리와 아름다움을 드러내는 작업이며 아름다움은 아름다운 삶, 선한 삶에서 비롯된다는 통찰을 보여주고 있는 것이다. 그러므로 시인에게 있어 시를 쓴다는 것은 존재의 음성에 귀를 기울이는 구도의 행위이자, 자신에 대한 성찰과 고양을 향한 의지의 행위이며, 실천적인 삶과도 무관하지 않은 다층적인 의미를 함유하고 있는 생 그 자체라고 할 수 있다. 시인의 자연에 대한 치열한 탐색은 생에 대한 구경(究竟)적 태도에 다름 아닌 것이다.

# 제 2 부

인식과 비평

# 인생과 예술에 관한 크나큰 주제들

한국 현대시의 수준은 거의 수평적인 것이어서 어느 것이 낫다고 이야기하는 것은 매우 어렵게 되었다. 이는 작품의 질적인 문제와 관련되는 것이기도 하지만 심사자 개인의 문학적 취향과 세계관에 의해서도 좌우되기 때문이다. 따라서 어느 한 작품이 다른 작품에 비해 썩 좋다거나 보다 못하다는 말은 하기 어려운 것이 현실이다.

제 1회 《《시와 표현》》 작품상 본선에 오른 작품들 역시 그러하다. 전체적인 수준도 매우 높을뿐더러 각각의 작품이 담보하고 있는 세계 또한 만만치 않다. 우선 나에게 할당된 4편의 작품들은 그 지향하는 세계가 각각 사뭇 다른 것이 특색이다. 이들 작품을 묶어서, 곧 하나의 주제로 표현해서 한 편의 유기적인 글을 만들어내기가 매우 어려운 것은 이 때문이다. 굳이 한 주제로 표현해서 말하자면 시인 본인의 자아에 관한 것 혹은 성찰정도라는 것이 되지 않을까.

우선 신달자의 「曠野에게」를 보자. 이 작품은 근원에 관한 것, 시원에 관한 것을 말하고 있다. 광야란 넓은 영역이라는 지역적 함의와 관련이 있는데, 가령 크고 넓다는 것은 우선 인간의 손때로부터 무관하다는 의미역을 갖고 있다. 인간적인 것으로부터 초월해있다는 것은 문명화되지 않았다는 것을 함유한다. 그러한 광야를 그리워한다는 것, 그리고 그곳으로 기투하는 것은 나의 영역 곧, 인간의 영역을 벗어던지지 않고는 불가능하다.

오늘 나는 너의 벗으로 돌아왔다.

태풍에 휩쓸려 무너질 것 다 무너지고 서슬 푸르게 벋어가던 욕망의 가지 다 꺾이고 부끄러울 곳도 가릴 것 없이 다 벗겨져 돌아왔다.

광야여 손 잡아 다오.

오늘 나는 더 어두울 수 없는 어둠으로 더듬거리지 않고 돌아와 빈 들판으로 누운 너의 살이 되려 한다.

무너질 것 다 무너진 속살의 흐느낌 풀어 너의 발끝을 씻으며

너의 안에서 끝내 허물어지지 않는 집을 짓고 짓다 허문 나의 꿈을 바라보고자 한다.

내가 사모하던 꿈을 꿈의 먼 나라에서 바람에게 전해 들으며
광야의 큰 가슴으로 큰 귀로 땅에 엎디어 수세기를 지나도록
전해 듣고자 한다.

신달자, 「曠野에게」

서정적 자아에 있어 인간적인 것의 벗겨짐이란 무엇일까. 근대
이후 형성된 인간과 자연의 이분법적인 대립을 염두에 둘 때, 그
러한 정립을 가능하게 한 것이 그 기준이 될 터인데, 시인은 그
것을 '욕망'이라 보고 있다. 인간적인 것과 자연적인 것의 경계를
'욕망'의 유무에서 찾는 것은 매우 일반화된 관점이다. 그 기원은
이러하다. 근대 이후 미신의 추방이란 이름으로 형성되기 시작한
과학의 전능은 과학 그 자체가 아니라 오직 인간에게만 전유되
는 형식으로 굳어져 왔다. 인간의 과학, 인간을 위한 과학, 아니
인간만을 위한 과학으로 전락한 것이 근대 과학의 임무였던 것
이다.

물론 그러한 전유과정에서 어떤 부정성이나 배태성이 형성되
지 않았다면, 인간과 자연의 분리라는 고전적인 관념은 형성되지
않았을 것이다. 그러나 그것의 결과는 너무나 뻔한 것이어서 인
간은 그 굴레로부터 벗어나지 못했을 뿐만 아니라 오히려 그곳
에 속박되는 결과를 가져왔다. 그러한 지옥 체험의 결과가 자유
본능이라든가 자아에 대한 해방된 갈증을 느끼도록 만들었다. 근
대 이후 인간이 잃어버린 고향이라는 선험적 의식을 자신의 무
의식에 간직하고 살아가게 된 이유도 여기서 찾아진다.

신달자 시인이 광야를 부르짖는 이유는 바로 이 때문이다. 그
러나 그런 순연한 광야로 들어가기 위해서는 소위 인간적인 영

역을 함유하고서는 불가능하다. 따라서 "태풍에 휩쓸려 무너질 것 다 무너지고 서슬 푸르게 벋어가던 욕망의 가지 다 꺾이고 부끄러울 곳도 가릴 것 없이 다 벗겨져 돌아왔다"고 하는 표명은 여기에 그 원인이 있다. "욕망의 가지 다 꺾이고 부끄러울 곳도 가릴 것 없이 다 벗겨"졌다는 것은 순백한 인간의 영혼에 대한 표백이다. 그런 자세가 되어야 "내가 사모하던 꿈을 꿈의 먼 나라에서 바람에게 전해 들으며 광야의 큰 가슴으로 큰 귀로 땅에 엎디어 수세기를 지나도록 전해 들"을 수 있다. 욕망이 개입되거나 자연과 합일할 수 없는 인간의 경계 혹은 마음의 경계가 존재한다면 그러한 영역으로의 틈입은 불가능하다. 자연과 인간의 통합이라는 영원한 주제를 짧은 형식으로 구현한 것, 그것이 〈曠野에게〉의 주제이다.

정병근의 〈석양의 콘크리트〉가 말하고자 하는 것도 크게 보면 신달자의 그것과 다르지 않다. 이 시의 주제 역시 자연과 인간의 문명을 다루고 있는 까닭이다. 다만 신달자의 〈광야〉가 보다 관념이고 자아 탐색적이라면, 〈석양의 콘크리트〉는 보다 구체적이다. 그러한 구체성이란 무엇일까.

이 작품은 문명의 산물인 콘크리트를 의인화시켜 인간의 문명을 비판하고 있다. 문명이란 무엇이며, 왜 인간들은 보다 진화된 양태 속에서 자신의 삶을 구가하고 싶을까. 이런 질문은 다소 어리석은 영역에 속하는 것이고, 우문이지만, 근대라는 현상, 근대성의 제반 문제와 분리시켜 설명할 수 없는 중요한 테제가 되기도 한다.

근대성을 두고 많은 철학자들, 시인들, 문화비평가들이 그러한 결과를 매개한 원인들에 대해 분석하고 다양한 결론들을 도출해

냈지만 대부분의 경우 그 결론은 뻔한 것으로 귀결되었다. 문명은 인간을 위해 인간이 만든 것이다. 그러나 그것이 궁극적으로는 유토피아 그 자체는 되지 못했다. 이런 피드백 시스템은 대단한 아이러니를 내포하는 것이었다.

> 사람에 의해 세워졌으나 사람에게 미움 받는다
> 사람들은 그를 몰아세우는데 익숙하다
> 웬만한 건 모두 그의 잘못이니까,
> 그의 죄목은 대개 비인간적이거나 반자연적이라는 것
> 그는 인간과 자연의 경계에 버티고 선
> 죽지도 않는 한 마리 거대한 짐승
> 삭막도 고독도 따지고 보면 그가 원인이라고 한다
> 투신도 분신도 다 그 때문이란다
> 그는 모든 황폐와 폐단의 원흉이며 탄핵해야 할 근대(近代)이다
>
> 정병근, 「석양의 콘크리트」

시인의 선언적 진술인 "사람에 의해 세워졌으나 사람에게 미움 받는다"는 그러한 아이러니의 핵심을 찌른 말이다. 모두 인간의 잘못일 뿐 콘크리트에는 하등 문제가 없으니 말이다. 그러한 억울함과 순진성 속에 아이러니가 존재하는데, 콘크리트는 근대의 상징이면서 근대의 온갖 모순을 한몸에 담지하고 있다. 인간을 위한 편리성에서 시작된 것이지만, 인간들은 오히려 그에게 반인간적인 죄목을 뒤집어 씌운다. 그래서 그들은 이를 "비인간적이라든가 반자연적"이라 매도한다. 뿐만 아니라 "모든 황폐와 폐단의 원흉이며 탄핵해야 할 근대(近代)"로 당연히 규정짓는다.

그러나 그것이 인간에 의해 피동적으로 건설되었고, 규정되었을 뿐 그 스스로에 대해서는 아무런 철학이나 사유도 없다. 그것은 "문명과 문활의 차이조차 모르"는 순수 그 자체의 상태일 뿐이다. 그럼에도 그것은 "초등학생들의 글짓기에서조차 개괄적으로 기소되"는 초라한 존재, 근대의 쓰레기로 가치전도 된다. 콘크리트는 근대의 제반 부정성의 상징이다. 그러면서 인간 스스로에 내재된 아이러니를 구현시키는 매개물이 되기도 한다. 이 작품은 인간의 그러한 모순성을 콘크리트의 순진성에서 읽어낸 아이러니가 매우 돋보이는 작품이다.

이기철의 〈활자생애〉는 앞의 두 작품처럼 거대 담론을 이야기하지 않는다. 이 작품에는 근대라든가 그 안티테제로서 근원에 대한 큰 서사의 이야기가 걸러나오지 않는다. 그럼에도 글쓰는 이의 고뇌와 사유가 녹녹히 배어난다는 점에서 시를 읽는 독자로 하여금 잔잔한 감동이 일어나게 한다. 어떤 감동일까.

일찍이 어떤 이는 글쓰기의 과정을 고통이라고 했고, 어떤 이는 행복이라고도 했다. 또 그 중간을 말한 경우도 있다. 바로 고통 속의 행복이라고 말이다. 글쓰기의 과정 속에서 이런 감수성을 전연 느끼지 못하는 것은 불가능하며, 대개의 경우는 그 한 가지를 가지고 있는 것이 아닐까. 이기철 시인의 삶은 시인 자신도 말했듯이 "내 생애는 활자에 중독된 세월"의 연속이었다. 그 자신에게 활자 없는 삶은 있을 수 없으며 그 역 또한 성립하는 것으로 이해했다. 그러한 가운데 그는 자신의 글쓰기를 고통과 행복의 중간항으로 이해했던 것으로 보인다. 그가 "글자를 심고 글자를 가꾸던 날의 고통스럼 기쁨"이라고 표나게 말하고 있는 까닭이다.

글자를 심고 글자를 가꾸던 날의 고통스런 기쁨
기다리라 말한들 구름이 멎겠는가
구름은 활자로는 심어지지 않는 잎 넓은 나무
바람의 연원을 찾고 싶어 등성이를 오르면
활자 바깥에 무한이 있음을 선홍 놀이 가르치고

맹목으로도 무한을 만질 수 있는 날이 그리우면
한 번도 행간에 들지 않은 처녀 말을 찾아 헤맸다
그것은 활자로는 옮겨지지 않는 성채

子母에 길드는 동안 활자는 끝없이 나를 순치시켰다
활자는 모름지기 나에게 순종을 가르쳤다
도덕이 있었고 윤리가 있었다
위인과 명언과 聖句가 있었다
그 삼엄한 경계 앞에서 문맹을 그리던 나는
감탄할 시가 있다는 것을 늦어서야 깨달았다
내게 있어 시는 문맹의 길동무였다

이기철, 「활자생애」

그렇다면 시인은 글쓰기의 과정을 어떤 고통과 행복 속에서 끊임없는 줄다리로 이해해온 것일까. 이 물음에 대한 답이야말로 이기철 시학의 본질이라 해도 과언이 아닐 것이다. 시인은 그 구체적인 지향점이 무엇이든 언제나 어떤 영원을 그리워하며 살아온 것처럼 보인다. 가령, 사랑과 같은 항구성, 존재의 완전한 독립과 자유, 영원한 명시 등등. 시인치고 이런 욕망으로부터 자연스럽지 못함은 당연한 것이겠지만, 이기철의 경우는 그것이 시의 영역 속에서 직조되고 있다는 점에서 매우 특이한 경우로 이해된다.

그런 면에서 시론시 혹은 고백시에 가까운 〈활자생애〉는 두가지 극단을 오르내리는 작품이다. 하나가 영원에 닿아있다면, 다른 하나는 언어의 끝에 연결되어 있다. 그러나 시인에게 언어는 그러한 영원에의 길을 차단하는 막이면서 동시에 출구로 작용한다. 그 둘 사이를 오갈 때, 아니 뚫고 지나갈 때, 그는 기쁨을 느끼고 희열을 감각한다. 관념 속의 영원을 그리워하다가도, 이를 표현하고자 하는 충동에 사로잡힐 때, 그는 언어의 벽 앞에 서게 되는 것이다. 그러나 언어는 그 통로를 쉽게 열어놓지 않는다. "子母에 길드는 동안 활자는 끝없이 나를 순치시켰다/활자는 모름지기 나에게 순종을 가르쳤다/도덕이 있었고 윤리가 있었다/위인과 명언과 聖句가 있는"등 여러 이성적인 규율을 강요하고 있기 때문이다. 그럼에도 그러한 장막을 뚫고 언어가 날개를 달아 영원성의 길을 찾았을 때, 그는 전연 딴 세계의 체험을 하게 된다. 그것은 희열이다. 아니 고통 속에서 얻어진 그만의 카타르시스이다.

스스로의 고통과 위안 속에서 새로운 영원을 찾아내는 것, 그것이 〈활자생애〉의 주제이다. 어쩌면 그것은 예술이 존재하는 근본이유가 아닐까. 이런 맥락에서 보면, 시인은 예술가이면서 문학의 본질이 무엇인가를 묻게 하는 사색가이기도 하다.

김길나의 〈휴지, 그 붉은 흔적〉은 사소한 일상을 소재한 한 시이다. 사소한 일상이란 지극히 신변잡기의 영역에 속하는 것이긴 하지만, 그것이 하나의 사유로 현상될 경우 관념화로 전락되는 것을 막아주는 주요 기제가 되기도 한다.

> 휴지의 흰빛 속에는 잠시 쉬고 있는 흰빛의 불안이 깔려 있다
> 휴지가 구겨지고, 구겨진 불안에서 흰빛의 변색을 예고하는
> 예언이 출몰한다. 휴지의 흰빛 속에는 또 정결과 불결, 그
> 경계와 차이를 허무는 장치가 들어 있다
> 길에서 쓰레기통의 전언을 들은 일이 있다
> 정결의 재생이 불결을 자청하는 휴지에서 태어난다는 말!
> 나는 그날, 고백을 하기 위해 아무도 모르게 밀실로 들어갔다
> 변색된 휴지를 들이미는 고해소에서 사제는 내 고백을 새나가지 않게
> 단단히 봉합했다. 안에서 밖으로 나온 생명의 적나라한 노출을
> 사제는 비밀의 영지로 전송해버렸다
>
> 김길나, 「휴지, 그 붉은 흔적」

이 작품은 작은 소재는 '코피 묻은 휴지'이다. 그러나 시인의 작품에서 '코피'와 '휴지'는 전연 다른 매개항을 갖는다. 나는 그것을 여백과 정화(淨化)의 상징으로 읽어내고 싶다. 우선 일상의 관점에서 '휴지' 무엇인가를 채워야 할 여백이다. 그것이 이 작품에서처럼 '코피'이든 아니면 다른 어떤 분비물이든 휴지는 무엇인가를 닦아내는데 있다. 닦아낸다는 것은 무엇인가를 채워야만 하는 여백이 그 스스로에 내재되어 있다는 뜻이다. "채워야만 한다는 것"은 일종의 의무의 영역에 해당되지만 채워지지 않았을 경우에는 곧 무엇인가가 있어야 하기에 늘 불안한 것으로 존재할 수 밖에 없다. "휴지의 흰빛 속에는 잠시 쉬고 있는 흰빛의 불안이 깔려 있다"는 것은 이 때문이다.

그리고 다른 하나는 정화(淨化)에 관한 것이다. 정(淨)과 부정(不淨)에 관한 것은 매우 큰 영역이어서 어떤 것을 그 하위 항목에 담아야 할 것인가 하는 문제는 대단히 철학적이지 않을 수 없다. 다만 한가지 거친 분류가 허용된다면, 존재의 근원적 욕망과 관련시켜 설명할 수 있지 않을까 한다. 태초의 인간으로 회귀하고자 하는 근원에의 순수가 존재의 근원적 욕망이라할 수 있다면, 그 대립항들은 모두 부정한 것의 영역에서 설명할 수 있지 않을까. 이런 맥락에서 코피는 부정의 영역과 관련이 있고, 휴지는 정의 영역과 관련이 있을 것이다.

따라서 코피로 구현된 부정의 영역은 가령, 인간의 죄라든가 존재의 유한을 규정하는 제반 요소가 될 것이다. "나는 그날, 고백을 하기 위해 아무도 모르게 밀실로 들어갔다/변색된 휴지를 들이미는 고해소에서 사제는 내 고백을 새나가지 않게/단단히 봉합했다. 안에서 밖으로 나온 생명의 적나라한 노출을/사제는 비밀의 영지로 전송해버렸다"에서처럼 종교의 테두리에서 묶이게 되는 것이 그 반증이 아닐 수 없다.

휴지란 무엇인가를 채워야 한다는 여백이라는 점에서 불안이고, 피는 묻혀서 버려져야 하는 것이기에 부정한 것이며, 이 두 가지 소재가 하나가 되어 재생의 대상이 되어야 한다는 것이 이 시가 갖고 있는 함의이다. 따라서 이 시는 회개와 재생이라는 인간의 본질적 문제를 일상의 사소한 소재를 통해서 읽어냈다는 점에서 그 의미가 있는 작품이다.

# 시를 통한 행복에 이르는 길

시의 가치가 어디에 있는가를 물을 때 여기에 대해서 적절하게 대답하는 것은 쉽지 않다. 시의 가치를 자리매김하는 경우 그것은 매우 다양한 방식으로 이루어질 수 있기 때문이다. 그럼에도 시의 효용가치를 말할 때, 가장 일반화된 방식 가운데 하나가 정화(淨化)의 기능, 곧 카타르시스의 효과에서 찾아진다. 가령 어느 작품을 읽고 나서 여기서 표현된 세계가 꼭 나의 경험과 정서를 잘 표현했다, 그리하여 이 작품을 통해 뭔가 통렬한 느낌을 받았다고 하는 것이 카타르시스의 효능이다.

현대 비평에서 강조되기 시작한 독자 반응비평은 시읽기의 가치를 더욱 중요시한다. 시읽기를 통해 형성되는 독자들의 여러 경험이 소중하게 가치평가되는 것이다. 시의 이러한 정서적 기능은 치료효과로 응용되어 문학치료라는 전연 새로운 장을 만들어내기도 한다.

정서를 통해 얻어지는 카타르시스의 효과를 일상적 언어로 표현하자면, 인간이 추구하고자 하는 가장 기본적 정서가운데 하나인 행복이라 부르는 것도 가능하지 않을까 한다. 인간은 누구나 행복해지기를 원한다. 아무도 자신에게 불행의 그림자가 드리워지는 것을 원하는 사람은 없을 것이다.

그렇다면 행복이란 무엇일까. 인간이 이 정서를 얻는다는 것은 매우 다양한 방식과 경로에 의해 가능하고, 또 그것의 지향점과 성취점이 무엇인가에 따라 달라질 수 있는 것이어서 어느 하나의 국면을 꼭 집어서 그것을 행복이나 행복한 것이라고 단정해서 말하기는 매우 어려운 것이 사실이다. 뿐만 아니라 현대를 지배하는 주도적 흐름인 물질적 국면의 풍부한 충족에 대해 행복하다고 말하는 것은 더더욱 어렵다. 그것은 이를 통해 재단하는 행복의 잣대가 매우 다른 까닭이다. 그러나 정신적으로 행복하다는 것은 어느 정도 보편화하는 것이 가능하지 않을까 한다. 정신이 안정되고 편안하다고 하는 것은 물질적인 영역을 초월해서 누구에게나 똑같은 함량으로 다가오는 것이기 때문이다.

정신의 행복으로 인도하게 하는 것이 시의 효용적 기능에서 찾아진다는 것은 대단한 축복이 아닐 수 없다. 시란 카타르시스를 체험하게 하는 매개이면서 독자로 하여금 정서적 순화를 가능케 하기 대표적 장르이기 때문이다. 특히 정서의 깊이와 넓이를 시만큼 풍부하게 체험해주는 양식도 없을 것이다. 이렇듯 시는 정서의 순화라는 정신의 행복을 가져오는 통로라고 해도 과언이 아닐 것이다.

그러한 여로를 유치환의 「행복은 이렇게 오더니라」를 통해서 확인해보자.

> 마침내 행복은 이렇게 오더니라.
>
> 무량한 안식을 거느린 저녁의 손길이
> 집도 새도 나무도 마음도 온갖 것을
> 소리 없이 포근히 껴안으며 껴안기며-
>
> 그리하여 그지없이 안온한 상냥스럼 위에
> 아슬한 조각달이/거리위에 내걸리고
>
> 등들이 오르고
> 교회당 종이 고요히 소리를 흩뿌리고
>
> 그립고 애달픔에 꾸겨진 혼 하나
> 이제 어디메에 숨 지우고 있어도
>
> 행복은 이렇게 오더니라
> 귀를 막고-
> 그리고 외로운 사랑은
> 또한 그렇게 죽어 가더니라
>
> 유치환, 「행복은 이렇게 오더니라」 전문

유치환은 '행복'이라는 정서를 자신이 추구해야 할 평생의 시적 과제로 인식한 시인이다. 시인은 행복의 궁극적 의미를 마음의 평온에서 찾았다. 인간의 삶에 있어 마음의 평온이 왜 그리 중요한 것일까? 인간의 삶이란 욕망의 노예로부터 벗어나지 못한다. 물질적으로 더 많은 것을 얻으려는 욕망, 더 높은 곳으로 오르려는 명예에 대한 욕망, 좀더 많은 사랑을 얻으려는 심리적 욕망 등 인간은 그러한 다양한 욕망의 굴레들로부터 헤어나오지 못하는 것이다.

인간은 욕망하는 순간 억압이라는 부정적 정서가 형성된다고 한다. 인류의 그러한 불행은 성서의 신화에서 시작되었다. 신과 똑같은 경지에까지 오르고자했던 아담과 이브의 욕망에서 비롯된 것이다. 인간에게 덧씌워진 원죄란 바로 욕망에 그 원인이 있다. 그러한 까닭에 인간은 자신을 에둘러싸고 있는 욕망의 극복을 유토피아로 나아가기 위한 절대조건으로 판단하고 있다.

유치환의 시가 말하고자 했던 것도 바로 이부분이다. 무량한 안식을 가지고 오는 저녁의 편안함 속에 갇히는 것이야말로 절대 행복에 이르는 길이라 했다. 저녁이란 모든 것을 감싸안는 상징적 의미를 갖는다. 밤의 어두운 이미지 속에서 상대적 구별이란 존재하지 않는 까닭이다. 모든 것이 절대적으로 통일되어 하나의 동일체로 구현되는 밤의 어두운 세계이다. 시적 주체가 어둠에 의해 자신을 둘러싼 사물들과 하나가 됨으로써 다른 사물과 구별시키는 자신만의 고유한 존재성을 망각하게 되는 것이다. 그러한 수평적 통일이야말로 더 나은 상황으로 나아가고자 하는 욕망의 무화일 것이다.

이 작품을 읽는 독자는 작품 속의 주체가 느꼈던 행복을 독서 체험을 통해 간접적으로 경험하게 된다. 인간의 근원적 억압이 무엇이고, 또 그것으로부터 탈출하고자 하는 올바른 기제가 무엇인가에 대해 사유하고 이를 자기화할 때, 카타르시스의 경험을 얻게 될 것이다. 행복이란 주체의 노력에 의해서도 체득될 수 있는 것이지만, 인용시에서 보듯 작품을 매개로 해서 얻어질 수도 있다. 지극히 상식적인 것임에도 불구하고 문학을 통한 체험은 이렇듯 독자들에게 매우 강력한 정서의 깊이로 다가온다.

인식과 비평

# 밀레니엄의 10년,
# 다시 시의 시대를 위하여

밀레니엄, Y2K, 새천년 등등의 말들로 치장되면서 2000년대를 맞이한 지도 10년이 다 되어간다. 그렇게 떠들썩하게 외치며 맞이한 새천년이 각자의 삶에 어떤 가치와 의미로 기능해왔는가에 대해서는 모두 다를 것이다. 또한 그 때에 다짐한 맹세들이 현재의 시점에서 어떤 결실을 가져왔는가에 대해서도 동일하지 않을 것이다. 다만 다음 한 가지는 모두에게 마찬가지가 아닐까 한다. 10년의 시간은 지나갔고, 그 시간의 무게들이 질과 양의 편차를 뛰어넘어 대다수에게 똑같은 함량으로 작용하고 있다는 점이다.

그러나 객관적인 잣대만을 갖고 지난 10년을 똑같이 재량해서 혹시나 있을지 모를 오차의 한계를 최대한 좁히고자 하는 의도는 전혀 없다. 어쩌면 발전이란 질적인 차이와 양적인 변화에서 오는 것이기에 그러한 갭 속에서 새로운 발전의 동력을 찾는 일이 훨씬 가치가 있는 것은 아닐까 하는 판단이 오히려 앞서기조차 한다. 그럼에도 항구성이란 혹은 절대성이란 언제나 소중히 취급되어야 한다. 그것은 변화의 흐름 속에서 하나의 중심을 담보해 주는 것이기 때문이다. 또한 그것은 변화 속에서 그 변이의 질을 재단해 볼 수 있는 좋은 척도가 되기도 한다. 그렇기에 지난 10년의 수량적 재단은 의미가 있다고 본다.

그리고 그 10년의 객관적 잣대 이외의 또 다른 항구적 중심을 손꼽으라면 문학의 기능적 기치를 들고 싶다. 그 가운데에서도 특히 시의 기능적 가치에 대해 다시 한번 강조하고 싶다. 시는 소설과 대비되는 장르이다. 나는 이 글의 레테르로서 '시의 시대를 위한 서막' 정도로 캐치프레이즈하고 싶었다. 그것은 다음과 같은 이유 때문이다. 역사발전의 필연성이라든가 역사의 합목적성과 같은 발전 논리를 애지중지 하는 사람들은 '소설의 시대'를 굳이 강조하려든다. 그런 다음 이 장르가 갖는 사회적 기능에 대해 많은 의미를 부여 한다. 가령 1980년대 같은 경우가 그러하다. 이때 사회는 갈등의 장이었고, 사회 구성 인물들 사이에서는 계급투쟁의 치열한 장이 펼쳐졌다. 그 길항과 모순의 장에서 변증법적 통일을 만들어나가는 소설적 서사 구조의 여로들에 대해 소설 신봉자들은 매우 열광했다. 마치 그것이 문학의 본령이고, 소설의 본령이라는 듯이 말이다. 반면 시는 소설의 그러한 화려한 헌사에 밀려 움츠러들고 또 이 장르를 운위하는 것은 역사의 현장에서 벗어난 듯한 오해 아닌 오해를 받아왔다.

이런 양단논법적인 오류들은 거대 담론의 퇴조 속에서 어느 정도 무화되긴 했지만, 아직도 그 여파가 완전히 가신 것은 아니다. 그러나 어떻든 1990년대 들어서는 많은 사람들이 시를 말해왔고, 또 그것의 프론티어적 영역에 대해 다대한 관심을 기울여왔다. 이런 현상들은 거대 담론의 무화 속에서 더욱 빛을 발해왔다. 드디어 시의 시대라 일컬을 수 있는 무대를 만든 것이다.

밀레니엄으로 접어든 지 10년, 지금 이 시점에서 우리가 과감히 말할 수 있는 것도 현재가 시의 시대라는 점이다. 그러나 이렇게 규정짓더라도 여기서 한 가지 오해는 피해가야 한다. 역사의 전망이 닫혀있거나 지금 여기의 현장이 치열한 갈등의 장이기에 시의 시대라고 부르지는 말자는 것이다. 지금은 3•1운동이 실패한 뒤의 닫힌 현실도 아니고, 저 80년대의 암울한 시대도 아니다. 현재는 과거처럼 닫혀 있는 사회가 아니라 열려 있는 사회이다. 이러한 시대이기에 시가 건재하다는 것은 무엇을 말하는 것일까. 이를 두고 역사의 진보라 부르면 지나친 선판단일까.

시는 이 열린 시대에 작은 문법, 작은 서사들을 끌어모아 이를 자꾸자꾸 의미화해야 된다. 그 작은 티끌을 모아서 보다 큰 성채로 대중 앞에 선을 보여야 한다. 그것이 시가 할 수 있는 기능적 가치, 사회적 책무이다. 지난 10년이 경과한 밀레니엄의 초입에 시는 많은 역할을 해 왔다. 전 지구적 환경문제, 생태문제, 인간의 무의식 저편에 남아 있는 원초적인 문제, 유토피아 등등, 이루 헤아릴 수 없을 정도로 많은 담론들을 시는 그 작은 그릇 속에 훌륭히 담아왔던 것이다.

또다시 10년의 세월이 우리에게 다가오려 한다. 인간의 삶의 조건을 향상시키는 담론들이 무엇인가를 진지하게 고민해야 할 과제가 시라는 장르 앞에 놓여져 있다. 시는 이것을 쓸어담아야

하고, 시인은 그것을 찾아내 시 속에 집어넣어야 한다. 이제 시의 시대는 역사의 닫힌 전망에서 생성되고 성장하는 것이 아니라 역사의 열린 전망에서 펼쳐져야만 한다. 그것이 지난 시기와 지금과의 차이이고 시를 막연한 오해라든가 편견에서 끄집어내는 지름길이 될 것이다. 시인들이여! 다시금 시의 그릇을 움켜잡고 시대를 이끌어나갈 훌륭한 담론들을 이끌어내자. 이제 시인 공화국, 시의 공화국을 만들 때도 되지 않았는가.

# 경계의 틈에서 솟아나는 그리움의 감수성

## —서정주의 「푸르른 날」

눈이 부시게 푸르른 날은
그리운 사람을 그리워하자

저기 저기 저, 가을 꽃 자리
초록이 지쳐 단풍 드는데

눈이 나리면 어이하리야
봄이 또 오면 어이하리야

내가 죽고서 내가 산다면!
네가 죽고서 내가 산다면?

눈이 부시게 푸르른 날은
그리운 사람을 그리워하자

서정주, 「푸르른 날」

인간은 누군가를 혹은 무엇인가를 그리워하며 산다. 사랑을 그리워하고, 욕망을 그리워하며, 절대적인 영원을 그리워하기도 한다. 이런 관념의 형태 말고도 사람을 그리워하기도 한다. 뿐만 아니라 자신이 가지지 못한 것을 채우기 위해서 그 갖지 못한 것, 곧 결핍된 것을 그리워하기도 한다. 그렇다고 모든 것이 구비되었다고 해서 그리움의 자맥질이 끝나는 것은 아니다. 가령, 금전적인 모든 것을 다 갖춘 부자라 하더라도 그 그리움의 욕망이 멈추는 것은 아니다. 더 많은 재물을 얻기 위해 다시 그것을 그리워하기 때문이다. 사랑과 같은 관념의 형태도 마찬가지이다. 주변으로부터 많은 사랑을 받고 자란 사람도 더 많은 사랑을 받으려하고, 이성적인 사랑의 욕망이 채워진 사랑도 더 많은 사랑을 찾거나 또 다른 사랑을 그리워하기도 하기 때문이다. 이처럼 인간은 그리움이라는 정서를 선천적으로 지니고 있는 것이다.

인간이란 왜 이렇게 그리움의 정서를 원초적으로 갖고 태어나는 것일까. 인간에게서 그리움의 정서가 늘상 드리워져 있는 것은 인간이 근원적으로 결핍의 정서를 갖고 있기 때문이다. 즉 인간은 근원적으로 채워져 있지 못하는 존재라는 명제가 성립하는 것이다. 그런데 인간에 대한 이러한 정의가 몇몇 학자나 철학자에 의해 규정된 것은 아니다. 이미 많은 종교가 가르쳐 준 것처럼 인간은 근원적으로 결핍된 존재로 구현된다. 종교뿐만 아니라 사회나 철학자들도 인간이 어떤 본향을 잃고 나서 그에 대한 결핍의 정서를 끊임없이 드러내는 존재임을 증명해준 바 있고 말한 바 있다.

우선 종교의 경우를 예로 들어보자. 기독교에서 말하는 인간은 원초적으로 죄를 짓고 태어난 것으로 보고 있다. 낙원동산에서 행복한 유토피아를 꿈꾸고 살던 인간들은 뱀의 유혹에 넘어가 하나님이 정한 규율을 어김으로써 낙원에서 추방된다. 인류 최초의 사건인 이 추방행위는 개인의 선악 여부를 떠나서 모든 인간에게 적용되는 사항이다. 인간에게 예외없이 똑같은 함량으로 다가온다는 것이야말로 종교의 근본적 요건 가운데 하나이다. 만약 어느 특정 개인에게 예외적인 경우가 허용된다면 그것은 종교로서 더 이상 성립요건을 잃게 된다. 동양의 대표적 종교인 불교도 마찬가지이다. 불교가 인간에게 부과하는 것은 소위 업보론이다. 모든 인간은 태어나면서 전생의 업을 갖고 있기 때문에 현재의 생존이 편편치 못하다고 보는 것이다. 지난 생애의 것이란 모두 긍정적이지 못한 것이고, 따라서 그때의 죄를 초월하기 위해서 이승의 삶을 도량과 기도로 살아야 한다는 것이 불교의 교리인 것이다.

인간이 불완전하다는 것은 종교의 영역에서만 운위되는 것은 아니다. 20세기초 정신혁명을 불러온 심리학의 경우도 인간에게서 결핍이 필연적인 것임을 말해준 바 있다. 프로이트가 제시한 정신분석학이 바로 그러한데, 프로이트는 인간을 원억압을 가진 존재로 이해한다. 어머니와 아이로 특징지어지는 이자적(二者的)

관계가 아버지의 개입으로 무너지게 되고, 이 일탈의 과정에서 무의식의 억압이 시작된다고 했다. 그런데 이런 관계는 어느 특정 인간에게 국한된 것이 아니라 모든 인간들에게 똑같이 나타나는 보편적인 것으로 설명했다. 이 논리에 의하면 인간은 5-6세가 되면서 오이디푸스 콤플렉스를 조직적으로 겪게 된다. 이런 병리적 현상 역시 모든 인간에게 예외 없이 똑같이 인정되는 경우이다.

인간의 결핍을 설명해주는 또 하나의 근거는 서구의 사회 모델에서 찾아볼 수 있다. 마르크스의 역사법칙은 사회주의의 필연적인 도래를 말하고 있다. 그런데 사회주의 이전의 단계는 자본주의의 시대이다. 자본주의시대야말로 인간이 지금껏 겪어왔던 시대 가운데 가장 열악한 것으로 이들은 인식한다. 이들의 판단대로 자본주의 시대를 살고 있는 지금 이곳이 가장 불행한 시기였다면, 인간이 생각하는, 혹은 서구인들이 판단하는 이상적 사회는 자본주의 시대와는 전연 다른 사회일 것이다. 열악한 자본주의 시대와 대비해서 서구인들이 꼽는 이상사회는 고대 그리이스 사회이다. 민주정치와 모든 사람들이 함께 공유하는 참여정치, 계급과 계층이 없었던 그리이스 사회를 이들은 인류가 지금껏 모색해왔던 가장 이상적인 사회로 인정하고 있는 것이다. 그런데 인간의 욕망들은 이런 유토피아 사회를 잃어버리고 계속 타락의 길로 오게끔 만들었다고 한다. 따라서 현재를 살아가는 인간들은 언제나 그러한 시대, 인간의 모든 권리가 자유롭게 펼쳐지는 과거의 그 이상 사회를 끊임없이 그리워한다고 한다. 말하자면, 사회적인 억압이 인간들에게 형성되었다는 것이다. 인간이 이상사회의 건설을 위해 노력하고, 새로운 사회를 갈망하는 것은 모두 잃어버린 낙원인, 그리이스 시대를 그리워하는 동기에서 비롯된 것으로 판단한다.

이상에서 알 수 있듯이 인간은 근원적으로 무엇인가를 잃어버리고 살아간다. 그 잃어버림의 동기나 원인이 조금씩 다르긴 하지만, 한가지 공통점이 있다면 모두 결핍과 관련이 있다는 점이다. 기독교에서 말하는 에덴동산, 불교에서 말하는 극락의 세계, 프로이트의 갈등 없는 무의식의 세계, 그리이스와 같은 유토피아 사회 등은 이들이 잃어버린 삶의 원형질이다. 인간이 무엇인가를 그리워한다는 것은 삶의 원형질인 자신의 원초성을 잃어버렸기 때문이다.

서정주가 「푸르른 날」에서 말하는 그리움이란 이런 시도동기에서 비롯된다. 그가 여기서 애타게 그리워하는 사람이란 자신이 잃어버린 또다른 삶의 본향이다. 그것은 에덴동산일 수도 있고, 프로이트가 말한 성애적 대상(자신의 무의식적 욕망을 충족시켜 주는 대상)일 수도 있으며, 그리이스 사회와 같은 현실적 이상향일 수도 있을 것이다. 그러나 시인이 그리워한 것이 인간이었든, 사회이었든, 실제 이성이었든 간에 그 구체적인 대상이 무엇인지에 대해 깊이 천착해 들어갈 필요는 없어 보인다. 중요한 것은 구체적인 대상이 아니라 인간이라면 누구나 가질 수 있는 그리움의 감수성을 이 작품에서 아주 빼어나게 읊었다는 사실이다.

이 작품은 총 5연으로 구성되어 있고, 첫 연과 마지막 연이 수미쌍관법 구성으로 되어 있다. 이런 구성법은 작품의 완성도를 높이는 기제이다. 이런 구성을 토대로 이 작품은 다음과 같은 순서로 진행된다. "눈이 부시게 푸르른 날은/그리운 사람을 그리워하자"고 운을 뗀 다음, 그 그리움의 감수성을 자연물에 기대어 아름다운 가락으로 풀어내고 있다. 그리고 마지막에서는 다시 1연의 내용을 반복함으로써 그 그리움의 감수성이 항상적이라는 것을 말하고 있을 뿐만 아니라 매우 절실한 것임을 이야기하고 있다.

이 작품은 그리운 사람을 그리워하는 주제로 되어 있고, 그 그리움의 강도를 밀도있게 그리는 구성으로 되어 있지만, 이 주제를 살리는 핵심 포인트는 2-4연에 있다. 우선 이 연들은 그리운 사람을 그리워하는 정서를 배가시키기 위해 자연현상에서 출발하고 있다. 이 작품에서 그리움의 맛을 살려내는 기제는 경계의 지대에 있다. 경계란 어느 하나의 지대와 다른 지대가 만나는 데서 형성되는데, 실상 인간의 인식력이나 상상력이 가장 예민하게 움직이는 곳이 이 지점이다. 하나의 끝과 다른 끝이 만나는 자리, 그리하여 하나의 끝을 따라가던 시선이 갑자기 막혔을 때 거기서 일어나는 상상력의 구름을 상기해 보면, 이는 금방 이해할 수 있는 대목이다. 시인은 이러한 경계를 아주 교묘하게 이용하고 있다.

> 저기 저기 저, 가을 꽃 자리
> 초록이 지쳐 단풍 드는데

이 부분은 「푸르른 날」의 2연이다. 이 연을 이끌어가는 힘은 자리이다. 곧 경계의 지대인데, 시인은 이곳을 "저기 저기 저, 가을 꽃 자리"라는 말로 표현했다. 가을의 꽃이 피었다가 떠난 꽃받침을 상상해보면, 이곳은 그 비움으로 인한 허전함이 매우 절실하게 느껴지는 곳이다. 무엇인가 떨어져 나간 자리는 매우 허전할 수밖에 없다. 그래서 그곳은 곧 채워지고 충만되어야 할 자리로 인식된다. 이곳은 마치 이상향을 잃고 방황하는 인간의 정서를 표현한 자리처럼 느껴지기도 하고, 그렇기 때문에 그러한 정서를 곧바로 메워야 하는 자리가 되기도 한다. 그렇기에 이 자리는 매우 예민해질 수밖에 없다. 무엇인가로 채워져야만 할 자리, 그렇기에 어떤 강력한 접착력이 요구되는 자리인 것이다. 시인은 이 자리를 "초록이 지쳐 단풍이 들어가는 곳"으로 사유했다. 그것은 궁극적으로는 꽃이 있었던 자리이긴 하지만, 이내 채워지지 않은 채 가을 서리를 맞아 단풍이 들어버린다. 채워질 듯 하면서 채워지지 못한 채, 기다리는 인내의 과정이 얼마나 지치고 힘들었던가 하는 것을 계절의 변화 속에서 애처롭게 읽혀지는 대목이 아닌가.

> 눈이 나리면 어이하리야
> 봄이 또 오면 어이하리야

이런 기다림의 정서를 "눈이 나리면 어이하리야"라고 한탄했고, 또 "봄이 또 오면 어이하리야"라고 했다. 이는 단순한 계절의 변화를 이야기하는 것이지만, 시인의 의도로 미루어보면 이는 계절의 변화로만 이야기할 수 있는 것은 아니다. 그리움의 정서가 길어지고 그리하여 결국은 시간이 흘러도 채워지지 않을 것 같은 그 정서를 애처롭게 표현한 것이기 때문이다. 꽃이 떨어진 자리는 곧바로 씨가 형성되는 곳이다. 우주의 이법에 의하면 이는 당연한 순리이지만, 그런 불임성이 물론 시인의 관심사는 아닐 것이다. 시인은 무엇인가가 채워져야만 할 자리가 채워지지 않은 것에 대해 우려하고 근심한다. 눈이 내려서, 그곳이 불임의 장소가 되고, 결국엔 그리움의 꽃이 영영 피지 않는 것을 시인은 안타까워하고 있는 것이다. 겨울이 가고 봄이 와도 그리움의 정서는 더욱 강렬해지는데, 그 채워지지 않는 그리움의 정서에 대해 시인은 메울 방법을 찾지 못하고 방황하고 있는 것이다.

　　내가 죽고서 내가 산다면!
　　네가 죽고서 내가 산다면?

　4연 역시 결핍과 그리움, 경계의 논리가 계속되고 있음을 보여주고 있다. 2연과 3연이 자연의 섭리와 질서에 의한 그리움의 감수성을 노래했다면, 4연은 인간사의 관점에서 이를 이해하고 있는 경우이다. 결핍이 채워지는 것은 강렬히 필요로 했던 대상들이 다시 만나 합일할 때 가능한 일이다. 그런데 4연에서는 그런 채움의 논리가 쉽게 완성되지 않음을 말하고 있다. "내가 죽고 네가 살거나 네가 죽고 내가 사는 상황"이 반복되는 까닭이다. 지독히도 만날 수 없이 평행선을 걷는 기찻길처럼 서로에게 꼭 필요한 대상들은 만나서 합일되지 않는 것이다.

　가을 꽃자리가 있는 곳, 그곳을 메우지 못하게 하는 눈, 그리고 눈과 봄이 오가는 교차점, 사람과 사람 사이에 존재하는 틈, 이것들은 모두 이 시가 표방하는 경계의 지대들이다. 경계는 두 개의 지대가 만나는 곳이고, 포갬과 분리가 피드백하는 매우 예민한 곳이다. 따라서 그곳은 충만과 비움이라는 이원성이 있고, 상상력의 흐름이 저지당하는 곳이긴 하지만 이내 다시 크게 부활하는 점이지대이다. 시인은 그러한 경계를 그리움이 생겨나는 상상력의 공간으로 이해했다. 경계는 진행과 멈춤의 지대이며, 상상력이 폭발하는 예민한 지대임임을 감안하면, 그리움의 정서를 이 지대에 분출하게끔 만든 시인의 능력은 매우 탁월한 것이라 할 수 있다. 「푸르른 날」을 읽어나가면서 그리움의 정서 속으로 빨려들어가 쉽게 헤어나오지 못하는 이유도 바로 이 경계가 주는 상상력의 힘 때문이다.

인식과 비평

# 우리 민족의 기본정서 : 그리움

### ─김소월의 「가는 길」

그립다

말을 할가

하니 그리워

그냥 갈가

그래도

다시 더한 번

저 산에도 까마귀,들에 까마귀,

서산에는 해 진다고

지저귑니다.

앞강물, 뒷강물
흐르는 물은
어서 따라오라고 따라가자고
흘러도 연달아 흐릅디다려

「가는 길」은 소월의 대표작 가운데 하나이다. 이것이 어째서 소월의 대표시 반열에 오를 수 있는가 하는 것은 전적으로 독자의 몫이겠으나 이 작품을 통해서 어떤 보편적인 감수성을 이끌어낼 수 있다면, 그의 주관의 영역을 벗어날 수도 있을 것이다. 소월이 한국을 대표하는 시인임은 부정할 수 없는 일이거니와 그의 존재가 분단의 아픔을 겪고 있는 한반도 전체, 곧 남과 북 모두에 있어 긍정적 평가의 대상으로 남아 있는 것 또한 엄연한 사실이다.

소월이 창작활동을 활발히 전개하던 시기는 잘 알려져 있듯이 1920년대이다. 이때는 3·1운동의 실패에 따른 좌절감이랄까 공허감이 전민족에 압도하던 시기이기도 하고, 또 여러 다양한 사조라든가 사상이 유행하던 시기이기도 하다. 뿐만 아니라 개항이후 활발히 전개되어왔던 시의 근대성에 대한 모색도 절정에 다다른 때이기도 했다. 이 모든 욕구들이 하나로 모아져 소월이라는 시인이 필연적으로 탄생했던 것이고, 그의 문학 또한 개화되었던 것이다. 그런만큼 소월은 문제적인 시인이었으며 그의 작품 또한 예외성을 벗어날 수 없었던 것이다. 우선 시의 근대성과 관련하여 소월의 시에서 드러나는 형식상의 문제를 검토해볼 필요가 있을 것이다. 소월의 시는 민요의 형식과 현대시의 율격이 결합된 민요시, 혹은 민요조 서정시의 특색을 보이고 있다. 어째서 이런 기묘한 형태의 시율격이 태어났을까. 실상 기묘하다고 했지만, 어떤 면에서 보면, 적절한 타협 내지는 조화의 결과가 민요시의 형태를 낳은 것은 아닐까. 이렇게 단언적으로 말할 수 있는 것은 다음과 같은 근거에서 찾을 수 있을 거 같다. 첫째는 개화기 이후 진행된 시의 현대성과의 관련양상이다. 시의 현대성, 특히 형식적인 국면에서 그것이 어떤 형태로 시사적 맥락에 자리매김할 수 있는가 하는 것은 개화기 이후 한국 시가가 담당한 최대의 과제 가운데 하나였다. 그리하여 찬송가의 형태를 모방하기도 하고, 일본식 신체시나 창가의 율격을 그대로 재현시키기도 했다. 그러나 그러한 모색이 적절한 타협점을 찾았다거나 성공적 모델로 쉽게 귀결된 것은 아니었다. 외래적인 것과 내부적인 것들이 화학적 결합을 하지 못하고, 어정쩡한 형태로 단지 새로운 내용들만을 담지한 채 신시의 형태로 양산되고 있었기 때문이다. 그러한 과정에서 여러 다양한 사회적 격변기를 맞이하게 되었고, 그 결과 민요와 현대시의 만남이 자연스럽게 이루어진 것이다. 따라서 그 성공 여부를 떠나 이 만남은 필연적인 것일 수밖에 없었다고 하겠다.

이 당시에 활동했던 대표적 리듬리스트는 안서 김억이었는데, 그의 「격조시론」은 이런 만남의 장에서 탄생한 대표적 시론이었다. 그러나 안서의 의욕에도 불구하고 그의 '격조시론'은 시의 현대성과는 거리가 먼 것이었다. 집단의 가치를 추구하는 전통적인 질서가 사라진 뒤안길에서 정형적 리듬은 거의 의미가 없는 것이기 때문이었다. 물론 이런 전제가 전적으로 정당한 것이라고 승인될 수는 없을 것이다. 미래의 이상적 가치에 주안점을 두는 경우에 집단의 가치란 언제든 유효할 수 있기 때문이다. 가령, 3·1운동 실패에 따른 집단적 가치의 필요성들이 정형적 리듬을 요구할 수밖에 없었다고 볼 수도 있을 것인데, 민요의 율격과 같은 집단 기억의 단편들이야말로 그 시대에 꼭 필요한 수단일 수밖에 없었다는 논리가 바로 그것이다.

노래의 가치가 우위인 시대에는 이런 이해가 대단히 유효할 수 있을 것이다. 그러나 1920년대는 개화기와 전연 다른 시기이다. 개화기에 노래체가 필요했다면, 20년대는 그런 형식적 요건보다는 내용적 요건이 보다 우선시 되던 시기라 할 수 있다. 전체적인 음성이 아니라 전체적인 표현이 중요시되던 시기가 이때이다. 따라서 민족의 심연 속에 갇혀 있던 혼을 일깨우고 이를 표면화, 전체화시키는 것이 20년대가 요구했던 시대적 의무였다. 그렇기에 규칙적인 리듬을 통해서 전체주의로 나아가려는 기도들은 의미 있는 것이 되지 못했다. 안서의 '격조시론'이 갖는 한계란 이와 밀접한 관련을 갖고 있는 것이었다.

둘째는 리듬의 공백현상에서도 그 원인을 찾아볼 수 있겠다. 개항이후 한국시에 걸맞은 운율의 형태를 모색하던 것이 시의 현대성 운동 가운데 하나였다. 그럼에도 어느 것 하나 시의 형식과 내용의 현대적 조화라는 시대의 임무를 효과적으로 달성하지 못했다. 적어도 소월을 비롯한 민요시파들이 활동하던 시기 이전까지 시의 현대성이라는 시사적 과제는 요원한 임무로 남아 있었던 것이다. 이른바 형식의 공백상태가 빚어진 것이다. 이런 벌어진 틈이야말로 여타의 양식이 비집고 들어올 수 있는 좋은 토양이 될 수밖에 없었는데, 그 선편을 쥔 것이 잘 알려진 것처럼 전통적 율조였다. 그 가운데 이 정서를 가장 잘 대변하고 있는 형식이 민요였다. 민요 속에 내재된 전통적 리듬이야말로 개화기 이후 빚어진 형식의 공백을 메워줄 유효한 수단이 되어버렸다.

한편, 민요시의 리듬이 현대시의 리듬과 쉽게 만날 수 있었던 것은 시대적 맥락과 분리하기 어려운 것이기도 했다. 3·1운동의 실패는 많은 것을 잃어버리게도 했지만, 또 많은 것을 얻게 만드는 계기도 마련해주었다. 그 대표적인 것 가운데 하나가 소위 전통적 가치에 대한 재발견이었다. 일제 강점기라는 10년의 단절이야말로 이 땅의 민중들에게는 커다란 외상이 아닐 수 없었다. 그 벌어진 간극을 메꾸는 일이란 민족적 가치의 회복 혹은 전통적 맥을 찾아나서는 길밖에 없었다. 그 도정에서 만난 것이 전통론의 확산이며, 시에서는 민요의 발견 및 수용으로 발현되었다.

소월의 작품들은 이런 과정 속에서 탄생한 것이었다. 그런데 똑같은 율격과 함께 비슷비슷한 정서를 담고 있는 당대의 시들 가운데 소월의 시들이 어째서 1920년대를 대표하는 작품들이 되었을까. 이런 질문에 대한 적절한 해답을 얻는 것은 시사적 의의와 무관한 것이 아닌데, 우선 꼽아야 할 것이 그의 시적 자질에서 찾아야 하는 것이 아닐까 한다. 소월은 다른 어떤 시인보다도 형식적 의장에 빼어난 솜씨를 보여준 시인이었다. 잘 알려진 대로 소월을 비롯한 민요시들의 형식적 특색은 리듬에서 찾아진다. 특히 7·5조의 구현이 바로 그러한데, 그것이 외래율조나 전통적 율조냐 하는 것은 그리 중요한 문젯거리가 되지 못한다. 중요한 것은 그것이 현대시의 의장 속에서 어떤 기능을 하고 있고 또 어떻게 효과적으로 스며들어 가 있는가 하는 것에 있을 것이다. 그리고 이 율격의 선구자였던 안서의 그것과 어떻게 차질 되느냐하는 것도 소월 시에서 드러나는 뛰어난 형식적 의장을 이야기할 때 빼놓을 수 없는 부분이다.

안서는 시의 율격을 기계적으로 적용시켰다. 뿐만 아니라 그것이 한국어의 음색과 자질에 어떻게 혼융될 수 있는가에 대한 고민도 크게 하지 않았다. 그 결과 그의 시에서 드러나는 율격의 단조성이랄까 편협성은 고전 시가의 시조나 가사의 그것으로 오히려 후퇴시키는 결과를 가져왔다. 근대성의 과제가 율격의 자율성에 기초해 있음은 지극히 상식적인 일에 속하는 것인데, 그는 이에 대해서 철저하게 무지했던 것이다. 그의 시들에서 풍겨나는 기계성이랄까 규칙성들은 이런 감각과 무관하지 않다.

반면 소월의 경우는 안서가 시행했던 그러한 리듬의 규격성으로부터 훨씬 자유로운 편이었다. 소월은 민요조 운율이나 7·5조와 같은 정형성을 시의 형식적 의장으로 도입하더라도 이를 규격화시키는 오류를 범하지 않았다. 그것이 그의 시들이 갖는 최대의 장점이라 할 수 있는데, 가령, 「가는 길」의 경우를 그 예로 보면, 이 시는 전통적 율조인 7·5조로 쓰여진 작품이다. 그런데도 그는 이 율격을 단순하게 적용시키지 않고, 자유로운 변화를 주었다. 7을 3과 4로 분절하기도 하고 4와 3으로 분절시키기도 했다. 그리고 5음도 적절하게 분절시키기도 했다.

그러나 이러한 분절이 시의 음역과 분리된다면, 이 또한 규격성이랄까 규칙성을 벗어날 수 없었을 것이다. 그는 이를 의미의 영역과 교묘하게 결합시키는 능력 또한 보여주었다. 그 단적인 사례가 되는 것이 이 작품의 1연에서 찾아볼 수 있다. 그는 여기서 '그립다'라는 3음과 '말을 할까'라는 4음의 행배치를 다르게

함으로써 그리움의 정서가 매우 웅숭깊은 것임을 알리고 있기 때문이다. 이렇듯 소월시의 시사적 의미는 내용과 형식의 적절한 조화에서 찾아지는데, 그러한 화학적 결합이야말로 1920년대에 요구되었던 시대적, 시사적 요청에 부응하는 시의 적절한 것이었다.

소월의 작품은 민족의 정서를 가장 훌륭하게 표현한 시인이다. 그의 시에서 드러나는 그러한 정서적 특색이야말로 남과 북 모두에서 가장 우수한 시인가운데 하나로 자리매김되는 요인으로 작용한다. 그렇다면 소월을 훌륭한 민족시인이게끔 붙들어 맨 민족의 정서란 구체적으로 무엇을 지칭하는 것일까.

만약 민족을 하나로 엮어내는 보편성이 존재한다면, 그것은 그 시대를 살아가는 민족에게는 대단한 행운이 아닐 수 없을 것이다. 아니 어떤 의미에서는 시대를 초월하여 그 민족의 정체성을 담지해주는 빛나는 성채가 될 수도 있을 것이다. 그것이 있는 경우와 없는 경우가 어떤 결과를 가져오는지에 대한 구체적인 사례는 세계의 흥망사가 이를 잘 말해준다. 따라서 그것의 본질에 육박할 경우, 통일성의 세계로 접어드는 지름길이라 할 수 있다. 그리고 우리는 그를 두고 민족의 시인, 혹은 민족의 혼을 담지한 작품으로 단정지어도 무방할 것이다.

우리 민족의 보편적 정서가 무엇인지에 대해서는 많은 사람들이 언급한 바 있다. '멋'을 주장한 사람도 있고, '은근과 끈기'를 말한 사람도 있다. 뿐만 아니라 '두어라 노새'와 같은 가락과 흥청거림에서 찾은 사람도 있다. 오랜 역사 속에 형성된 민족의 정서가 이렇게 다양한 모양새로 구현되는 것은 어쩌면 자연스런 일일 것이다. 그러나 저마다의 존재의의에도 불구하고 우리 민족의 독특한 정서는 '그리움'의 정서가 아닐까 한다. 수난의 역사를 거치면서 우리 민족이 감내했던 대표적 감수성은 이별의 정서에서 찾아야 할 것이다. 그것은 사회적인 맥락에서 오는 것이기도 했도, 존재론적인 것에서 오는 것이기도 했다. 뿐만 아니라 인생사의 그것에도 이 정서가 깃들어져 있다. 이 정서에 뿌리를 두고 있는 것이 그리움의 정서임은 두말할 필요도 없을 것이다. 그리움은 우리 민족의 역사와 그 맥을 같이 해 왔다. 그것은 어느 한시기에 형성되고 소멸한 것이 아니라 과거부터 현재까지, 아니 미래로까지 계속 이어지는 진행형의 정서이다. 가령, 조국을 잃었을 때는 님에 대한 그리움으로, 사랑하는 연인과의 이별 뒤에는 재회의 그리움, 존재론적 고독 뒤에 오는 낙원에의 그리움 혹은 영원에의 그리움 등으로 항구적으로 구현되어 온 것이다.

이렇듯 그리움의 정서는 상고시대의 시가에서부터 우리 시의 근본 특색으로 자리잡아 왔다. 가령 「공무도하가」를 비롯해서 「황조가」를 지배하고 있는 주조가 그리움이기 때문이다. 뿐만 아니라 망부석 신화에 기초해 있는 박제상의 신화나 백제 행상의 노래 또한 이 정서와 무관하지 않다. 「가시리」, 「청산별곡」 등 고려의 시가 또한 그리움의 정서 없이 설명하는 것은 불가능할 것이다. 임금을 그리워한 「사미인곡」 등 조선시대의 가사 역시 이 정서와 분리하기 어려운 것이었다. 이렇듯 한국인의 정서나 시가에 있어서 그리움의 정서를 배제시키고 그 의미를 이야기하는 것은 불가능한 일일 것이다.

소월을 국민시인 혹은 민족시인으로 지칭으로 하는 것은 바로 그의 시들이 이 정서와 밀접하게 관련되어 있기 때문이다. 「가는 길」을 비롯한 그의 대부분의 시들이 이 정서를 잘 대변하고 있는데, 특히 이 작품은 그러한 그리움의 정서가 다른 어떤 경우

보다 효과적으로 구현되어 있는 시이다.

> 그립다
> 말을 할가
> 하니 그리워

　무엇에 대한 상실이 전제된 시인은 1연에서부터 그리움의 정서에 휩싸인다. 그리하여 서정적 자아는 우선 그 정서가 어떤 것인지에 대해 한번 환기하게 된다. 그러나 서정적 자아 속에 포회된 그리움의 정서가 올곧은 것인지 알지 못하기에 그는 잠시 멈추게 된다. '말을 할까'라는 머뭇거림의 정서가 이를 잘 대변해준다. 그러나 그리움의 정서를 갖는 것만으로도 이미 이 정서는 시인의 마음 속에 굳건히 자리하고 있음을 알게 된다.

> 그냥 갈가
> 그래도
> 다시 더한 번

　2연에서는 이 정서를 행동 속에서 구현한 부분이다. 1연이 마음 속의 정서라면, 2연은 그러한 정서를 실천해보고자 하는 행동의 단계로 구현된다. 늘 오가던 연인의 집앞을 스치면서 서정적 자아는 그리움을 토해낼 적절한 방법을 찾지 못한다. 그리하여 그가 할 수 있는 일이란 기껏해야 그 연인의 집에서 머뭇거림 정도의 행동만을 할 뿐이다. 그런데, 이런 행동 자체가 또다른 그리움의 구현이라는 점에서 빼어난 시적 의장이라 하지 않을 수 없을 것이다. 어떤 대상에 즉자적으로 육박하는 것보다 적절한 거리 속에서 이루어지는 망설임이야말로 그리움의 정서를 최대치로 구현하는 양태로 비춰질 수 있기 때문이다.

저 산에도 까마귀,들에 까마귀,
서산에는 해 진다고
지저귑니다.

3연은 그리움의 정서가 까마귀의 음성과 일력의 변화 속에서 입체적으로 반추되는 부분이다. 이 연에서 해가 진다는 것은 어떤 것의 소멸을 의미한다. 이 시의 음역으로 해석한다면 아마 이 정서가 소멸되는 단계가 아닐까 한다. 인간이란 시간의 흐름으로부터 자유롭지 않은 까닭에 자꾸만 무엇인가로부터 잊혀질 수밖에, 아니 잊을 수밖에 없는 존재이다. 그러한 소멸의 정서를 까마귀의 안타까운 음성으로 빗대어 표현하고 있는 것이다. 소멸의 안타까움과 까마귀의 뚜렷한 음성이 소멸과 생성이라는 팽팽한 긴장관계 속에서 이 시의 자장을 더욱 넓혀주는 역할을 하고 있다.

앞강물, 뒷강물
흐르는 물은
어서 따라오라고 따라가자고
흘러도 연달아 흐릅디다려

마지막 4연에서는 3연에서의 긴장관계가 해소되면서 서정적 자아 속에 내재된 그리움의 정서가 항구적일 수밖에 없는 것임을 잘 일러주고 있는 부분이다. 시인은 그것을 물의 속성을 통해 인유하고 있다. 물이란 모든 것을 정(淨)하게 하는 의미를 갖고 있지만, 항구적인 의미 또한 지니고 있다. 특히 그것이 흐르는 물일 경우 그러한 항구성은 더욱 배가된다. 흐름은 연속성의 상상력 없이는 성립되지 않는다. 소월은 물의 그러한 속성에다가 "앞강물과 뒷강물이 연속해서 따라오고 흐른다고" 의미 부여했다. 즉 그리움의 객관적 상관물이 된 물이 항구적으로 흘러감으로써 시인 속에 내재된 이 정서가 단속적인 하나의 순간으로 중단될 수 없음을 이야기하고 있는 것이다.

이상에서 알 수 있는 것처럼, 「가는 길」이 표현하고자 한 정서는 그리움이었다. 그러나 자아가 그리워하는 대상은 구체적인 어떤 모양새로 쉽게 귀결되지 않는다. 그 그리움의 대상은 지극히 포괄적인 것으로 구현되는데, 가령, 그것은 사랑하는 연인일 수도 있고, 존재론적 고독과 그에 기반한 낙원에의 향수일 수도 있으며, 잃어버린 조국에 대한 그리움일 수도 있을 것이다. 시대적 맥락을 시의 음역과 분리시킬 수 없는 것이 소월 시의 특성이라 할 때, 시인의 그리움은 전민족적인 것으로 확산될 수도 있을 것이다. 이럴 경우, 그 그리움의 대상은 민족이고 국가로 그 외연이 넓어지게 된다.

이렇듯 소월은 그리움이라는 민족의 보편적 정서를 식민지 시대의 민족과 국가에 대한 그리움으로 시의 자장을 확대시킴으로써 보편성을 획득하고 있다. 그는 개인들 속에 내재되어 있는 그리움의 정서를 민족과 국가에 접목시킴으로서 민족의 정서랄까 집단의 혼이 무엇인지를 일깨운 시인이다. 그를 두고 식민지 시대의 대표적 시인이라는 레테르를 붙이는 것도 이 때문이고, 서로 다른 정체성으로 이질적인 길을 걷고 있는 남북의 현실에서 민족의 시인으로 거듭 태어나고 있는 것도 여기에 그 원인이 있다고 하겠다. 그리움은 우리민족에게 진행형의 정서라고 했다. 그것은 지금도 여전히 유효하다. 분단시대를 살고 있는 지금 여기에서 남과 북은 만남에 대한 그리움, 하나가 되고자 하는 그리움으로 충만되어 있다. 우리는 이 정서를 매개로 하나가 될 수 있다. 소월이 펼쳐보인 그리움의 정서가 분단시대에 더욱 요구되는 것도 그것이 서로를 잇는 통일의 정서이기 때문일 것이다.

# 식민지 시대 희생의 꽃

## ―윤동주의 「십자가」

쫓아오던 햇빛인데
지금 교회당 꼭대기
십자가에 걸리었습니다.

첨탑이 저렇게도 높은데
어떻게 올라갈 수 있을까요

종소리도 들려오지 않는데
휘파람이나 불며 서성거리다가

괴로웠던 사나이,

행복한 예수 그리스도에게

처럼

십자가가 허락된다면


모가지를 드리우고

꽃처럼 피어나는 피를

어두워가는 하늘 밑에

조용히 흘리겠습니다


어떤 권력이 말기에 이르게 되면, 그 폭악성이랄까 극단성은 상상하기 어려울 정도로 강화되기 마련이다. 이런 상황은 아마도 1940년대 초를 전후한 일제강점기의 한국 현실에서도 찾을 수 있을 것이다. 전쟁에 대한 승리에 자신이 없었던 일본 제국주의는 1940년대에 접어들면서 온갖 수단을 동원하여 만행을 서슴없이 저질렀다. 내선일체라든가 대동아공영권을 비롯한 전일적 사유체계를 강요하는가 하면, 창씨개명과 한국어 신문, 잡지의 폐간에 이르기까지 사회의 구석구석으로 확대되기에 이른 것이다. 이른바 전쟁을 위한 총력체제를 구축하기 시작한 것이다. 이런 단일성에의 요구는 무조건적인 것이었고, 다른 다양성은 전연 허용되지 않았다. 따라서 유폐적 힘이 강화된 상황 속에서 양심이랄까 미래에의 전망을 이야기하기는 매우 어려운 것이 사실이었다.

윤동주가 등장하던 시기는 교묘하게도 객관적 상황이 가장 열악한 때와 일치했다. 이 시기에 그는 일본 동지사대학에 유학하고 있었고, 제국주의의 본 모습을 가장 가까운 곳에서 체험하고 있었다. 그가 이런 열악한 상황을 뒤로하고 귀국 길에 오른 것이 1944년이었다. 동료들이 베풀어주는 환송회에 참석하고, 자신의 꿈을 새롭게 펼쳐야할 약속의 장소로 되돌아올 예정이었다. 그러한 그의 꿈들이 조국해방과 분리할 수 없는 것은 당연한 일이었다. 그의 의식들은 자신의 작품뿐만 아니라 그의 개인사를 통해서도 잘 드러난다. 그는 작품을 통해서 조국이나 민족에 대한 자의식을 유감없이 보여주었을 뿐만 아니라 실제의 행동에 있어서도 비슷한 면모를 보여주었다. 그의 민족애랄까 조국에 대한 의식이 얼마나 강렬한 것이었나 하는 것은 다음 일화에서 쉽게 확인할 수 있다. 학업을 마치고 귀국길에 있었던 환송식에서의 일화가 바로 그것이다. 그의 환송회는 교토의 동쪽에 있었던 우지 공원에서 있었고 많은 동료들이 참석했다. 이런 자리에서 흔히 있는 일 가운데 하나가 상호간에 주고받는 행사인데, 윤동주도 이들과 더불어 행사의 일환으로 답가를 불렀다. 그런데 그가 부른 노래가 아리랑이었다. 이는 그의 의식 속에 자리잡은 조국과 민족에 대한 사랑이 남다른 것이었음을 단적으로 보여주는 사례가 아닐 수 없다. 말하자면 그는 다른 어떤 문인이나 독립투사보다도 조국과 민족에 대한 의식이 투철했던 시인이었다고 할 수 있을 것이다.

그러나 그의 꿈은 독립운동 혐의로 체포되고 또 그곳에서 생을 마침으로써 좌절되고 만다. 이런 그의 생을 두고 저항적 맥락으로 이해하는 것은 당연하다 하겠다.

그러나 윤동주 시인과 그 전기적 일생을 두고 볼 때, 그에게 저항성 여부를 묻는 것은 매우 난망한 일이 아닐 수 없을 것이다. 저항의 의미를 어디에 둘 것인가에 따라 그 음역이 달라질 수 있는 것이긴 하지만, 식민지 시대를 살아간 문인치고 일제의 테두리를 용인한 문인은 그리 많다고 생각되지 않는다. 심지어 일제 말기 자신의 작품이나 논설을 통해서 친일적 경향을 보인 문인들에게조차도 친일의 잣대를 들이대어 비난의 화살을 퍼붓는 것도 문제가 있어 보인다. 국가가 지켜주지 못한 국민들의 권리와 자유를 개인의 그릇된 행동으로부터 보전하려 드는 것은 잘못된 일이기 때문이다. 뿐만 아니라 무능한 국가를 개개인이 다 떠 안아야 하는 것 또한 과도한 임무가 아닐까 한다. 그들 개개인에게 윤리적, 도덕적 책임을 물을지언정 그들의 존재 이유조차 짊어지라는 것은 어려운 일일 것이다.

이런 논리는 카프문인들이나 순수시인에게도 똑같이 적용되는 문제가 아닐 수 없다. 전자의 경우 대부분의 문학사가들은 조국 해방이 아니라 이념투쟁에 주안점을 둠으로써 국가가 직면한 임무를 외면했다고 비난받아 왔다. 그러나 이것은 어디까지나 표면적이고 기계적인 논리에 불과할 뿐이다. 이들 앞에 놓인 전망의 스펙트럼에 의하면 조국 해방은 관념이 아니라 실제로써 늘 움직이고 있었기 때문이다. 조국해방에 대한 전제없이 계급투쟁을 한다는 것은 현실적으로 받아들이기 힘든 일이었다.

동일한 논리가 순수문학파로 규정되었던 시문학파의 구성원들에도 똑같이 적용될 수 있을 것이다. 순수란 비저항성을 그 특징으로 한다. 따라서 순수한 문학활동 자체가 현실에 대한 직시와 투쟁과는 거리가 있어 보이는 것이 사실이다. 더군다나 식민지 시대 이들의 출신배경이 부르주아 계층이었다. 이들 계층이 식민지 시대에 보였던 행태에 비춰보면, 시문학파의 구성원들 또한 이들의 행위로부터 자유롭지 않은 것이 사실이었다. 따라서 그들의 문학행위를 식민지 시대 이데올로기의 표현으로 규정되었던 바, 이는 일제에 대한 체제용인으로 비춰졌다. 그러나 이런 견해는 지극히 단선화되고 기계론적 사유에 불과할 뿐이다. 순수가 체제용인으로 인식될 수도 있지만, 체제 순응의 거부로도 인식될 수 있기 때문이다. '내마음'을 순수한 하늘과 자연에 묶어두고, 현실의 질곡과 거리를 두려한 김영랑의 시적 의장이 저항의 이데올로기적 표현으로 읽히는 것도 이와 밀접한 관련이 있는 것이다. 현실과의 철저한 거리두기, 거기서 나오는 탈속의 세계야말로 김영랑의 시세계에서 강력한 저항의 기제가 되었기 때문이다.

카프문학이나 순수문학의 사례에서 볼 수 있는 것처럼, 윤동주의 심혼이 저항과 거리가 있었던 것은 아니다. 아니 어찌 보면 그는 다른 어느 시인보다도 그 저항의식은 남다른 경우였다. 그는 일제의 사슬을 해체하려는 의식을 다른 누구보다도 올곧게 간직한 사람이라고 보아도 크게 틀린 말은 아닐 것이다. 「십자가」는 그러한 그의 저항의 의지가 시인의 다른 어떤 작품보다도 효과적으로 드러난 경우이다.

> 쫓아오던 햇빛인데
> 지금 교회당 꼭대기
> 십자가에 걸리었습니다.

현실에 대한 저항성은 이 시 전편을 감싸고 있는데, 우선 1연에서는 그것이 밝은 세계에 대한 지향성으로 드러난다. 시적 자아는 '햇빛'을 쫓아가고 있다. 이 빛은 밝음을 그 특색으로 한다.

따라서 그것이 식민지 현실과는 반대되는 상황임은 어렵지 않게 짐작할 수 있다. 그런데 시인이 추구했던 그 밝음의 세계가 십자가에 걸림으로써 더 이상의 진행이 멈추게 된다. 여기서 십자가란 단순한 기호로서 높이라는 물리적 거리감을 형성하는 매개로 기능한다.

> 첨탑이 저렇게도 높은데
> 어떻게 올라갈 수 있을까요

그러한 상황은 2연에서 단적으로 드러나게 되는데, "첨탑이 저렇게도 높은데"라는 부분이 바로 그러하다. 높다는 것은 물리적인 거리이면서 밝음을 지향해야 한다는 시적 자아의 의지를 좌절케하는 요인이 되기도 한다. 즉 그가 추구해야 할 가치와 이상이 자신의 의지와는 상관없이 매우 난망한 일임을 일러주는 것이다. 그러한 상황을 잘 대변해주는 것이 "어떻게 올라갈 수 있을까요"라는 시행이다. 이런 차단이 시인으로 하여금 밝음으로의 지향성을 더 이상 나아가지 못하게 한다.

> 종소리도 들려오지 않는데
> 휘파람이나 불며 서성거리다가

그러한 방황은 3연에 이르면 아주 명료하게 드러나게 된다. 특히 '종소리'의 존재가 이를 매개하는 기능을 한다. 종소리는 방향의 표식이며, 평화의 징표일 뿐만 아니라 어느 특정 집단을 이끌어가는 상징이 되기도 한다. 따라서 그것의 부재는 방향이라든가 평화, 혹은 어떤 선도적 흐름을 이끄는 것의 사멸과 밀접한 상관관계를 가질 수밖에 없다. 그러한 무방향성이 시적 자아로 하여금 "휘파람이나 불며 서성거리"는 존재로 이끄는 것은 당연할 것이다. 이런 머뭇거림이란 어찌 보면 윤동주의 자의식을 가장 잘 대변해주는 것이 아닐 수 없을 것이다. 저항해야 할 대상은 분명히 존재하는데, 거기에 마구 육박해 들어갈 수밖에 없는 자아의 갈등이 방황의 요체가 된다. 이를 두고 실천을 매개하지 못한 무능이라 할 수도 있고, 순수무구한 자의식이라 할 수도 있을 것이다.

그러나 그것이 어떤 것이든 시인은 현재의 상황으로부터 자유롭지 못하다는 것, 따라서 무언가를 끊임없이 해야한다는 자의식, 혹은 강박관념에 젖어있다는 것은 충분히 유추해볼 수 있는 일이다. 저항은 물리적 행동이 없어도 가능한 것이고, 또 윤동주처럼 격심한 자의식에 의해서도 가능할 것이다. 실상 이런 모습들이 윤동주의 실체를 형성하거니와 굴욕의 역사를 경험한 세대의 자부심일 것이다. 그의 저항의식이 고결하면서도 숭고한 것으로 비춰지는 것도 이런 감각과 무관하지 않을 것이다.

> 괴로웠던 사나이,
> 행복한 예수 그리스도에게
> 처럼
> 십자가가 허락된다면

4연은 현실 앞에 절망할 수밖에 없는, 혹은 절망하지 않으려는 자의식이 효과적으로 드러난 부분이다. 그러한 의식을 표명하기 위해서 시인이 인유하고자 하는 매개는 이 시의 제목이기도 한 '십자가'이다. 십자가는 사랑과 희생의 상징이다. 그것은 기독교 그 자체이며, 예수이고, 속죄의식을 구현하기도 한다. 시적 자아가 밝음을 찾기 위해 쫓아온 햇빛이 이제는 십자가 끝에 걸린 모습으로 나타난다. 그 밝음을 얻으려면 십자가에 걸린 그 햇빛을 자기화해야 한다. 그것은 결단을 요하는 행위이다. 그 순간 시인 앞에 놓은 것이 예수가 행했던 희생뿐이었다. 그러나 윤동주의 처지와 예수의 입장은 전연 다른 경우였다. 예수야말로 십자가에 못박혀 희생되면, 인류 구원이라는 대속의 의미가 주어질 수 있었다.

그러나 윤동주는 이와 전연 다른 경우였다. 그 자신이 십자가에서 죽는다 하더라도 조국해방이 곧바로 성취되는 것은 아니었으며, 또 예수처럼 구원의 메시지를 던지는 희생으로 끝나는 것도 아니었다. 예수에게 주어진 십자가와 그 자신에게 주어진 십자가는 이렇듯 전연 상반되게 구현된다. 그러한 까닭에 예수는 '행복'할 수밖에 없는 존재였고, 자신은 '괴로'웠던 존재가 될 수밖에 없는 상극적 입장으로 나타나는 것이다.

> 모가지를 드리우고
> 꽃처럼 피어나는 피를
> 어두워가는 하늘 밑에
> 조용히 흘리겠습니다

그러나 이런 갈등에도 불구하고 윤동주가 선택했던 것은 적극적인 실천이었다. 그러한 실천의 면들이 잘 드러난 부분이 마지막 연이다. 이 연을 이끌어가는 핵심 이미지는 "꽃처럼 피어나는 피"와 "어두워가는 하늘 밑"이다. 피는 붉은 색이기에 정열의 상징으로 구현된다. 그러한 열정이 꽃처럼 피어남으로써, 곧 자신의 희생이 승화됨으로써 조국독립을 쟁취하고자 히는 것이다. 만면 어두워가는 하늘이란 그 반대에 놓인 상황을 일러준다. 어둠이란 객관적 현실 상황을 나타낸다. 그런데 그것이 붉은 빛 속에 내재됨으로써 시인의 의지가 더욱 강렬하게 솟아오르는 효과를 갖게 한다. 시인은 어둠과 밝음이 갖고 있는 이분법적 대위 속에서 자신의 역할과 임무에 대해 매우 적극적으로 드러내고 있는 것이다.

「십자가」라는 제목이 암시하는 상징성에서 보듯 이 소재는 희생과 사랑, 대속(代贖)의 의미를 갖고 있다. 무언가를 위해서 자신을 버리는 것이 희생이다. 그런 면에서 식민지 현실에 대한 윤동주의 사유가 무엇인가를 나타내기 위해서 이 물상만큼 좋은 소재도 없었을 것이다.

윤동주의 내면은 조국과 분리하기 어려운 것이었다. 그의 심리 속에는 조국을 향한 향수의 깃발이 언제나 휘날리고 있었으며, 그것이 수면 위로 자유롭게 떠오를 날만을 꿈꾸고 있었다. 그러나 그러한 꿈은 어느 한순간에 실현될 수 있는 단말마적인 것이 될 수 없었으며, 그런 현실적 한계들이 머뭇거림이라는 자의식을 만들어내었다. 그러나 객관적 힘이 압도하는 현실에서 이만한 정도의 자의식만으로도 의미가 있었던 것은 굴종의 역사를 체험한 세대들에 있어서 최소한의 양심이었다는 데 있을 것이다. 그런데 그러한 양심은 당대에만 유효한 것은 아니었으며, 세대를 초월하는 것이었다는 점에서 의미있는 것이기도 했다. 「십자가」의 유효성이란 이런 세대를 넘나드는 시간의 항구성에서 찾아야 할 것이다. 그것이 이 작품이 갖는 시사적 의의이다.

# 보편의 감각을 일깨우고
# 개인의 정서를 환기하는 마술

## — 최서림의 「歸路」

## 1. 명시란 무엇인가

　명시란 풀어쓰면 이름있는 시이다. 또한 널리 알려진 시라는 뜻도 될 것이다. 그렇다면, 이름있거나 널리 알려진 시란 도대체 어떤 것이며, 어떤 특성을 갖고 있는 것일까. 서점이나 인터넷 등지를 뒤지다 보면, 명시라고 이름 붙인 시집들을 발견하고 찾아내는 것은 어려운 일이 아니다. 그만큼 많다는 뜻이다. 그런데 이 대부분의 시들이 어떤 기준에 의해 명시가 되었는지도 밝혀지지 않은채 그냥 그렇게 묶여 있는 것이다.

　그러나 이런 시집들을 들춰서 꼼꼼히 살펴보면 한가지 공통점을 발견하게 된다. 이 시들속에 내포된 정서들이 다수가 공유할 수 있는 것으로 묶여져있다는 것, 그리고 그 공유된 정서가 대개 사랑의 감수성 등과 같이 누구나 체험할 수 있는 것들이라는 점이다. 다시 말하면 여러 사람들에 의해 공유되는 정서가 명시가 될 수 있는 조건 가운데 하나라는 사실임을 알게 된다. 물론 이 말이 전혀 틀린 이야기는 아니다. 어느 한 시인의 특수한 체험만으로 쓰여진 시가 다수의 공감을 얻을 수 있는 것은 불가능하며, 또 그 시인만의 체험이 이해되었다고 해도 독자에게 심금을 울려주거나 정서의 깊이에 호소하지는 못할 것이기 때문이다. 공유할 수 있는 정서란 이렇듯 시를 명시에 반열에 올려 놓을 수 있는 중요한 조건이 된다.

두 번째는 감각에 관한 것이다. 인간의 정서를 가장 쉽게 자극하는 것은 지각작용이다. 소위 느끼고 보고 듣는 감각이야말로 독자로하여금 시의 내용에 곧바로 참여시키게 하는 기능을 한다. 시인만의 체험이 아니라 독자의 체험까지 공유할 수 있는 장으로 이끌어들이는 가장 유효한 매개가 감각이 되는 셈이다.

세 번째는 시대성이다. 공유된 정서라고 해도 시대적 맥락과 연결될 경우 그 정서의 폭은 더욱 깊이 울릴 것이라는 사실은 자명하다. 물론 모든 사람이 공유하는 정서가 시대를 초월하는 것은 맞는 이야기이다. 사랑같은 감수성이 지난 과거에만 있고 현 시대에는 없는 것은 아니기 때문이다. 공유된 정서를 시대를 초월하기는 하지만, 그러나 시대와 함께 하는 정서의 가치가 무시될 수 있는 성질의 것은 아니다. 가령, 정지용의 「향수」를 명시라고 하는데, 이 시가 명시가 될 수 있었던 것은 이 시가 다루고 있는 고향에 대한 감각이라는 것이 누구나 공유할 수 있는 것이었기 때문이다. 그러나 이 작품을 단지 귀소본능의 정서로만 이해하면 그 가치는 상당히 떨어질 것이다. 「향수」라는 작품에서 애틋한 감수성을 느낄 수 있었던 것은 이 시가 식민지 시대에 쓰여졌고, 일본 교토에서 구상된 것이라는 점 때문일 것이다. 수구초심이라는 공유된 정서에다가 식민지 상황이라는 시대성이 고향의 감수성을 더욱 산뜻하게 배가시킨 경우가 「향수」이다.

네 번째는 시의 내용, 곧 사유에 관한 것이다. 단순한 감각만으로 처리된 시에서 어떤 의미를 읽어내는 것은 불가능하고, 또 그렇게 의미없는 시가 훌륭한 시가 될 수도 없을 것이다. 한편의 좋은 시란 어떻든 사유가 내재되어 있어야 한다. 이를 인생관이라해도 좋고 철학이라해도 좋을 것이다. 또한 존재 내적인 문제나 존재 외적인 맥락으로 이해해도 괜찮을 것이다. 작품에서 역사철학의 감각이나 존재론적 의미를 탐색해 들어갈 수 있다면, 명시라는 이름하에서 전연 손색이 없을 것이다.

이 외에도 명시의 조건을 문제삼고 규정할 때 많은 요인들이 있을 것이다. 역사의 합법칙성과 같은 세계관에 의한 구분이 있을 수 있고, 문학 내재적인 요건만을 문제삼는 형식주의적 기준에 의한 구분 방법이 있을 것이다. 이러한 기준들이 잘못된 것도 아니고 또 전연 무시될 수 있는 성질의 것도 아니다. 다만 상황에 따라 혹은 요건에 따라, 관점에 따라 명시 요건 분류의 차이가 있을 뿐이다. 이 모든 것을 여기에 나열하는 것은 불가능한 일일뿐더러 또 이 자리에서 다 소화될 일도 아니다.

## 2. 고향의 정서

콩나물 한 동이를 이고 나간 어머니
저녁별이 떠도 돌아오지 못했다

마당에는 마른 바람이 바스락거렸다
그 안쪽에서는 명태 말라가는 냄새가 났다

빈 담배갑보다 쉬 망가진 아버지
섶불을 안고 떠돈 아버지는
그게 사랑이라고 생각했을까

나는 유리병에 붕어새끼 한 마리를 집어넣고
오후 한나절 혼자 견뎌내는 비법을 터득하고 있었다
붕어새끼같이 껌벅거리는 삶
그게 인생이거니, 익혔다

시간을 놓쳐버린 우리집에는
늘 수채 구멍이 막혀 있었고
파리떼가 냄새처럼 들끓고 있었다
추석이 되어도 집에 돌아오기들 꺼렸다

쑥부쟁이모냥 나지막한 어머니
빈 콩나물시루에 눌린 채 돌아오고 있었다

귀소본능의 어미새처럼, 갈치 한 다발 들고
타박타박 걸어오고 있었다

최서림, 「歸路」

### 1) 고향의 정서

최서림의 「歸路」는 고향의 이야기를 다루고 있는 시이다. 누구나 감각할 수 있는 보편의 정서인 고향이 이 시의 주제가 되고 있다는 점에서 이 작품은 접근하기가 매우 용이하다. 그러나 작품을 꼼꼼이 읽어보면 금방 알 수 있는 것처럼, 이 시에서 고향에 대한 고운 정서라든가 살뜰한 정서가 배어나오는 것은 아니다. 이 작품이 이렇게 느껴지는 이유는 어디에 있는 것일까. 또 고향에 대한 이런 우울한 정서가 독자에게 어떤 심금을 울려주는 요인으로 기능하는 것일까.

명시라고 해서 시의 내용이 명랑하거나 건강할 필요는 없다고 본다. 희로애락이라는 아주 뻔한 인간의 정서 가운데 즐거움과 같은 긍정적 정서만이 인류 보편의 공통적인 정서는 아닌 까닭이다. 따라서 어떤 보편의 정서가 부정적이라고 해도 그것이 많은 사람들에 의해서 공유되고 심금을 울려준다면, 좋은 시나 훌륭한 시의 반열에 올려 놓아도 좋지 않을까 한다.

최서림의 「歸路」는 고향에 관한 정서를 그 배경으로 하고 있지만, 우리가 흔히 알고 있는 고향에 대한 긍정적 정서를 배경으로 하고 있지는 않다. 오히려 어두웠던 지난 과거가 다시 문자화되어 살아남으로써 이를 체험한 세대에게 아픈 기억의 연상작용을 주고 있을 따름이다. 그럼에도 이 작품속에서 그런 아픈 감수성이 현재화되어 고스란히 전달되는 것은 아니다. 우선, 고향은 인류 보편의 정서라는 사실을 환기하자. 수구초심이나 귀소 본능의 감수성이야말로 모든 인간이 경험할 수 있는 원체험에 해당된다. 이런 정서를 다루고 있다는 것만으로도 이 시가 공동의 정서, 보편의 정서를 갖고 있는 것은 틀림없는 사실이다. 그것이 이 시의 맛을 살려주고 공통의 정서를 환기해주는 요인이 된다. 이 시가 우선 아름답다는 것은 고향의 그러한 정서를 일깨워주고 있다는 점 때문이다.

### 2) 고향의 시대성

고향의 정서를 배경으로 하고 있다는 사실만으로 이 작품은 읽는 독자로 하여금 깊은 정서의 울림을 준다. 그런데 이 시의 그러한 정서를 더욱 배가시켜주는 것이 이 작품의 배음으로 깔려있는 시대적 맥락이다. 이 시의 기본 배경은 아마도 50년대 후반 아니면 60년대정도인 듯 싶다. 산업화가 본격적으로 시행되기 이전, 한국의 농촌에서 볼 수 있는 풍경이 이 시의 기본 소재가 되고 있기 때문이다. 이때의 우리 사회가 그러하듯 이 시에서 담고있는 내용은 그리 긍정적인 농촌의 풍경이 아니다. 이 작품은 그 당시의 빈한했던 시골 풍경을 그 배경으로 하고 있다. 여기서 주로 다루고 있는 내용은 한 가족의 궁핍했던 삶이다. 이 작품에서 가장 처연하게 등장하는 사람은 어머니이다. 삶의 주체인 어머니는 장사를 하러 나갔고, 나머지 가족은 하릴없이 집을 지키는 잉여적 인간형들로 나타난다. 가족의 생계를 위해 콩나물 동이를 지고 장사에 나간 어머니는 해질녁이 되어 "쑥부쟁이모냥 나지막"해져서 "빈 콩나물시루에 눌린 채" 집으로 돌아오는 고달픈 존재이다. 삶의 역동성이나 긴장성은 느껴지지 않은 채 자동화된 사물처럼 그저 집으로 돌아오고 있을 뿐이다. 지독히도 처연한 모습이 아닌가.

어머니가 삶의 주체가 되는 상황은 사회적 가난과 불가분의 관계에 놓이는 사항이다. 생산의 주체가 아버지이고 그가 이끄는 삶의 환경이 농경문화일 때, 어머니에 의해 전도되는 상황은 삶의 동력이 훼손되는 상황이다. 그만큼 삶의 건강성을 잃었다는 것을 의미한다. 이런 경우 아버지가 무력한 실직자나 무능력한 인간으로 설정되는 것은 당연한 일일 것이다. 이 작품에서 "빈 담배갑보다 쉬 망가진 아버지"의 모습은 그 단적인 중거가 된다고 하겠다.

또한 이 시의 주인공인 서정적 자아 역시 마찬가지의 상황에 놓인다. 어린 내가 할 수 있는 일이란 전연 존재하지 않는데, 생산의 토양이 될 수 있는 학업이라든가 일의 주체가 될 수 있는 환경을 완전히 잃어버린 존재로 나타난다. "유리병에 붕어새끼 한 마리를 집어넣고/오후 한나절 혼자 견뎌내는 비법을 터득하"거나 "붕어새끼같이 껌벅거리는 삶/그게 인생이거니" 정도를 익히는 삶이 나의 전부의 모습일 뿐이다. 오직 어머니만이 생산의 주체일 뿐이고, 여타의 가족은 무기력한, 혹은 무능력한 주체로만 나타난다. 여기서 어떤 생산성이 담보된 건강한 농촌의 의미를 읽어내는 것은 거의 불가능하다. 이를 두고 50년대 혹은 60년대의 전형성이라 부르면 어떠할까.

### 3)고향의 감각

다음으로 이 시에서 느낄 수 있는 것이 감각의 전경화현상이다. 감각은 인간의 일차적인 기관에 호소하는 정서이다. 그것은 의미나 형이상학의 세계가 아닌 까닭에 인간에게는 가장 원초적인 어떤 것으로 다가온다. 인용시의 시적 상황이나 내용 등은 당시를 살아간 사람들에게는 누구나 공유할 수 있는 정서들이라고 했다. 그런데 이런 정서들이 일체화되지 않고 거리화된 채 제시되었다면, 이 작품은 그냥 그렇게 한번 읽거나 느껴지는 정도의 감수성, 그냥 스쳐지나가는 정도의 일회성 정도로 끝나버렸을 것이다. 그러나 인용시는 그러한 일회성이나 순간성의 감각으로 다가오는 작품이 아니다. 마치 지금 여기에서 벌어지고 있는 듯한 참여성을 우리에게 강요한다. 이렇게 끌어들이는 힘이 이 작품의 곳곳에서 펼쳐지고 있는 것은 감각의 정서들 때문이다.

「귀로」에서는 촉각이나 후각, 청각과 같은 일차적 이미지를 효과적으로 구사함으로써 이 시를 읽는 독자가 마치 고향이라는 현장에 있는 듯한 느낌을 준다. "마당에는 마른 바람이 바스락거렸다"라든가 "그 안쪽에서는 명태 말라가는 냄새가 났다"든가 하는 촉각과 후각은 이 시를 읽는 독자로 하여금 과거의 그러한 정황들이 지금 여기에서 느끼고 맡는 듯한 착각을 불러일으키게 한다. 그리고 "파리떼가 냄새처럼 들끓고 있었다"라는 공감각적 표현도 마찬가지의 경우이다. 고향의 마당에 불어오는 마른 바람, 명태 말라가는 퀘퀘한 냄새는 체험의 영역에 속하는 정서이자 감각이다. 그것은 시인의 감각기관만이 아니라 이를 읽는 독자의 감각기관에서도 느껴지게 한다. 이 시의 마술적인 힘은 여기서 발생한다.

## 3. 시의 보편성과 특수성

최서림의 「귀로」는 고향이라는 보편적 감수성을 오브제로 한 시이다. 여기에다가 자신만이 경험할 수 있었던 "붕어새끼같이 껌벅거리는 삶"의 나른함과 같은 특수성을 결합시켰다. 또한 "콩나물 장수를 하는 어머니"라든가 "빈 담배갑보다 쉬 망가진 아버지"라는 자신만의 경험적 현실들 역시 시의 소재로 끌어들였다. 그럼에도 이런 경험이나 특수성들이 시인만의 고유한 것으로 남아 있지는 않다. 그것은 그러한 개인적 경험을 고향이라는 보편적 영역에서 읽어냈기에 가능한 일이었다. 또한 대개의 인간 속에 내재된 고향의 감각을 그 특수한 경험에 덧씌움으로써 시인만의 개별성도 공통의 영역 속으로 빨려 들어가게 했다.

이 작품은 모든 인간이 체험할 수 있는 고향의 감각들이 기억 저 너머에서 일깨우고 있다. 또 그 유현한 과거의 꿈속에 잠들어 있는 고단한 어머니를 불러일으켜 세우기도 한다. 그리하여 궁극적으로는 명태 말라가는 냄새 속에서, 혹은 파리떼가 냄새처럼 들끓고 있는 환청 속에서 슬프지만 아름다웠던 고향의 아른한 추억이 일깨워지고, 50-60년대의 사회가 복원되고, 고난에 치쳤던 어머니가 다시 살아나고 있는 것이다.

인식과 비평

# 순환적 전일성에서
# 얻어지는 우주의 진리

-김완하의 「별」

## I. 시의 형식과 내용의 상관관계

한 편의 좋은 시란 무엇인가에 대한 답은 여러 가지 경우의 수로 나올 수 있을 것이다. 이는 내용이나 형식 그 어느 경우에서라도 가능하다는 뜻이 된다. 미국의 신비평가인 브룩스는 좋은 시를 하나의 잘 빚어진 항아리란 말로 설명했다. 이 말의 본뜻은 내용적인 측면보다는 주로 형식적인 측면에 주안을 둔 것이었다. 이런 귀결에 이른데에는 브룩스를 비롯한 신비평가들의 세계관 때문이다. 이들은 문학의 중요한 구비 요건을 내용보다는 언어를 비롯한 형식적인 요건에 두었다. 특히 시의 영역이 사회의 제반 역동성을 담아내기가 상당히 난망하다는 점을 감안한다면, 시의 중요한 존재조건으로 이들이 제시했던 잘 빚어진 항아리란 말은 결코 틀린 말이 아니다. 형식이 제대로 정제되지 않은 시를 두고 훌륭한 작품이라고 말하는 것은 어렵기 때문이다.

그럼에도 좋은 시의 존재조건을 이런 형식적 규정에만 전부 맡기는 것은 왠지 완성도가 떨어지는 것처럼 보인다. 지나친 기교야말로 또 다른 도그마를 만들어버리는 기능적 한계임을 많이 보아온 까닭이다. 가령, 1930년대의 기교주의나 1980년대의 형식 실험주의가 주었던 허무한 결론들에 대해서는 너무도 잘 알고 있지 않은가. 이런 결론에 쉽게 도달할 수 있는 것은 시라는 것이 형식 혼자만의 문제가 아닌 다른 어떤 것을 요구한다는 것을 알게끔 한다.

시의 정의에 대한 의식의 발상 전환은 형식이 내용으로부터 결코 분리될 수 없으며, 경우에 따라서는 그것과 밀접하게 결합되어 있다는 지극히 평범한 진리를 다시 한번 환기하게끔 한다. 형식과 내용의 화학적 결합이 좋은 시의 중요한 성립요건이란 사례는 김억과 소월의 관계에서 찾아볼 수 있다. 소월은 김억의 제자이면서 스승을 뛰어넘은 것으로 알려져 있다. 김억은 격조시 등을 통해서 시의 운율적 조건을 비롯한 형식적 요건에 대해서 매우 뛰어난 통찰력을 보여준 바 있다. 그러나 그가 택한 시의 리듬들은 지나치게 섹트적인 것이어서 오히려 시의 맛을 잃게 했다. 반면 소월은 그의 스승의 한계를 뛰어넘어 시의 언어적 요건과 내용적 요건을 잘 결합시켰다. 시의 리듬과 내용의 정합적 결합과 교묘한 어울림은 소월 시의 요체이면서, 그의 시를 명시의 반열에 올려 놓게 한 중요한 동인되었던 것이다. 이런 면을 보면 시에서 어느 하나의 요인이 지배소가 된다거나 특화되는 의미의 자장을 지나치게 강조하는 행위가 시를 정의하는데 있어서 매우 곤란한 일임을 알게 된다.


## 2. 내용과 형식이 잘 빚어낸 항아리

시의 내용과 형식이 빚어낸 아름다운 항아리를 요즈음의 시에서 찾아보는 것은 쉬운 일이 아니다. 어느 한 측면의 지나친 강조가 시의 전부인 양 내세우는 마당에 형식과 내용이 완결된 시를 발견해내기란 결코 쉬운 일이 아니기 때문이다. 그러나 김완하의 「별」은 그런 가운데에서도 예외적인 작품에 속한다. 근래에 들어 형식과 내용이 교묘하게 결합된 시들이 드문 마당에 이런 작품을 만나는 것도 독자들에겐 대단한 즐거움이 아닐 수 없을 것이다. 시인들이 한편의 명작을 만들기 위해서 몇날 밤을 새는 것은 잘 알려진 일이거니와 이런 고난의 과정은 독자들에게 길이 남을 좋은 시, 감동을 주는 훌륭한 시를 선사하게 된다. 그런 훌륭한 감각을 독자는 읽으면서 느끼면 된다.


별들이 아름다운 것은
서로가 서로의 거리를
빛으로 이끌어 주기 때문이다
하루의 일을 마치고
허리가 휘어 언덕을 오르는
사람들 발 아래로 구르는 별빛,

어둠의 순간 제 빛을 남김없이 뿌려
사람들은 고개를
꺾어 올려 하늘을 살핀다
같이 걷는 이웃에게 손을 내민다

별들이 아름다운 것은
서로의 빛 속으로
스스로를 파묻기 때문이다
한밤의 잠이 고단해
문득, 깨어난 사람들이
새벽을 질러가는 별을 본다
창밖으로 환하게 피어 있는
별꽃을 꺾어
부서지는 별빛에 누워
들판을 건너간다

별들이 아름다운 것은
새벽이면 모두 제 빛을 거두어
지상의 가장 낮은 골목으로
눕기 때문이다

김완하의 「별」 전문

우선 이 시를 살펴볼 때, 제일 먼저 눈에 띄는 것은 시간층위이다. 이 작품은 제목에서 알 수 있듯이 그 소재가 '별'로 되어 있다. 별은 언제나 있는 것이지만, 그것이 자기 나름의 존재성을 갖고 있는 것은 밤이다. 「별」은 간단하게 말해서 밤과 낮의 시간 배경을 갖고 있는 작품이다. 1연과 2연이 밤이라면, 3연은 새벽 곧 낮이 된다. 별은 낮이 되면 그 시각적 존재성을 잃는다. 따라서 별은 사람들마다의 뇌리에서 사라진다. 반면, 그것은 밤이 되면 낮과는 사정이 썩 달라진다. 그 존재가 부각되면서 사람들은 많은 상상력을 만들어내고 동화적 그림을 만들어낸다. 뿐만 아니라 별은 인간의 고고한 형이상학을 형성하게끔 하기도 하고 사유의 깊은 샘이 되기도 한다.

시인은 별에 대한 그러한 존재의 이유를 행구분에서 처리하고 있다. 1연과 2연은 길고 3연은 상대적으로 짧다. 밤에만 존재의 의미를 갖는 별의 존재성을 부각시키기 위해서는 이런 형식구분이 당연하지 않겠는가. 또한 1연과 2연을 똑같이 10행으로 배열하여 별에서 직조되는 의미의 안정감을 느끼게 했고, 그 정서를 3연에서 마무리되게끔 하는 치밀한 의도도 보여주고 있다. 이런 시간의 층위들은 밤의 세계인 1연과 2연의 내용에서도 그대로 연결되는데, 우선 1연을 보면, 일터로 나갔던 사람들이 밤이 되자 자신의 집으로 되돌아 오는 상황으로 묘사했다. 그들은 "하루의 일을 마치고/허리가 휘어 언덕을 오르며" 귀가길에 오르는 것이다. 이 부분이 귀가길의 모습을 담은 초저녁의 상황이라면 2연은 밤의 깊은 세계를 다룬다. 시간이 많이 경과되었음을 보여주는 장면인데, 집으로 돌아온 이들은 "한밤의 잠이 고단한" 상태로 젖어들게 된다. 여기에 이르러 밤의 존재성은 그 정점에 이르게 된다.

「별」은 시간구성은 크게 밤과 낮(새벽)으로 구성되어 있다. 긴 밤의 모습과 상황은 1연과 2연에서 처리했고, 그 내용 또한 많은 시간적 변화를 담고 있다. 반면, 낮은 3연에서 간단하게 처리되어 있다. 그런데 이러한 시간구성에서 빼놓지 말아야 할 것이 그 순환적 구조이다. 별이 존재하는 밤이 시간 구성상 길 수밖에 없고, 낮이 짧아야 한다는 이유 때문에 3연이 간단하게 처리되어 있긴 하지만, 궁극적으로 이 세연은 모두 하나로 연결되어 있다는 점이다. 그 이미지 구성을 보면 이는 쉽게 이해할 수 있는 대목이다. 1연은 초저녁의 세계를 이미지를, 2연은 한밤과 새벽의 이미지를, 3연은 새벽과 낮의 세계를 담아내고 있다. 이런 구도에서 보면, 이 작품은 초저녁→밤→새벽→낮으로 이어지는 원환론적 시간구성을 보여주고 있는 것이다. 시간이 순환적인 구성으로 되어 있다는 것은 섭리나 질서와 같은 형이상학의 세계와 분리될 수 없는 터인데, 그것은 이 시의 주제인 우주의 이법 내지는 섭리와 고스란히 연결되는 부분이다. 곧 형식과 내용의 절묘한 조화가 탄생하는 것이다.


## 3. 자연의 영원한 진리

인간의 삶이나 존재가 궁극적으로 어떤 모양새를 취해야 하고 또 무엇을 지향해야 한다는 것은 지극히 상식적인 차원의 이야기에 속한다. 그런데 문제는 왜 이런 상식의 이야기가 늘상 문학의 주제거리가 되어 왔고, 또 철학적인 관심사가 되어 왔느냐 하는 것이다. 이는 다른 말로 하면 인간의 존재조건이 이와는 좀더 멀어진 데서 시작되었고, 또 그러한 거리로부터 문학의 주제가 형성되었다는 사실과 관련이 될 것이다.

이런 사유가 싹트게 된 배경은 우선 종교적인 것에서 그 시원을 찾아볼 수 있다. 인간이 완전하지 않다는 것, 곧 근본적으로 원죄라든가 업고의 시련에서 벗어날 수 없다는 것은 신과 인간의 분리를 근거로 형성된 담론이며, 이 테제야말로 종교가 존립하는 근본 요건이 되어 왔다. 이런 상황은 다음과 같은 필연적인 역설을 만들어내기도 했다. 종교가 만들어지고 발전하기 위해서는 인간이 더 불완전해야 했다는 사실이다.

인간의 이러한 불완전성은 근대 철학을 열었던 심리학의 경우에서도 똑같이 적용된다. 어머니와의 통합적 관계, 전일적 관계 속에서 낙원적 삶을 찾던 인간은 어머니와 분리되면서 구조적인 억압을 겪게 되었다는 것이다. 모든 인간에게 동일하게 다가오는 이런 메카니즘은 에덴동산으로부터 분리되는 인간의 원초적 모습과 하등 다를 것이 없다.

그리고 인간에 대한 존재 규정들은 근대의 시작과 함께 더불어 역사철학적인 의미망을 획득하기 시작한다. 계몽에 토대를 둔 합리적 사유들은 인간으로부터 영원성의 관념을 박탈해버렸다. 이제 인간은 십자로에 버려진 고아가 되어 그 스스로의 길을 찾지 않으면 안되게 된 것이다. 인간이 영원하지 않다는 것은 종교적, 철학적으로 늘상 감각되는 일이었지만, 그것이 좀더 역사철학적인 맥락, 사회적인 맥락과 결부되기 시작한 것은 이때부터이다.

인간이 완전성이나 불구성 등은 완벽한 합일모형을 갖지 않은 인간의 한계에 그 원인이 있는 것이었다. 그런데 이런 인식의 근저에는 그 불완전성과 대비되는 완전성에 대한 강렬한 의식이 내포되어 있다. 이때 가장 많이 운위되는 영역 중의 하나가 자연이다. 자연이란 완전성이며, 영원성을 표상한다. 또한 불구화된 인간이 다가서야 할 이상화된 모델로 구현되기도 한다. 그것은 인간이 현상계에서 찾을 수 있는 가장 가시적인 것이다. 자연은 이런 특성을 갖고 있기에 영원한 이상을 찾아나선 인간이 언제나 기투하고자 하는 대상, 닮고자 하고 찾고자 하는 영원한 대상으로 사유되어 왔다. "자연으로 되돌아가라"라는, 근대 초기의 철학자가 부르짖었던 음성은 완결성에 대한 인간의 평범하고도 영원한 꿈을 대변한 말이 아닐 수가 없는 것이다.

김완하의 「별」이 말하고자 한 부분도 이와 관련되어 있는 것이 아닐까. 시인은 별이라는 매개체를 통해서 인간의 영원한 꿈을 노래하고 있다. 흔히 별하면 떠오른 상징성이란 이상이라든가 꿈 등이다. 유년시절 컴컴하고 시원한 앞마당에 누워 별을 보며 그것에 실려 보내던 꿈들이 이제 시인의 정서를 통해서 형이상학적 사유로 걸러져 나오고 있는 것이다.

시인은 별이 아름답다고 했다. 그것이 아름다운 것은 "서로가 서로의 거리를/빛으로 이끌어 주기 때문"이라고 했다. 여기서 거리란 무엇일까. 이는 수억 광년 떨어진 별들 사이의 물리적 거리일 수도 있고, 사람들 사이에 놓여진 심리적 거리일 수도 있다. 어쩌면 갈수는 있지만 가지 못하는, 모든 인간들 사이에 내재하는 역설적 거리일 수도 있을 것이다. 그러나 그 거리가 어떤 것이든 간에 별은 그렇게 벌어진 거리를 좁혀서 빛으로 이끌어내는 매개가 되고자 한다. 그 시도동기가 주로 섭리라든가 입법 같은 초월적 차원의 것이라면, 이는 지극히 관념적이라는 혐의를 벗어나지 못했을 것이다. 그러나 시인은 그러한 한계를 곧바로 알아채고는 별의 섭리를 곧바로 인간의 영역과 연결시키며 상호 조응시킨다. 천상적인 인간과 지상적인 인간의 만남이 시작되는 것이다. 별은 그러한 만남을 희생의 영역에서 이야기 하고("어둠의 순간 제 빛을 남김없이 뿌려"), 인간은 그것을 적극적 화답의 차원에서 이야기 한다("사람들은 고개를/꺾어 올려 하늘을 살핀다").

그리고 2연에서는 자연의 주는 겸허의 자세를 말하고 있다. 시인은 이곳에서 별이 아름다운 것은 "서로의 빛 속으로/스스로를 파묻기 때문"이라고 했다. 스스로 파묻는다는 것은 어떤 함의가 있는 것일까. 스스로의 자취를 감출 수 있다는 것은 자기를 드러내지 않는다는 뜻이다. 실상 인간이 불구화되고 억압되는 것은 자아를 전면적으로 상승시켜나아가는 것과 관련이 있다는 것을 상기한다면, 시인의 의도가 어디에 있는지 대번에 알게 된다. 자신을 낮추고 다른 것 속에 들어가 그와 더불어 하나가 될 때, 욕망의 해소가 이루어진다는 것, 그리하여 유토피아라는 인간의 영원한 꿈이 현실화된다고 보는 것이다. 자연의 그러한 모습이 인간 속에 구현될 때, 인간들은 질서의 모델로서 그 별을 자기화하게 된다("별꽃을 꺾어/부서지는 별빛에 누워/들판을 건너간다"). 이런 결론은 매우 도덕적이고 교훈적이다.

김완하의 「별」은 우주의 이법이라든가 섭리를 다룬 시이다. 별하면 흔히 떠오르는 상징적 이미지를 시인은 자기만의 개성으로 재문맥화했다. 별은 인간의 꿈을 담은 유토피아로 인유되지만 시인은 이를 자연의 이법이라는 새로운 의미역으로 확장시켰다. 시인은 그러한 사유의 틀을 만들어내기 위해 지상적인 것과 조응시켰다.

이러한 조응을 위해서, 곧 자연의 영원한 순환적 의미 창출을 위해서 시인이 채택한 방법은 순환론적인 시간관이었다. 오늘도 내일도 뜨는 별, 또 올해도 내년도 뜨는 별이야말로 시간 구성상 순환적인 것에 속한다. 뿐만 아니라 시인은 별의 생성과 소멸을 통해서도 그 시간의 의미를 읽어냈다. 즉 밤과 새벽, 그리고 낮이라는 시간적 구성속에서도 만들어낸 것이다. 그러한 순환적 구성은 시의 형식적인 측면에서도 똑같이 구현되었다. 1연과 2연, 그리고 3연이 저녁 → 밤 → 새벽 → 낮으로 되어 있으며, 그것은 또한 시의 형식적 길이에 의해서도 적절히 나타나고 있기 때문이다. 이 모든 것이 원환론적 이념을 구현하기 위한 시인의 의도적 장치에서 비롯된 것이다. 이러한 시간구성에서 얻어지는 사유가 우주의 원리임은 익히 알려진 일이거니와 시인의 그러한 의도는 인간의 영원한 이상인 유토피아 의식과 자연스럽게 연결된다.

이 시는 존재의 완전성을 꿈꾸려는 내적 동기보다는 인간들의 편편한 삶을 노래한 시이다. 그러한 편편함이란 갈등이 없는 세계이며 우주적 동일체가 어우러지는 삶이다. 그것은 인간들이 상호 갈등하지 않고 모순충돌하지 않는 삶이다. 시인은 그러한 모습을 천상적인 것의 완벽함과 거기서 얻어지는 전일성을 적극적으로 수용하려는 인간의 자세 속에서 찾아내고 있다. 「별」은 그러한 세계를 형식과 내용의 국면을 적절히 이용함으로써 하나의 잘 빚어진 항아리로 구현시키고 있는 것이다.

# 제 3 부

계몽과 반계몽의 길항관계

우리 시에 나타난 버클리(Berkeley)

디아스포라적 삶과 모국어의 정서

인식과 비평

# 계몽과 반계몽의 길항관계

## Ⅰ. 근대의 명암

　20세기는 합리주의의 역사와 더불어 시작되었다. 합리주의란 쉽게 말하면 인간으로 하여금 납득할 수 있게하는 상황이나 사건의 전개를 말한다. 그것이 신비주의나 모호주의 혹은 직관의 반대편에 서서 20세기 지구를 지배하게 된 것도 이 속에 내재된 과학의 매혹에 있다. 무언가 증명되지 않은 것, 납득할 수 없는 것들은 모두 인과론 앞에서 더 이상 버티지 못하고 몰락해버린 것이다.

　과학이 전능하는 시대에 그러한 합리주의라든가 이성이 모든 사유체계의 꽃으로 자리잡는 것은 당연하다고 할 수 있다. 설득이나 이해의 담론이 그만큼 인간생활과 불가분의 관계에 놓여 있다는 반증이 아닐 수 없다. 중세의 신비주의를 딛고 나선 합리주의가 전 지구상에 떨친 맹위와 그것에 대한 무한한 신뢰는 기독교적인 신을 능가하는 대체자 역할을 하게 된다. 그렇기에 그것은 중세적 의미의 신과 같은 역할을 수행하게 되었고, 그 당연한 결과로 인간의 주된 사유체계로 자리잡게 되었다. 그것의 생명력이랄까 지배력이 계속 일관되어 이어져왔다면, 인간은 더 이상 어떤 유토피아에 대한 갈증을 드러내지 않았을 것이다.

그러나 아쉽게도 인간은 신을 대신한 합리주의나 이성에 대해 그것이 처음 뿌리내린 때만큼이나 절대적인 믿음을 보여주지 못했다. 도대체 이런 불신은 어디에서 기인하는 것일까. 실상 인류가 지구상에 출현한 이후 인간이 바라던, 혹은 이상화시킬 수 있었던 유토피아가 단한번이라도 존재했었을까하는 의구심이 자리하고 있었던 것은 어김없는 사실이었다. 실낙원에 대한 원체험이랄까 종교의 신성성은 그런 불연적인 간극을 잘 말해주는 반증이었다. 인간이란 애초부터 낙원상실을 전제한 후 존립했다는 사실이야말로 유토피아에 대한 모상을 제대로 말해주는 것이 아닐까 한다. 어떻든 인간은 신이 부여한 그 이상지대로의 길을 영원한 꿈으로 간직한 채 살아갈 수밖에 없는 슬픈 운명을 갖고 태어난 존재이다. 절대자가 처음 인간에게 길을 열어보여준 이후에 더 이상 접근하기 어려웠던 에덴 동산이야말로 인간이 처음 체험했던 완벽한 유토피아였다. 그러나 그것은 순간이었고 일회성에 불과한 체험이었다. 역사상 단 한번이라는 희소적 가치가 있었기에 기독교가 존립할 수 있는 근거도, 인간의 이상이나 꿈도 마련되었다.

따라서 낙원에 대한 그리움을 간직하고 살 수 밖에 없었던 인간의 꿈이 잃어버린 동산이었음은 지극히 당연한 일일 것이다. 이를 낙원에의 회복운동이라 한다면, 20세기를 이끌었던 합리주의 정신도 그 연장선에서 받아들여져야 하는 것이 타당할 듯하다. 중세의 신성을 대신할만한 대체물로 과학이나 계몽, 합리주의가 채택된 이유도 낙원에의 도정이라는 인간의 영원한 꿈이 반영된 결과이기 때문이다. 그럼에도 현재의 주체들이 신성을 초월할만한 어떤 것으로 지금 여기에 드리워져 있는 합리주의의 이상을 제대로 받아들이고 있는 것일까? 이러한 질문 앞에 서있는 것만으로도 인간의 본질을 묻는 것이 아닐 수 없으며, 또한 그것은 태초이래로 인류가 모색해왔던 낙원의식에 대한 마지막 종착역일 수도 있을 것이다. 그러나 이런 거대 회의 앞에 자유롭게 그 해법을 말할 수 있는 주체는 아무도 없을 것이다. 또한 그것이 어떤 모양새가 되어서 유토피아라는 꿈으로 현상되는지에 대해서도 쉽게 응답할 수 없을 것이다. 인류의 영원한 꿈이 어느 한순간의 계기나 적절한 매개에 의해서 해결될 성질의 것은 아니기 때문이다.

거대한 야망과 원대한 꿈을 갖고 출발한 합리주의의 이상은 이렇듯 유토피아에 대한 인간의 갈증을 완벽하게 해소시켜주지 못했다. 그러한 실패는 어쩌면 원죄의 터울을 쓸 수 밖에 없다는 인간의 존재론적 숙명이나 종교의 원리를 확증시켜주는 단적인 사례가 될지도 모를 일이다. 어떻든 중요한 것은 유토피아가 쉽게 실현될 수 없었다는 것, 그리하여 그 반성적 과제로 새로운 패러다임을 찾아나설 수밖에 없다는 것이 인간의 숙명이랄까 도정일 수밖에 없다는 사실을 반증했다는 점일 것이다. 이러한 실패가 보여주는 교훈을 어떻게 받아들여야 할 것인가. 이 모색

앞에 우리가 해야할 목표라든가 이상이 내재해 있는 것은 아닐까. 전쟁이나 환경의 공포와 같은 인간조건의 열악성이 합리주의의 좌절을 말해주는 것이거니와 이는 분명 근대의 그림자에 해당할 것이다. 이에 대한 냉철한 직시와 그 해법에 대한 이해야말로 근대의 어두운 그림자를 벗어던지게 하는 올바른 해법이 아닐까 하는 것이 필자의 판단이다.

## 2. 근대와 자연의 대결

과학의 발전과 그 장밋빛 전망아래 시도된 근대화가 인간에게 많은 가능성을 열어준 것은 틀림없는 사실이다. 인간은 질병이나 자연의 고통으로부터 상당부분 벗어날 수 있었고, 그 덕택에 자연적 수명 또한 많이 연장되었다. 그러나 이 보다 더 큰 혜택이랄까 은혜는 어떤 알 수 없는 불확실성에서 인간이 해방되었다는 사실에서 찾아야 할지도 모르겠다. 알 수 없는 미래에 대한 공포 때문에 저 멀리 허공 중에 별을 띄우고 그것을 인간의 구세주로 믿기도 했고, 또 자신을 둘러싼 물상들에 어떤 선험적 가치를 부여해서 인식의 안식처로 간주하고자 했던 것이 근대 이전의 인간형이었다. 그러나 합리주의 사고 태도의 확산은 그러한 모호성, 불가해성으로부터 인간을 해방시켰다. 이는 어떤 신비주의의 감옥으로부터 탈출했다는 단순한 결과가 아니라 인간에게 어떤 확실성을 부여해주었다는 점에서 커다란 의미를 찾아야 할 것으로 보인다. 개념없고 모호한 신비주의만큼 인간을 옭매는 덫도 찾기 어려운 까닭이다.

과학에의 전능현상이 가져온 변화는 이렇듯 대단한 것이었다. 그리고 그러한 변화들이 인간으로 하여금 무한가능성을 부여한 것도 사실이다. 중세의 신이 주재했던 일들을, 과학의 이름을 빌어서 이제는 인간이 주재하는 것처럼 상황은 역전되어 있었던 것이다. 그러나 중심에는 항상 권력과 힘이 자리할 수밖에 없는데, 그러한 전능주의는 또다른 부정성을 배태시켰다. 근대를 어두운 그림자 속으로 몰아간 인간의 무한 욕망이 바로 그러하다. 모호한 신비주의로 무장한 것이 신의 영역이었다면, 정확한 합리주의로 무장한 것이 과학의 영역이었다. 과학의 전능으로 무장한 인간의 욕망은 무한 증식하는 바이러스처럼 퍼져나가기 시작했다. 그것의 과도한 팽창이야말로 근대 사회의 인간 원형이 되어버린 것이다. 이렇듯 인간은 세상을 바꿀 힘과 능력을 중세의 신못지 않게 행사할 수 있는 영향력을 갖게 된 것이다.

제어되지 않은 능력이 인간에게 주어졌을 때, 주변의 자연환경들은 이 영향으로부터 벗어나기 힘든 위기를 맞게 되었다. 이른바 자연과 인간의 거침없는 대결, 끝없는 대결이 펼쳐지게 된 것이다. 자연이 인간을 지배하는 것이 아니라 인간이 자연을 지배하는 새로운 패러다임의 시대를 맞이하게 된 것이다. 이 역전관계가 파생시킨 제반 문제들이 근대성의 역사철학적인 과제가 되었음은 잘 알려진 일이거니와 이제 자연은 인간의 힘 앞에 속절없이 무너질 수밖에 없는 운명을 맞게 되었다.

욕망이 있는 곳에 파괴가 있었고, 전쟁이 있었다. 뿐만 아니라 그것이 있는 곳에 권력 또한 존재했다. 그리고 중심화된 권력들은 다시 인간의 욕망을 거대화시켰다. 그런 힘들이 모인 결과가 제국주의의 횡포로 현상되었거니와 근대를 알리는 20세기 초에 펼쳐진 지구상의 수많은 전쟁들은 그러한 부정성들의 단적인 예라 할 수 있다.

그러나 여의주를 입에 문 인간이 자연에 대한 최후의 승리를 보장하는 것은 쉽지 않은 일이었다. 오늘날 지구상에서 펼쳐지고 있는 인간에 대한 자연의 역습들은 인간의 욕망이 얼마나 허무했던 것인가하는 것을 여실히 보여주고 있기 때문이다. 전 지구적으로 문제시되고 있는 지구 온난화라든가 환경의 공포들은 인간의 생존조건을 근본적으로 뒤흔들기 때문이다. 또한 과학의 전능에 의해 만들어진 무기들은 부메랑이 되어서 인간의 심장을 겨냥하고 있다.

인간은 이제 자신이 만들었던 과학의 힘으로도 어찌할 수 없는, 그러한 공포에 시달리는 슬픈 존재, 역설적 존재로 전락해버렸다. 인간에 의해 저질러졌던 무한 욕망들은 이제 나아갈 방향을 상실한 채 공포의 어두운 그림자에 의해 갇히기 시작한 것이다. 과학에 의해 해결될 수 없는 질병들이 서서히 밀려들어와 인간의 삶을 훼손시키고 있고, 신이 부여했던 인간의 유기적 조직들은 그 완전성을 잃어버리고 점점 불구화되어버렸다. 신이 사리진 자리에 들어선 합리주의 정신은 이제 자신의 자리를 잃고 방황의 길로 접어들기 시작한 것이다.

이 참담한 결과에 대해 인간은 자신에게 주어졌던 전능의 칼을 버리고 삶의 진정성이 무엇인지에 대한 고민의 늪 속으로 빠져들었다. 그 해결의 실마리를 찾는 것, 그것만이 지금 여기의 인간들이 할 수 있는 최대의 과제로 떠올랐다. 자연과 인간 사이에서 벌어졌던 팽팽한 긴장관계가 더 이상 의미없다는 것을 알기 시작한 것이다. 인간은 자연의 일부라는 사유, 아니 인간은

자연 그 자체라는 사유만이 가장 시효적절한 것이라는 태도가
전 지구인들의 머리 속으로 침투해 들어오기 시작한 것은 여기
에그 원인이 있었다.


## 3. 합리주의와 자연의 조화

인간과 자연이 공존할 수 있는 가장 좋은 조건은 인간이 자연
의 일부라는 인식이 있어야 가능할 것이다. 인간은 어떻든 이
지구상에서 살아야하고, 또 계속 존재해야 하는 것이기에 이들의
공존이란 서로 분리시켜 논의하기 어렵기 때문이다. 다른 말로
하면, 그것은 중세의 신의 위치를 대신한 인간의 욕망이 제어될
수 있는가의 문제와 관련되어 있다. 이는 욕망의 날개를 부추긴,
합리주의가 남긴 어두운 그림자와도 밀접한 상관관계를 갖고 있
다. 현재의 위기는 어떻든 인간의 욕망이 극한으로 나아가면서
생겨난 문제들이다. 그것이 있는 곳에 파괴가 있었고, 훼손이 있
었기 때문이다. 무한증식하는 욕망의 관점에서 보면, 자연은 그
저 손쉽게 손에 넣을 수 있는 공짜에 불과했다.

공짜 앞에서 인간의 욕망은 브레이크 없는 기관차였고, 그 끝
은 알 수 없는 무한지대의 숲을 향해 나아가고 있었다. 그리고
이런 문제와 더불어 현재가 위기의 관점에서 이해된다고 할 때,
또하나 주목해봐야 할 것이 있는데, 그것은 바로 이성의 전능현
상이다. 합리주의에 기초해 있는 것이 이성이다. 따라서 그것은
욕망과 대척점에 있는 것이다. 그러나 근대의 제반 요건이 성숙
되면서 이성의 전능 현상 역시 현재의 위기와 불가분의 관계에

놓여 있다는 점은 부인하기 어렵다. 현재가 위기의 관점에서 인식될 경우, 인간의 욕망과 이성은 똑같은 위치에 놓여 있기 때문이다.

근대 산업사회가 정착되면서 이성은 본능이라든가 욕망과 같은 무정형의 것들의 희생 위에서 정초되었다. 근대의 철학자들은 그것이 어떻게 형성되고, 또 어떻게 근대 사회의 지배요소로 자리잡는가에 대한 문제를 자신의 연구주제로 삼아왔다. 그들 가운데 대표적인 경우가 푸코다. 그가 사유한 인식성이라든가 제도는 이성이 성장해나가는 과정을 예리하게 보여주었다. 그는 근대식 병원이라든가 감옥이 광기와 같은 비이성의 영역들을 어떻게 억압해 왔는지를 집중적으로 포착해낸 바 있다. 합법적인 제도를 통한 광기의 추방이야말로 근대 사회를 성립시킨 근간이었다고 그는 말하고 있는 것이다.

인간이 근대식 제도의 아우라로부터 벗어나는 것은 쉬운 일이다. 어쩌면 그러한 일탈은 비사회적인 일이고, 공동체의 구성원으로 편입되기를 거부하는 일이 될지도 모른다. 그런데 여기에 제도 속에 내재된 함정이 도사리고 있다. 이 기막힌 모순이야말로 근대의 제도가 갖고 있는 아이러니가 아닐 수 없다. 근대를 태동시킨 것은 제도에 의해 교양화된 이성의 전능 현상이었다. 이성적인 것만이 합리주의의 영역에 포섭될 수 있었으며, 여타의 것들은 비이성의 영역으로 치부되었던 까닭이다. 이성이 지배하는 건강한 사회를 위해 그러한 광기들은 철저하게 희생된 것이다. 그런데 이성이랄까 합리주의가 완숙된 사회일수록 제도들이 갖는 역동성들은 푸코가 사유했던 시기의 그것을 능가하는 양상을 보여주고 있다. 제도가 이렇게 광범위하게 끼치는 영향은 근대 초기의 그것과는 정반대의 양상을 띠고 있다는 점에서 주목을 요하는 것이 아닐 수 없다. 근대 초기의 제도가 비이성의 억압과 이성의 전능이었던 바, 그것의 전능현상은 자연의 제반 양상을 압도하는 형국으로 현상되었다. 반면 후자의 경우는 정반대의 모양으로 기능한다. 인간에 의해 지배되던 자연이 오히려 철저히 보호받는 제도로 전화된 채 나타나고 있는 것이다. 제도의 그러한 뒤바꿈이랄까 역할 변경은 근대가 나아가야할 방향을 제시하고 있다는 점에서 매우 바람직한 일이 될 것이다.

제도의 역능변화는 지구촌 어느 한 곳의 문제에서 그치는 것이 아니라 전세계적인 현상이다. 그러한 기능은 우리의 경우도 예외가 아니다. 그러나 그것이 보다 철저하게 기능하고 있는 것은 미국의 경우이다. 일찍이 아메리카의 땅은 인디언이 지배하고 있었다. 이들의 삶은 지극히 자연적인 것이어서 인공의 그것과는 무관한 촌락형태를 이루고 있었다. 여기에는 중심도 없었고, 권력화된 힘도 존재하지 않았다. 그러나 자연과의 유기적 삶을 살아온 이들의 삶은 소위 근대적인 것들에 의해 철저하게 파괴되는 슬픈 운명을 맞게 된다. 이들의 종말은 자연의 종말과 동일한 것이었으며 근대 속에 드리워진 어두운 그림자의 한 표징을 말해주는 것이었다.

인디언의 소멸은 곧 자연의 소멸과 똑같은 것이었다. 이들이 사라진 후 전세계적으로 근대의 불온한 현상들이 몰려들었다. 지구는 전쟁의 공포에 휩싸였다. 근대의 어둠이 밀고 들어올 때, 아메리카에는 다시 근대가 실험되는 또다른 장이 마련되고 있었다. 이곳은 근대의 불온한 힘들을 추동하는 과학과 무기의 기지로 바뀌고 있었다. 근대는 이 땅에서 풍요를 누렸고, 이성과 합리주의의 꽃들은 찬란히 개화되었다. 미국은 곧 근대의 징표이자 합리주의의 본고장이 되어버렸다.

그러나 어느 한쪽의 붕괴가 다른 쪽의 성공을 보증하는 것이 아님은 지극히 상식에 속하는 문제이다. 전 지구촌화라는 레테르가 말해주듯 유기적 질서의 파괴는 한쪽만의 낙원을 보증해주지 못한 것이다. 지구의 모든 곳에서 불어오기 시작한 유기적 질서에 대한 회복의 외침들은 그 단적인 사례가 아닐 수 없었다. 그 연장선에서 미국 사회가 다시 보여준 것은 제도의 힘이었다. 그것은 근대의 어두운 그림자를 빛으로 바꿔주는 아이러니컬한 매개 구실을 하기 시작했다. 모든 것은 자연에 우선시 될 수 없으며, 인간의 욕망 또한 철저히 그것에 종속되어야 한다는 것이 여기서 펼쳐진 제도의 논리였다. 이 제도는 자연과 자연적 가치를 철저히 보증하는 힘의 상징으로 그 역능이 바뀌어버린 것이다. 따라서 그것은 계몽이 시작되는 시기의 제도와는 전연 다른 양상을 띠고 있었다.

유기적 단일성에 초점을 맞춘다면, 제도를 통해서 자연과 합리주의가 공존할 수 있다는 것이 미국식 근대의 요체라 할 수 있을 것이다. 이런 제도를 통해서 근대를 초극하고 인간답게 살 수 있는 있다는 것이 이들의 감각이다. 이는 절대 이성에 바탕을 둔 헤겔식 논리에 가까운 것인데, 여러 다양성을 하나로 통일시켜서 자연이라는 거대한 성채로 묶이게 하는 방식이라 할 수 있다. 비록 제도의 힘을 빌린 것이지만 인간이 거대 자연의 일부에 불과하다는 것을 인식시켜준다는 점에서 이는 매우 의미 있는 것이라 할 수 있다.

## 4. 자연 속의 인간 혹은 인간 속의 자연

　제도에 의한 인간과 자연의 조화는 근대가 직면한 과제를 어느 정도 해결할 수 있다는 점에서 긍정적인 것이라 할 수 있을 것이다. 무한히 팽창하는 욕망을 다스릴 수 있는 것은 교육에 의해 길들여진 틀보다는 절대적인 힘에 의해 쉽게 통제될 수 있기 때문이다. 그러나 이러한 편리성에도 불구하고 그것이 갖고 있는 한계 또한 만만치 않은 것이 사실이다. 이런 틀에 의해서 자연의 절대적인 가치라든가 존재의 의의들은 충분히 보존될 수 있을 것이다. 그럼에도 그런 강요된 조화는 인간에 의한, 인간을 위한 보존 방식일 뿐이다. 여기에는 자율도 기능하지만 오히려 강제가 더 큰 힘을 발휘하는 경우라 할 수 있다.

　따라서 제도에 의한 강요는 그것이 가지고 있는 효율성에도 불구하고 여러 가지 부작용이 노정되지 않을 수 없다. 이는 인간의 가치가 궁극적으로 어떤 모양이 되어야 할 것인가의 문제와도 불가분의 관계에 놓이는 것이라 할 수 있다. 근대성이란 인간이 어떻게 인간답게 살 것인가 하는 것과 결부된 문제이다. 그런데 과연 그러한 힘들이 인간다운 삶의 조건과 얼마나 근접해있는가는 심각히 고려해야 할 문제라고 생각된다. 조화란 애초부터 힘이 존재하는 한 성립할 수 없는 것이기 때문이다.

　그리고 또하나 주목할 것은 그런 강요된 화해가 인간과 자연의 거리를 오히려 멀게 할 수 있다는 점이다. 공유할 수 있지만 공유할 수 없다는 역설적 감각이 오히려 이들 사이에서 거리감을 발생시킬 수 있기 때문이다. 금지의 원칙이 작용할 때, 이 역설적 거리는 더욱 큰 힘을 발휘한다. 따라서 그러한 거리감들이 조화 감각을 무너뜨리게 하는 것은 당연한 이치일 것이다.

인간의 삶을 올바른 방향으로 개선시켜 나가는 것이 근대성의 과제라 한다면, 이를 어떤 모양새로 이루어낼 것인가 하는 것은 근대인의 숙명과도 같은 것이다. 과연 제도의 문제로 이를 해결하는 것이 가능한가. 아니면 근대를 탄생시킨 이성의 전능현상과 인간의 무한 욕망만이 지금 여기를 이끌어가는 근본 동인이 되는 것일까. 자연은 오직 기술적 지배 대상만으로 존재하는 것일까. 이런 의문들에 대해 답하는 것이 쉬운 일은 아니지만, 인간의 의식이나 자연에 대한 태도가 어떤 것이냐에 따라 적절한 해법을 찾는 것이 가능하지 않을까 한다.

인간과 자연의 조화는 인간이 자연의 일부 혹은 우주의 일부라는 인식이 선행될 때 가능해진다. 인간은 애초부터 자연적인 존재였다. 원근법이 없는 세계에서 순환론적인 삶을 살아온 것이 인간이었기 때문이다. 그러한 인간을 자연으로부터 분리시킨 것은 과학이었고, 계몽이었으며, 근대였다. 현재가 위기의 관점으로 이해된다면, 그것은 근대가 파생시켜 놓은 부정적인 결과에 그 원인이 있다. 따라서 본연의 인간 혹은 인간과 자연이 하나의 유기적 전체로 되돌아가기 위해서는 근대 이전의 삶의 양식을 회복하면 그만일 것이다. 지극히 당연하면서도 단순한 일 같은 그런 회복의 과제가 그러나 그렇게 쉽게 해결될 수 있는 성질의 것은 아니다. 그것은 인식의 문제이고 교양의 문제이면서 교육의 문제이기 때문이다.

이런 해법은 앞서 이야기한 대로 제도를 통해서 가능할 지도 모른다. 그러나 중요한 것은 그런 외적인 것보다도 내적인 문제에 그 핵심이 놓여 있는 것이 아닐까 한다. 곧 인간의 의식을 어떻게 가져가야 하는 것인가의 문제인데, 실상 이러한 의문들은 그 동안 시인들이 끊임없이 사색해왔던 문제 가운데 하나였다. 우리 시사의 경우 20년대의 자연파가 그러했고, 30년대의 『문장』이 그러했다. 뿐만 아니라 해방직후의 '청록파'의 경우에서도 그런 노력의 일환을 찾아볼 수가 있다. 그 가운데 특히 주목의 대상이 되는 것이 '청록파'의 경우인데, 이들 구성원 가운데 하나인 조지훈의 시를 통해서 그 가능성을 타진해보기로 하자.

실눈을 뜨고 벽에 기대인다 아무 것도 생각할 수가 없다

짧은 여름밤은 촛불 한 자루도 못다 녹인 채 사라지기 때문에 섬돌 우에 문득 석류꽃이 터진다

꽃망울 속에 새로운 우주가 열리는 波動! 아 여기 太古적 바다의 소리 없는 물보라가 꽃잎을 적신다

방 안 하나 가득 석류꽃이 물들어 온다 내가 석류꽃 속으로 들어가 앉는다 아무것도 생각할 수가 없다

조지훈, 「花體開顯」 전문

근대인의 비극은 자연과의 거리에서 비롯되었다. 소월의 비극이 '저만치'(「산유화」) 떨어진 청산과의 거리에서 시작되었듯이 근대인의 운명도 소월의 그것과 똑같은 것이었다. 근대화가 진행됨에 따라 인간들은 잃어버린 본향에 되돌아가기 위해 지난한 노력을 거듭해왔다. 그러나 인간 앞에 가로놓여 있는, 쉬울 것

같지만 그러나 쉽지 않은 그곳으로 이들은 쉽게 나아가지 못했다. 그들 앞에는 근대라는 단절의 강이 놓여 있었기 때문이다. 이를 뛰어넘기 위한 시도가 소월에게는 한으로 구현되었고, 이상화에게는 동굴로 향하고자 하는 가열찬 의지로 표명되었다.

조지훈의 인용시가 말하고자 하는 것도 소월이나 상화의 그것과 동일하다. 「화체개현」의 주제는 인간이 어떻게 하면 자연과 동일화할 수 있는가하는 과정, 그리고 그 마지막 모습이 어떤 것이야한다는 것을 잘 일러준 모범답안과 같은 작품이다. 이 시는 자연과 분리된 인간이 다시 그곳으로 합일해 들어가는 과정을 적실하게 보여주고 있다. 이 작품은 이렇게 구성되어 있다. 우선 여기서 석류꽃은 막 개화하려 한다. 일종의 탄생이 시작되는 것이다. 그러나 그것은 자연의 단순한 법칙을 뛰어넘어서 우주가 새로이 시작되는 원시성으로 치환된다. 곧 그러한 과정이 태초의 시공성으로 전화되면서 기독교적 낙원의식으로 승화되는 것이다. 성서에 의하면, 태초에는 탄생만이 존재했다. 인간 이전의 세계, 새로이 탄생한 자연 그 자체만이 존재했는데, 인간의 영원한 유토피아인 에덴동산이 바로 그러하다. 모든 것이 유기적 완결성으로 구현되어 있는 이곳에서 자아가 취할 수 있는 것은 아무 것도 없다. 어떤 것을 행할 수 있다는 것은 자의식이 있기에 가능한 일일 것이다. 그러나 석류꽃이 터지는 태초의 우주 속에서 나라는 작은 자아는 그것의 일부로 구현될 뿐 어떤 자율적 근거도 상실하게 된다. 즉 아무 것도 할 수 없는 것이다. 석류꽃이라는 자연과 나라는 존재는 방안으로 상징된 우주의 공간 속에서 완벽한 하나의 모습으로 새롭게 태어난다. 이런 합일화된 상태에서 '내가 생각할 수 있는' 자율적 존재로서의 나는 존재하지 않게 된다. "나는 생각한다 고로 존재한다"가 아니라 "나는 생각하지 않는다 고로 존재하지 않는다"로 비코기토의 세계로 전화되는 것이다. 이런 비인식성이야말로 잃어버린 낙원에의 회복의식이며, 자연과 하나가 되고자 하는 인간의 영원의 꿈일 것이다.

계몽이라든가 합리주의는 그것이 시도된 역사와 전능한 힘에도 불구하고 많은 부정성을 남겨왔다. 어제의 진실을 오늘의 허구로 바꾸어 온 것이 합리주의의 역사였다. 그러한 불완전성들이 인간으로 하여금 다시 완전성에 대한 그리움으로 추동시킨 것은 다시 균형을 잡아가는 오뚝이의 원리를 보는 듯한 착각을 불러일으킬 정도였다. 그리고 영원을 잃은 인간이 다시 그것을 그리워하는 모습이란 어찌보면 종교의 원리와 밀접한 상관관계가 있는 듯 생각된다. 분화와 다양성을 감안하면 이런 갈래들은 동일한 원천에서 얻어진 것이라는 지극히 뻔한 결론을 얻을 수도 있을 것이다. 그러나 단순성이나 기계성이 이 세상을 이끌어가는 중심 동인은 아닐뿐더러 또 그런 단일한 계기성이 권장될 만한 질적 가치가 있는 것도 아니다.

여러 다양한 가면을 쓰고 등장한 근대의 얼굴이 어느 한가지 모습만으로만 구현되는 것은 불가능한 일이다. 뿐만 아니라 그러한 갈등이나 영원의 상실이 단일한 경로로 치유되거나 회복되는 것 또한 불가능하다. 근대의 간극을 초월하기 위해 수많은 도정과 과정이 진행되었음에도 불구하고 그것이 어떤 뚜렷한 정점으로 귀결되지는 못했기 때문이다. 그 도정 속에서 나름의 근거와 힘을 갖고 있는 경우가 제도를 통한 압박이었다. 건강한 제도와 힘들은 일탈을 제어하는 데 어느 정도 긍정적인 효과를 끼쳤는데, 아름답게 보존된 자연과 이에 어우러져 평화로운 공존을 모색하는 미국의 모습은 일정 정도 성공을 거둔 듯이 보였다. 그러나 뒤집어보면 이런 제도의 기계적 적용은 인간과 자연의 거리를 좁히는데 있어서 많은 효과를 거두지 못했다. 그것은 단지 자연을 위한 인간 본능의 단순한 억제일 수 있기 때문이다.

항상 강조되는 것이긴 하지만, 자연스럽다는 말이 소중할 때가 있다. 아니 그것은 인간과 자연의 조화라는 국면에서 볼 때, 경우에 따라서는 절대적이어야할지도 모를 일이다. 그러기 위해서 필요한 것은 강요된 힘이 아니라 자율적 주체의 능력에 있을 것이다. 결핍에 따른 자기조정의 능력만이 현재의 위기를 극복하는 좋은 수단이 될 수도 있기 때문이다. 그런 면에서 인간은 자연의 일부이고, 자연 또한 인간의 일부일 수 있다는 조화감만이 근대를 초극하는 필수불가결한 요건이 되는 것은 아닐까 한다. 따라서 자연과 인간은 하나이며, 어떻게 인간적인 개체성을 상실해 나갈 것인가하는 것이 지금 여기의 사람들이 당면한 최대 과제라고 할 때, 조지훈의 「화체개현」이 시사하는 바는 지극히 크다고 하겠다. 하나의 우주 속에서 나와 자연은 결국 동일한 하나라는 인식이야말로 근대를 초월하는 가장 유효적절한 매개이기 때문이다.

# 우리 시에 나타난 버클리(Berkeley)

## 1. 버클리 가는 길

2011년 1월 29일 오후 4시 인천공항을 떠나 샌프란시스코 가는 비행기에 올라탐으로써 나는 미국 방문길에 올랐다. 방문교수라는 직함을 들고, 아메리카라는 거대 제국이 시행하고 있는 갖가지 까다로운 심사를 거치고 난 후, 한때 아메리칸드림을 꿈꾸며 건넜던 수많은 사람들처럼, 가족과 함께 나도 그렇게 미국 방문길에 오른 것이다. 날짜 변경선이 주는 시간을 감각하지 못한 채, 다시 1월 29일 아침 샌프란시스코 공항에 도착했다. 창문 너머에 보이는 아침 햇살과 바둑판처럼 정돈된 샌프란시스코의 낯선 풍경 속에서 오는 흥분들은 실로 가늠하기 어려운 것이었다. 대체 이러한 흥분이랄까 들뜸이란 어디서 오는 것일까.

이런 정서는 생리적인 것이면서도 지극히 보편적인 것이 아닐 수 없는데, 그것이 생리적인 차원에서 보편이란 의미망을 초월할 때 더욱 강렬해지는 것이 아닐까 한다. 어떻든 여러 복합성에 감정이 노출된 채, 나는 버클리로 가는 승용차에 몸을 실었다. 샌프란시스코와 버클리를 잇는 베이브릿지(Bay Bridge)의 거대함과 아름다움 속에 세계의 중심에 우뚝 선 아메라카의 힘이 감각되었고, 프리웨이를 거침없이 달리는 자동차들 속에서 아메리카인들이 추구했던 산업의 가치를 이해했다. 뿐만 아니라 이를 통해서 자신들의 국토가 어떻게 경영되어야하는가에 대해서도 어렴풋이 알 것도 같았다.

거주할 곳에서 짐이 정리된 이후 유니버시티 에버뉴(University Avenue)를 거쳐 버클리 대학에 도착했다. 우리를 맞은 것은 버클리 대학의 한국학을 이끌고 있는 클레어 유(Clare You) 교수와 다이앤 조(Dianne-Enpa Cho) 선생이었다. 이들은 한국계 미국인이라는 이중성을 뛰어넘어 한국학의 중심이라 해도 틀린 말은 아닐 것이다. 이들이 있기에 한국학이 거대 제국 아메리카에 뿌리를 내릴 수 있었던 것이고, 또 세계화되는 발판을 마련할 수 있게 되었기 때문이다. 학문이나 문화란 선구성이 필요한 것이고, 지속성 또한 배가 되어야 하는 것이다. 그 두가지 조건이 완성될 때에야 비로소 하나의 올곧은 학(學)이 성립되기에 그러하다. 한국학도 이런 회로를 따라 성장할 것이라 생각하면 이들의 존재는 한없이 큰 것이라 하겠다.

미국이 주는 인상 가운데 특이했던 것은 찾아감의 편리성이었다. 지극히 복잡할 것 같은 도로망이긴 하지만 어디나 헤매지 않고 쉽게 찾아갈 수 있었다. 도로마다 붙여진 이름과 번지가 알기 쉽도록 배열된 덕택이다. 그리고 또하나 주목의 대상이 된 것은 도로 곳곳에 붙여진 신호와 주차 사인이었다. 이 규격화된 표지판들은 너무 많아서 여기에 신경을 쓰다보면 숨이 갑갑할 정도인데, 그런 계획성이랄까 일관성이야말로 이 사회가 추구하는 합리주의가운데 하나가 아닐까.

도대체 누구나 쉽게 말하는 합리주의란 무엇일가. 그것의 기원은 어쩌면 미국의 역사, 혹은 캘리포니아의 역사에서 찾아보는 것이 가능할 것이다. 캘리포니아의 역사와 버클리 대학의 근원은 1849년의 골드러쉬에서부터 찾아진다. 황금을 쫓는 욕망들이 모여서 형성된 도시이기에 욕망의 발산은 제어될 수 없었던 것이고, 합리주의 또한 그로부터 멀리 있는 것이 아니었다. 그렇기에 욕망을 다스리는 장치와 규율들이 이 지역을 다스리는 근본 메커니즘으로 자리잡을 수밖에 없지 않았겠는가. 제도로서의 대학이 이성의 중심에 있음은 당연한 것이거니와 버클리 대학과 이 도시의 특성이 이런 틀에 의해 더욱 제도화될 수밖에 없었음은 나만이 느끼는 정서가 아닐 것이다. 그런 다양성과 환원적 회귀성이 혼재된 채 캘리포니아의 역사를 만들었고, 버클리 대학의 정신을 이끌었던 것이 아닐까 한다.

나의 이러한 판단은 지극히 주관적이고 어찌보면 설득력이 없는 것일지도 모르겠다. 장구한 역사를 짧은 시간 속에서 일별하는 것은 가능한 일이 아니거니와 다른 사람의 경우에도 똑같은 사례로 다가올 것이다. 앞의 모두에서 밝힌 미국이나 버클리에 대한 인식이 나의 단견이라면, 다른 학국학자들, 특히 문화의 제반 모습을 예리한 촉수로 감각하는 시인들의 경우는 어떠했을까. 그들의 시선을 통해 한국학의 본산인 버클리의 모습을 여러 각

도에서 되짚어 보는 일도 매우 의미있는 일이 될 것이다


## 2. 열정의 꽃으로서의 버클리 대학

합리성에 대한 맹렬한 추구와 제도적 엄격성으로 무늬지어진 버클리의 역사에서 대학의 역할이란 무엇일까. 대학은 근대 이성의 산물이다. 제도로서의 학교가 이성을 강요한 것은 잘 알려진 일이거니와 대학은 그 중심점에 서 있었다. 계몽이 의심받고 그 대항담론이 무엇인가에 대해 심각히 모색하고 있었을 때에도 대학의 역할은 오히려 더욱 강조되어 왔다. 제도가 어느 특정 지역의 아우라에서 그치는 것이 아니라 그것에 내재된 보편성으로부터 자유롭지 않을 때, 그 기능적 역할 또한 동일한 차원에 놓이는 것이라 하겠다.

그러한 까닭에 버클리의 정신사를 이끌어 왔다고 해도 과언이 아닌 버클리 대학에 대한 단상을 회고에 보는 것도 매우 의미있는 일이 될 것이다. 다음은 그 일단을 열정의 측면에서 바라본 작품이다.


나무도 빈둥대지 않는다
나무들이 독서를 한다
둥글게 모인 삼나무 열띤 토론하고
오크나무 읽던 책 놓고 기지개 켠다

낙엽이 땅에 떨어져 있다고 말하지 말라

그것은 나무의 사유가 종결된 토픽
바람에 구르는 나뭇잎
이제 폐기처분된 나무들의 철학이다

가느다란 잔디 잎
사색과 독서와 명상 어우러진
하나의 비망록이다

내년에 다시 솟는 풀잎은
올해의 풀빛이 아니다
그것은 새로운 사상과 철학이 싹트는 것,
저 낙엽은 형이상학의 높이에 완성되어
이제 바닥으로 내려 닿는다
비로소 현실과 만난다

붉게 물이 든 담쟁이 잎은
사고의 끝자락,
대학에서는 돌도 뜨거운 가슴과
차가운 머리로 더 단단해진다
도랑물 허투루 소리 내며 구르지 않는다
작은 돌도 대지의 평화를 꿈꾼다
바람조차 빈둥거리지 않는다

김완하, 「버클리 교정에서」 전문

이 시인이 버클리 교정에서 본 것은 우선 열정이다. 그러한 열정들은 버클리 교정에 드리워진 자연물의 의인화를 통해 예각화된다. 실상 이런 의장은 대상의 참신성과 이질성이 교직되면서 내재화된 정서를 더욱 고조시킨다는 데 그 특징이 있는 경우이다. 낯선 풍경에서 오는 정서의 폭이야말로 습관적 메카니즘이 주는 기계성보다 훨씬 클 수 있다는 것은 당연한 이치이기 때문이다.

이런 경이성에 의해 걸러진 버클리 대학은 지식의 산실, 학문의 산실로 거듭 태어나게 되는데, 캘리포니아의 오랜 역사를 염두에 두고 보면, 시인의 그러한 판단이나 시선이 예사롭지 않음을 알게 된다. 그가 버클리에서 본 것은 대학의 외연적 모습에 국한되지 않기 때문이다.

버클리 대학은 골드러쉬로 시작된 캘리포니아의 역사와 더불어 시작되었고, 그 역사를 앞장 서서 이끌어나갈 주체로 거듭 태어나게 되었다. 하나의 사회가 형성되고, 새로운 사회가 만들어질 때마다 법과 이성이 요구되는 것은 당연한 이치이다. 그것이 임기응변식의 방법이 아니라면, 더욱 예리하고 정교화된 질서의 테두리를 요구할 수밖에 없을 것이다. 그런데 그런 패러다임을 산출해내는 것은 제도로서의 대학뿐일 것이다.

그렇기에 대학은 연구의 주체, 지식의 주체, 법의 주체로 거듭 태어나야 했다. 탄생이란 이전의 것과 차별되는 통과제의를 감행하지 않고는 불가능하다. "내년에 다시 숫는 풀잎은/올해의 풀빛이 아니다/그것은 새로운 사상과 철학이 싹트는 것,/저 낙엽은 형이상학의 높이에 완성되어/이제 바닥으로 내려 닿는다"는 순환론적 싸이클의 구조야말로 학문적 통과의식의 완결판이 아닐 수 없을 것이다.

이런 열정들이 캘리포니아의 역사를 만들어냈고, 버클리라는 도시를 만들어내었다. 그 만듦의 중심에 버클리 대학이 있었던 것이다. 이 대학을 구성하는 온갖 사물들이 새로운 사유와 사상의 고민 속에서만 존재한다는 것, 그것이 시인이 읽어낸 버클리 대학의 진정한 모습이었던 것이다.

## 3. 제도를 뛰어넘는 버클리의 에네르기들

산업화와 더불어 시작된 근대의 역사는 도시의 형성과 분리할 수 없는 관계를 만들어놓았다. 공장 지대의 형성과 도시화는 근대의 상징이 되었다. 그런데, 이렇게 형성된 도시가 그 많은 인구의 집중에도 불구하고 인간 소외라는 또다른 부정성을 낳게 한 것은 필연의 일이었다. 일찍이 보들레르가 파리라는 거대 도시에서 '군중 속의 고독'이라는 근대인의 대표적 표상을 읽어낸 바 있지 않은가.

도시가 파생시킨 그러한 모습들은 대서양 건너편에 있었던 버클리라고 비껴갈 수 있는 문제가 아니었다. 이 도시 또한 근대적 의미의 도시, 근대성의 제반 양상을 고스란히 구현시키고 있었기 때문이다. 오늘날 흔히 이야기되는 미국의 진정성이랄까 그 참모습이 지극히 양극화되어 나타나고 있다는 것은 상식에 속하는 일이다. 엄격한 규제가 있으면, 다른 한쪽에서는 느슨함이 있는 것이 이 사회의 특성이다. 또한 합리성이 있으면 이를 초과하는 혹은 미달하는 비합리성도 존재한다. 뿐만 아니라 문명의 첨단이 있으면 그 저편에 놓인 원시성도 있다. 이 두가지 양극

단에서 적절한 줄타기, 팽팽한 긴장관계를 유지시키고 있는 것이
이 사회가 갖고 있는 근본 특성 가운데 하나이다.

> 거리를 지나가고 있는 나에게
> 그는 반갑게 웃으며 말을 붙여왔다.
> 흑인이었지만
> 너무나 친근한 표정이어서
> 내가 아는 사람이 아닌가 자세히 살펴보았다.
> 흑인의 얼굴과 잘 굴린 영어 발음에서
> 독한 이국의 향이 확 끼쳐왔다.
> 내가 지나가고 난 후에도 그는
> 내가 지나쳐온 공기를 향해 계속 말을 하고 있었다.
> 그는 제 말에 취해 있었다.
> 제 말에 혀가 꼬부라지고 있었다.
> 제 말에 인사불성이 되어 있었다.
> 비틀거리며 방향도 없이 가는 말에 붙들려
> 혀에 달린 크고 튼튼한 팔다리가
> 순순히 끌려가고 있었다.
> 그 독한 말에 취한 혀를 깨워줄 귀는
> 어디에도 보이지 않았다.

김기택, 「버클리에서2」 전문

　낯선 이방인의 시각에서 이 작품에 나타난 흑인은 적어도 두
가지 측면에서 미국적 특성의 모습을 보여준다. 하나는 지극히
자유화된 모습일 것이다. 이 사회에서 사는 사람이라면 적어도

누구나 말할 자유가 있다. 아니 이러한 자유는 소위 민주주의를 표방하는 국가에서는 어디나 똑같을 것이다. 그럼에도 그것이 보다 미국적인 특색으로 느껴지는 것은 그 자유분방한 소리, 적어도 타인에게 자각할 수 있도록 크게 울리는 거친 음성에 있다. 이 소리는 단순한 소곤댐이 아니라 타자를 향해 거칠게 열려있다. 그럼에도 그것에 대해 아무도 터치하지 않는다. 오직 작품 속의 그만이 할 수 있고, 그만이 누릴 수 있는 자유의 영역이다. 그 소리가 닿을 수 있는 거리가 멀다는 것은 그만의 자유가 그만큼 크다는 것인데, 이는 이 사회의 특성이 가져다준 혜택없이는 그 설명이 불가능한 부분이다. 그런데 그러한 자유가 실상은 어느 정도의 규율성 밑에 있다는 것 또한 무시할 수 없다. 그것이 궤도를 심하게 이탈할 때, 또다른 힘의 논리가 그를 압도할 수 있기 때문이다.

그리고 또 하나의 특성은 이 흑인 속에 내재된 음성의 고립성이랄까 한계성이랄까 하는 것이다. 자기충만감에 젖은 흑인의 음성은 그의 존립근거를 말해주는 것이긴 하지만, 그러나 아무도 그의 존재성에 대해 관심이 없다는 것이다. 그것을 의미있게 듣는 것은 이 문화에 익숙하지 않은 낯선 이방인의 귀뿐이다. 그의 음성에서 어떤 의미랄까 삶의 진정성을 이해해보려는 호기심에서만 그의 음성은 존재가치가 있다. 그런데 이런 자기고립이 역설적이게도 제도의 합리성 속에서 길러졌다는 것은 아이러니컬한 상황이 아닐 수 없을 것이다.

비 정상이 정상으로 통하는 현실에 거역해서
실재를 지시하지 못하는 언어에 절망해서

그들은 이곳으로 모인다.

미합중국 켈리포니아주 버클리시 텔레그라프 에비뉴,

지상의 전화국은 없지만

하늘에다 대고 전보를 치고

하늘에다 대고 전화를 걸고

또 하늘에다 대고 편지를 쓰는

히피, 호모, 알코홀릭, 나르코틱, 홈리스…………-

의 거리

텔레그라프,

그들은 오늘도 흐린 동공을 우러러

하늘에서 올 답신을 기다린다.

광기와

혼돈과

무위(無爲)로 이룩된 천국의

입국 비자를,

논리의 지배를 깨뜨리기 위하여

동성끼리 연애를 하고

이성(理性)의 폭력을 거부하기 위하여

마약을 상용하고

제도의 압제를 벗어나기 위하여

집을 뛰쳐 나오고.

오세영, 「텔레그라프」 전문

시인의 설명에 의하면, '텔레그라프'는 '전화국'이라는 뜻이지만, 그 의미가 변하여 버클리시 버클리대학 정문으로 관통하는 대학가를 지칭한다고 한다. 이곳은 60년대 비트 제너레이션과 히피들의 생활공간이었기에 지금도 그러한 전통으로 인해 미 전역의 히피들이 모여들고 있는 장소이다. 따라서 버클리 대학으로 가는 이 거리는 이른바 자유의 공간, 해방의 공간이 되는 셈이다.

그렇다면 이들은 왜 이곳으로 모여드는 것일까. 시인이 보기에 이들이 현실에 절망하여 이곳에 오는 것은 이성에 대한 억압 때문이다. 오늘날 미국이라는 가치를 만들어낸 것이 이성의 산물이라는 것은 잘 알려진 일이다. 합리적 과정이나 절차에 의한 것만이 진정성으로 받아들여지고 그 나머지 것들은 모두 비이성으로 치부되어 폐기된다. 따라서 "비 정상이 정상으로 통하는 현실"에 거역하고, "실재를 지시하지 못하는 언어"에 절망해서 이들은 버클리시티 텔레그라프 에버뉴로 집합한다. 이들이 이곳에 오는 이유는 단하나, "논리의 지배"를 깨뜨리기 위해서이다.

히피, 호모, 알코홀릭, 나르코틱, 홈리스들이 거부하는 논리란 근대를 이끈 추동력이었다. 그것은 계몽을 정립시키고 합리주의의 가치관을 파생시켰다. 그러나 그러한 긍정성이 절대적 가치로 자리잡지 못했기에 반성의 대상으로 전변해버렸다. 그것이 배제의 축으로 자리 잡은 것은 근대의 실패라는 역사철학적 과제와 밀접히 연결되어 있기 때문이다.

시인이 버클리에서 사유한 것은 자유의 가치였다. 정치적 의미로서의 자유가 아니라 제도의 억압으로부터 벗어난 자유였다. 인간에게 필요한 진정성은 자유이며, 그러한 정서는 논리나 이성의 질서가 아니라 비논리나 광기와 같은 무의식의 심연에서 얻을 수 있다는 것이 이 시인의 판단이다. 그러 면에서 시인에게 텔레그라프는 그가 추구해왔던 서정적 회귀점과 동일한 차원에 놓이는 것이 아닐 수 없다.

## 4. 한국시에 나타난 버클리의 문학사적 의미

버클리는 미국 고유의 지명이라기보다는 한국학을 공부하는 사람들에게 지극히 친숙한 이름이다. 이런 친숙성이야말로 한국 시의 외연적 확장을 말해주는 것이 아닐 수 없다. 또한 그러한 확장은 이곳에서 공부했던 문인들의 정서적 깊이에도 상당한 자극을 주었다.

이를 토대로 얻어진 것이 버클리 문학파의 감각이라 부를 수 있다면, 그리고 이를 통해 하나의 보편성을 말할 수 있다면, 그것은 한국 시문학의 커다란 성과가 아닐 수 없을 것이다. 이는 근대 사회가 안고 있는 제반 문제점과 동일한 차원에서 검토할 수 있다는 점에서 그러한 것이다.

캘리포니아나 버클리의 역사가 근대 자본주의의 총아인 욕망의 문제와 분리할 수 없다는 것, 그리하여 이 속에 내재된 근대의 제반 사유는 지역성을 초월한다는 데 그 특징이 있을 것이다. 물론 이런 보편성이 이 지역만의 특수성을 모두 내포할 수 있는 것은 아니지만, 그것이 한국문학의 동일권역에서 말할 수 있는 근거는 여기서 찾아진다 하겠다. 그것은 시대를 이끌어가는 열정이었고, 근대에서 표출되는 제반 사유였다. 다양한 가치가 혼재하는 버클리에서 이들이 찾아낸 가치는 익명성과 고립성, 해방성이었다. 흑인의 거침없는 말소리와 히피들의 자유분방한 모습이 버클리의 지역성이라면, 논리의 세계나 이성의 억압을 거부

하고자 하는 몸짓들은 버클리의 보편성이 될 것이다. 그러한 지
역성과 보편성 속에서 삶의 가치를 읽어낸 것이 버클리 문학파
의 감각일 것이다.

인식과 비평

# 디아스포라적 삶과 모국어의 정서

## 1. 이질성과 동질성의 사이에서

오랜 세월을 이국땅에서 이국의 언어로 살아가면서도 모국어를 잊지 않고 가꾸고 사랑하는 일은 결코 예사롭지 않은 일이다. 모국어가 생활어의 지위를 이국의 언어에 양도한 가운데 시의 언어로 다시 태어나는 일에 대해 우리는 어떠한 관점에서 이야기할 수 있을까? 더욱이 시가 다른 것이 아닌 순전히 언어를 재료로 하는 예술이라는 점을 떠올릴 때 제 2의 언어로 밀려난 모국어로 예술 행위를 한다는 것은 어떤 의미를 띠는가?

이러한 질문의 연장선에서 우리는 또 다른 질문도 던질 수 있을 것이다. 모국어가 아닌, 이제는 생활어가 된 이국의 언어로 시를 쓴다는 것은 어느 정도로 실효성을 가지는가? 이러한 질문

들은 언어를 예술의 도구로 삼는 시인들에게 있어서 가장 핵심
에 속하는 것으로써 그 답을 내리는 것이 결코 쉽지 않은 것들
이다. 반면 이러한 질문에 회피하지 않고 맞서려 하는 자세는
시 예술을 펼쳐가는 데 있어서의 정공법에 해당하는 것이다.

　40여명의 시인들이 평균 세 편씩의 시들을 수록하였는데, 그
중 언어적 완성도가 높은 시, 깊은 사유와 통찰을 담고 있는 시,
시적 본질에 더욱 가까이 닿아있는 시들을 중심으로 각 시인들
마다 한 편의 시를 선정하여 비평을 하였다. 먼저 저마다 다른
개성과 세계관을 지닌 시인들이 보여준 다채로운 스타일들이 놀
라웠다. 자기 나름의 자리에서 자신의 독특한 사유와 언어를 살
려가고 있다는 점이 너무도 반가웠다.

　또한 시를 사랑하는 그 순결하고 뜨거운 마음들이 온전히 드
러나 있어서 반가움을 넘어 감사한 마음까지도 들었다. 각기 생
활로 바쁜 와중에서도 시를 잃지 않고 살아가는 것은 다른 것이
아니라 순수한 영혼을 지키려는 마음에 다름 아니기 때문에 인
간으로서의 무한한 신뢰감이 일었던 것이다. 시를 느끼는 순간,
시를 쓰는 노력은 정말이지 어떤 관점에서 보면 정말 무익한 것
이다. 시를 쓰는 것은 고독하고 고통스러운 일에 가깝지 결코
편하고 쉬운 일은 아니기 때문이다. 시를 쓰는 일은 들여야 되
는 시간과 노고에 비하면 그 대가를 돌려받을 수 없는 무용한
일이기 때문이다. 그럼에도 불구하고 우리는 왜 시를 쓰는가? 왜
시를 쓰지 않고는 견딜 수 없는 것일까? 이는 인간에게 있는 깊
은 실존감에서 비롯되는 것이라 할 수 있다. 때문에 시를 잃지
않고 쓰는 일은 물질적 관점에서는 무익하되 존재론적 측면에서
보면 가장 본질에 속하는 일이 아닐 수 없다. 시인들에 대한 신

뢰감은 그들이 인간의 본질을 놓치지 않고 있다는 데 기인하는 것이다.

고국을 떠난 상태에서 모국어로 시를 쓴다는 것은 분명 만만치 않은 조건일 것이다. 그것은 본토에서 살아가는 시인들에 대비해 볼 때 어찌 보면 핸디캡이 될 수도 있겠다. 그러나 우리는 그렇게만 볼 수 없다. 외국어는 모국어를 더욱 잘 이해하는 계기로 작용하기 때문이다. 외국어를 깊이 알수록 우리말의 본래 맛과 향기를 더욱 잘 깨닫게 되고 그에 따라 모국어에 대해 더욱 살가운 애착이 생겨날 수 있다는 사실을 우리는 너무도 잘 알고 있다. 또한 외국어가 가꾸어 온 사유와 문화를 경험하면서 우리의 사유와 문화에 대해서도 더욱 깊은 성찰을 할 수 있다. 뿐만 아니라 외국어를 이해하는 시인들은 우리 시를 외국어로 전달하는 역할에 있어서 가장 선두에 설 수 있다.

우리 고유의 사유와 문화를 외국에 알리는 적극적인 역할도 이들이 감당할 수 있다. 원론적인 이야기이겠지만 우리는 교포로서의 조건에 대해 그것을 결여나 결핍으로 볼 수 없다는 점을 강조하고 싶다. 언제 어디서나 그러하지만 문제는 조건이 아니라 모국어를 얼마나 사랑하고 얼마나 성실하게 가꾸는가 하는 점일 터이다. 그리고 그러한 점에서 밀리지 않는 우리 미주 시인들은 모든 경계나 조건을 떠나서 자유롭고 활발하게 시적 활동들을 할 수 있어야 한다. 고국의 문단 역시 외국에서 활동하고 있는 시인들이 어떠한 제약도 없이 창작활동을 할 수 있도록 지면을 개방하고 적극 지원해야 할 것이다.

## 2. 개별시인작품론

끼니 생각도 없어

그냥 누웠는데 점점 발이 시려온다

이불깃을 당겨도 숭숭 바람이 든다

속이 비어 그런가

찬밥덩이 물 말아 한 술 뜨는데

투 둑, 눈물방울이 서럽다

알. 알. 흩어진

밥알이 서럽다

늦은 밤, 혼자 밥그릇에 수그린 삶이 서럽다

날, 날 떠돌다 발 시린 날은

차라리 밥이라도 비벼볼 일이다

알. 알. 흩어진

마음이라도 뻑뻑 비벼볼 일이다

벌겋게 비빈 양푼 속은 매워도

비빌 때가 좋았다

비비기만해도 배부른 비빔밥이 그립다

강학희, 「비빔밥이 먹고 싶다」

강학희 시인의 강점은 회고적이라는 데 있다. 여기서 회고란
막연히 과거 회귀적이거나 퇴영적인 감수성을 말하는 것은 아니
다. 만약 시의 감수성이 단순히 과거만을 지향한다면, 미래에의
긍정적인 전망이나 발전적 사고를 잃어버리게 된다.

그러나 이 시인의 작품은 단순 회고적이 아니라는 점에서 그

의미가 있는 경우이다. 인간은 생존하면서 현재의 고통과의 단절을 지속시키기 위해 지난한 노력을 기울이게 된다. 강학희 시인에게는 그것이 비빔밥으로 구현된다.

비빔밥이란 한국 고유의 음식이다. 그러나 그것은 가난했던 한국의 현실을 상징하기도 한다. 제대로 갖춰지지 못한 식반찬을 이것저것 혼합해서 먹었던 것이 비빔밥이기 때문이다. 따라서 그것에 대한 추억이 아름다울 수는 없을 것이다. 그것은 과거의 가난한 삶의 일부였고, 또 녹록치 않던 과거의 기억을 담아낸 그릇이었다.

그럼에도 현재의 그것은 과거의 아픈 기억로만 남아있지 있지 않다는 것이 시인의 심정일 것이다. 오히려 그것은 현재의 분열과 파편을 회복시켜주는 아름다운 과거, 혹은 통합의 매개 역할을 한다고 보는 것이 옳을 듯하다. 기억이란 현재를 통합하는 유기적 역능을 갖고 있는 까닭이다. 특히 이 시는 그러한 단절된 감수성을 '낱' '낱' 이라든가, '알' '알'과 같은 행배치로 효과적으로 드러내면서, 그러한 간극을 비빔밥이라는 향수로 메꾸어나가는 독특한 시문법을 제시하고 있다.

세상의 어느 나라든 사람 사는 곳
물처럼 공통된 건 없지
그러나 물, 하고 내가 말했을 때
그 말은 얼마나 네게 다른가
물, 했을 때 그 물의 뒤에 둘러쳐있는
끝없는 빛깔의 아로라
첫 아침 최초의 열매로

나무와 풀 사이 엉덩이 흔들며
생명의 씨앗을 뿌린 너

지금 우리는 시원한 물잔 하나씩 두고
마주 보며 앉아 있다,
내가 물, 하고 조용히 말하자 넌 흠칫, 놀란다
나도 놀란다, 내 입술에서 나온 낯선 방언

바로 네 등 뒤에는 파도치는
아득한 바다, 목마른 하늘 사막이 누워있다
너는 백인이다 흑인이다 그리고 스페니쉬 아라비안
설령 네가 까만 머리 노란 피부를 가졌다 해도
우리는 얼마나 다른가
우리의 생각은 얼마나 또 다른 색인가
우리는 속에 기른 짐승 하나씩 끌어안고
고통하며 서로를 오해 한다

우리는
얼마나 가깝고 먼 혈족인가.

곽상희, 「물, 하고 내가 말했을 때」

　이 시는 매우 철학적인 작품이다. 흔히 깊이 있는 사상이 담겨있는 시들은 딱딱하거나 어려운 것이 사실이지만 이 작품은 전연 그렇지 않다. 그렇다면 이 시가 말하고 있는 사상이랄까 철학이란 무엇일까.

이 작품은 하나의 동일한 사물을 놓고 그것을 사유하는 인간 혹은 그것을 개념화하는 인간의 의식이 얼마나 다를 수 있는지를 일러주는 시이다. 그러한 표명을 이 작품은 물로 말한다. 물은 생명의 씨앗이라는 단순한 상징을 넘어 모든 사람들, 모든 생명의 주체들에게 똑같은 대상으로 다가온다.

그럼에도 그것이 각자의 주체들에게 육박되는 방식은 매우 상이한데, 인식주체들에게 물이라고 발음하거나 기호화하면 물은 동일한 인식소를 잃고 개별화되기 때문이다. 이는 인간을 매개로 한 것들이, 인간이 사유하는 것들이 얼마나 상호 차질되는가 하는 것을 물이라는 지극히 평범한 물상을 갖고 매우 의미있게 풀어낸 작품이라는 점에서 그 의미가 깊은 경우이다.

줄지어 서 있는
골진 고랑에
파릇한 새싹을 보았지
누렁이 뒤따르며 꼴 먹이는
소년의 풀피리 소리
밭고랑 논고랑 타고 흐르고
쇠파리 쫓아내는 소꼬리가 장단을 맞춰
때묻지 않은 얼굴에 드러난 하얀 이빨
순백의 청순함을 엿볼 수 있었지
혈관을 타고 흐르는 피처럼
미끄럼 타는 새벽이슬 떨구며
아침을 맞는 농촌의 풍경은 여유로웠지.

고광이, 「논고랑 밭고랑」

　이 시는 고향의 정서를 매우 감성적으로 풀어낸 아름다운 작품이다. 실상을 고향과 같은 영원의 감수성을 시로 풀어내고자 하는 욕망은 시인마다 가지고 있는 꿈 가운데 하나이다. 어디 이뿐인가. 자연이라든가, 어머니, 유년의 정서 등도 그러한 시적 표현의 대상 가운데 하나가 될 것이다. 그럼에도 이러한 정서를 담고 있다고 해서 좋은 시가 되는 것은 아니다. 인간 모두가 가지고 있는 보편의 감각을 담고 있다고 해서 그 작품이 독자의 정서에 깊이 울려퍼지고 감동을 주는 것은 아니기 때문이다.

　무엇보다 중요한 것은 얼마만큼 독자의 체험에 가깝고 정서의 파장이 깊은가에 달린 것인데, 이때 중요한 것이 표현의 새로움일 것이다. 고광이 시인의 이 작품은 거의 이미지스트 시에 가깝게 표현이 매우 참신하게 구현되어 있다. "밭고랑 논고랑 타고 흐르고 쇠파리 쫓아내는 소꼬리가 장단을 맞춰" 라는 표현을 보자. 지금 이 광경이 우리의 눈앞에 아른거리고 있지 않은가. 정서의 깊이라든가 교감이란 현란한 수사적 장치에서 얻어지는 것이 아니라 이렇듯 감각적 표현의 참신함과 독자의 교감이 빚어낸 교향악에서 우러나오는 것이다. 시가 참신하고 의미있게 되는 것은 이럴 때 가능해지는 것이다.

　　지금은 흔적없는

　　마포행 만원 전차

　　코와코가 닿고 부둥켜 안아야

　　한강 모래사장에 겨우 이른다

　　상상의 시간속에서

　　취해야만 되던 시절

멀리 가면 무언가

있다고 생각하던 시절


강바람은 날 흔들고

발가락을 간지르는 비단모래위

물결이 찰싹대며

할말 해주던 밤


흐르는 별 하나

내 입술에 화살로 꽂힌다

우주를 안고 얼어붙는 순간

밤도 숨을 죽이고

딩구는 두 영혼의 불꽃이

강을 건넌다


마포는 더 이상 종점이 아니다

권영희, 「마포종점」

일상적 현실과 시적 현실이 다른 것은 물리적인 영역을 어떻게 해석하느냐에 놓여 있는 문제이다. 물리적인 영역이 어떠하든 간에 시적 영역은 늘상 그것을 뛰어넘는다. 다만 그 거리가 어느정도냐 하는 것에 따라서 시적 긴장이 느껴지기도 하고 시의 의미 영역 또한 깊어지는 것이다.

권영희의 이 작품은 60~70년대를 살아간 사람들에게 가슴깊이 남아있는 '마포종점'을 소재로 한 시이다. 이곳은 한강나루터가 인접해 있어서 물물교환이나 상거래가 빈번한, 서민들의 애환이 담겨 있는 장소이기도 하고 더 이상 버스를 타고 앞으로 갈 수 없는, 밀폐된 공간이기도 하다.

이곳은 또한 어느 대중가수가 노래를 불러 유명해지기도 했다. 어떻든 그곳은 애환이라든가 닫힌 장소와 같은 지극히 폐쇄된 의미로 구현되는 곳이긴 하지만, 그러나 시인은 이제 '마포종점'을 그러한 부정성으로만 인식하지 않는다. 그의 시선은 물리적인 한계의 공간이 아니라 보다 열려진 우주의 공간으로 확대되기 때문이다. 일상의 구체적인 공간과 문학적 상상력의 초월적 공간이 만나서 팽팽한 인간관계를 형성하고 있는데, 그러한 긴장 속에서 시인은 보다 높고 보다 넓을 수밖에 없는 인간의 꿈을 노래하고 있다.

> 그늘과 볕
> 밤과 낮
> 相剋과 調和.
>
> 극으로 있으면
> 싸움이 일고
> 조화를 이룰 땐
> 사랑이 맺는다.
>
> 삶의 모습을
> 극으로 보는 눈
> 조화로 대하는 눈

같은 눈인데

소속에 따라
의식에 따라
극과 극이 되고
이해와 사랑이 된다.

김명호, 「시각(視角)」

문학의 중요한 기능 중에 하나는 교훈적인 데 있다. 이를 교술적이라 부른 사람도 있지만 이는 장르적인 면에 국한되는 것이어서 교훈이라고 하는 편이 더 나을지도 모른다. 그러나 시가 지나치게 계몽적인 성격을 띠게 되면, 문학의 참맛이 떨어지는 것이 사실이다. 이를 어떻게 조화시켜서 문학의 진정한 맛을 느끼게 할까.

김명호의 이 시는 삶의 모습이 시각의 차이에 의해 달라지고 있음을 알려주고 있는 시이다. '누구나 마음만 제대로 먹으면 부처가 된다'는 말처럼 어떤 시각과 생각을 갖느냐에 따라 그것이 남을 해치는 칼날이 될 수 있음을 이 시는 밤과 낮, 그늘과 볕이라는 자연의 대조 속에서 탁월하게 읽어내고 있다.자연과의 그러한 자연스런 대비가 이 시가 제시하는 교훈성의 강렬한 효과를 어느 정도 상쇄시키는 기능을 하고 있다. 그것이 이 작품의 매력이다.

가진 게 넉넉한 하늘은
아무에게도 손을 벌리지 않는다

모자라서 손 벌리는 자에게
자기 몸을 나누어 줄 뿐
열길 우물 속에도 내려가 찰찰 넘친다

불 꺼진 난로 같은 내 마음속에도
마다 않고 들어와 함께 살아 준다

더 미안한 것은
내 욕심의 밥그릇에 담겨
서슴없이 내 밥이 되어 주는 것이다

김모수, 「하늘」

인간의 욕망이 상승할 때마다 그와 대비되어서 떠오르는 물상들이 있다. 가령, 마음껏 주고 떠나는 곡식들이나 온갖 동식물 등등이 그것이다. 이를 통칭하는 말을 자연으로 설명할 수 있거니와 자연이야말로 소위 인간적인 것들이 팽창할 때마다 그 안티테제로 가장 강력하게 떠오르는 대상이다.

자연을 닮는다는 것, 어쩌면 그것은 가장 순수하게, 인간답게 사는 길인지도 모른다. 이 작품에서 표상하는 하늘이란 바로 그러한 자연의 교훈을 담지하는 매개체이다. 마음껏 소유할 수 있지만 결국은 소유되지 않는 것이 자연이고, 그런 자연의 교훈을 올곧게 닮아가는 것이야말로 우리 인간들이 살아가는 최종 목표가 아닐까. 이 시는 그런 면에서 우리에게 시사하는 바가 큰 작품이라 할 수 있을 것이다.

사각형으로 잘라 낸 하늘 한 조각이
내 창문에 걸려 있습니다

사각 하늘에 갇힌 새 한 마리
나뭇가지 끝에 앉아 있습니다

때로는 뿌리 없는 가지 하나
붉은 꽃을 피우고 있습니다

세계는 창문 밖에서
사각으로 잘려서 내게로 옵니다

나는 조각난 세계를 다시 이어서
내 속의 세계를 만들어 갑니다

사각의 창문 안에서 세계가 완성되는 날
나는 마침내 창밖의 세계로 돌아가겠지요

김문희, 「완성을 위하여」

　시인의 시각은 세상을 살아가는 여느 일반적인 시각과는 다르다. 서정시는 세상 속에서 아주 이질적인 것이고 세상을 바라보는 매우 다른 관점을 가지고 있다. 시는 세상의 여러 것들과 다른 시간, 다른 질감, 다른 감정에 기반하고 있다. 그러나 그렇다고 해서 시가 세상에서 무용하다는 것은 아니다. 그와 반대로 시는 세상과 인간에게 절대적으로 필요하다. 그것은 시가 세상을, 그리고 인간을 완성하기 때문이다. 시는 불완전하고 부조리한 인간과 세상을 따뜻하게 보듬고 온전하게 가꾸는 역할을 한다. 우리는 이를 시의 동일성 회복의 기능이라 부른다.

김문희 시인의 시는 시의 이 동일성 회복의 기능이 무엇이고 그것이 어떻게 이루어질 수 있는지를 선명하게 보여주고 있다. 그녀가 말하고 있는 '사각'은 그저 존재하는 세상이 얼마나 모나고 불충분한 것인지를 직접적으로 표현한다. 그녀의 언급대로 세상은 부분적으로 조각나 있고('사각형으로 잘라 낸 하늘 한 조각'), 자유를 상실한 채 억압되어 있으며('사각 하늘에 갇히 새 한 마리'), 완전하지 못한 채 연명하고 있다('뿌리 없는 가지'). 그녀의 시각처럼 보통의 세상은 불완전하고 부조리하다. 시인의 고유한 시각이 필요한 지점도 여기이다. 그녀는 '나는 조각난 세계를 다시 이어서/내 속의 세계를 만들어 간'다고 말하고 있다.

이는 세계가 존재하는 불완전하고 부조리한 지점을 떠나 이를 치유하고 회복할 수 있는 특수한 자리에 임하겠다는 의지의 표현이다. 그리고 이것은 세상을 감싸 안아 이를 완성시킬 수 있는 시인의 시각, 자신만의 고유한 세계를 가꾸겠음을 의미하는 것이다.

> 인간들과 가족같이 살았다.
> 똥강아지 시절엔 독거 할매의 손자로
> "똥"자 졸업하자 동네 싸개들과 골목 들석들석 뛰놀다가,
> 장성하자 가족들의 보디가드로, 동네 방범대원으로
> 장님들의 지팡이로 봉사했다.

자식새끼들 과외 시키지 않고도 잘 키워서
경찰특공대원으로, 생명구조원으로, 마약단속반원으로,
용감한 소방대원으로, 산화하지만 폭발물제거원으로,
귀신 잡는 해병으로 복무시켰다.
창 너머로 T.V. 뉴스 보며 자랑스러워 울었다.
가족들 위해 봉사, 희생하는 것 감격스러워 또 울었다.

가족들이 타역의 맨션아파트로 이사 가면서
중년의 개 몽당 빗자루 버리듯 버리고 갔다.
고급 아파트에선 개를 들이지 않는다는 것이 이유,
치와와는 데리고 갔다.

최첨단 경보장치에, C. C TV에 밀려
시효 유효한 중년 개의 시, 청, 후각
칼날 발톱, 송곳 잇빨, 으르릉! 컹! 컹!
명예퇴직 당했다는 소문도 있다.
눈 못 감고 산송장으로 살아갈 일만 남는다.

김병현, 「중년개의 명예퇴직」

재미있는 상상력으로 씌어진 시이다. 우리 속담에 인간은 배신할 줄 알지만 동물은 그렇지 않다고 했다. 이는 동물의 아둔함을 지적한 말일 수 있지만 인간의 영악함을 더 경계하기 위해서 만들어진 속담이 아닐 수 없다.

이 작품에서 알 수 있듯 개는 인간을 위해서 최선의 봉사를 했다. 이런 정도의 희생이라면 그에 걸맞은 대단한 어떤 것들이

개에게 주어져야 했다. 그러나 현실은 어떠한가. 인간의 치사하고 유치한 욕망이 거세게 올라가면서 그 화려한 치장을 드러낼수록 개는 그에 반비례되는 대접을 받아야 했다.

이 얼마나 모순된 아이러니인가. 마치 자신이 성장하면 할수록 더욱 더 커다란 비극이 기다리고 있는 오이디푸스의 비극처럼, 개 앞에는 그런 웃지 못할 상황적 아이러니가 펼쳐지고 있는 것이다. 이 작품은 시의 가장 중요한 방법적 의장 가운데 하나인 상황적 아이러니를 현대 문명 속에서 탁월하게 읽어냈다는 데 있다.

그 방엔 누군가 살고 있다
그 방엔 소리가 있고
그림자가 어른거린다

그 방 옆에도 방이 있다
그 방에서도 소리가 나고
그림자가 비쳐 나온다

그 방에 누군가 찾아 왔다
그 방이 잠시 소란해지더니
그림자로 창을 채웠다

그 방 주인과 옆방 사람이
그 옆방에서 찾아 온 누군가와
그림자 속에 실랑이하는 소리 들린다

그 방들이 모두 어두워져

그 방들이 옆방인지 아닌지 알 수 없고

그림자로 어울려 있을 것으로 짐작된다


그 방들에 그 사람들이 있는 사이

그 소리도 그림자도 함께 어울려

그 방이 한 지붕 밑이라는 것을


가끔은 그들이 잊는 것 같다는 것을

그들과 나, 당신도 잊고 사는 일을

가끔은 떠 올린다

김신웅, 「그방」

　인용시는 익명화되는 현대 사회의 특성을 예리하게 분석한 시이다. 아니 분석했다기 보다는 그러할 수밖에 없는 현대 사회의 현실을 시속에서 자연스럽게 풀어낸 빼어난 작품이다. 보들레르의 말처럼 현대사회는 다수의 인간들로부터 소외되고, 따라서 고독할 수밖에 없는, 그런 존재론적 숙명을 타고난 인간들을 길러냈다.

　이 시가 묘사하고 있는 것도 한 지붕아래 있는, 그러나 서로에 대해 알 수 없는 군상들에 대해 말하고 있다. 그들이 한 구역 속에 똑같이 있다는 것은 한 지붕 밑이라는 사실 뿐이다. 존재성과 고유성을 상실한 인간들, 오직 자동화된 인간들만이 살아가는 현대인들을 이 시는 이렇듯 분석적으로 읽어내고 있는 것이다.

　그리고 이 시는 이렇게 사물화된 존재들의 모습은 내용 뿐 아니라 '그'라는 형식적 장치에서도 잘 드러내는 형식적 특성을 보여주고 있는 작품이기도 하다. 여기서 '그'는 어느 특정 공간을 구체화시키는 기능적 역할을 하는 것이긴 하지만, 그것이 시의 각 행마다 주기적으로 배치됨으로써, 익명화되고 자동화되는 현대 사회의 특성을 또다른 국면으로 제시하는 방법적 의장으로 구현되고 있기 때문이다.

터질듯 답답한 가슴
어두움에 들켜
남몰래 울고 있다

물새들 떠난 빈자리
바람이 비를 몰고 와
소리 내어 바닥을 치며 울고있다
더 부추기는 저
난타

시퍼렇게 멍이 들대로 들어
이제는
쉰 목소리로 피울음을 울어댄다

산기 있는 산모는
출산의 고통을 파대기치며
산더미 높이의 숨 멎는 요동

돌아보지 않으려 구부리다
휘인 등뼈의 해안선
겨울 바다에 가면
적막이 이를 악물고 무섭게 덮친다

지구가 한 방향으로 쏟아지면서
칠흑에서 터트린 양수
분만의 감격

온 바다를 흔들고 있다
그대 가슴을 흔들고 있다

김영교, 「겨울바다」

사물에 대해 새로움의 감수성으로 되돌아보는 것이 이미지즘이다. 이 사조가 의도했던 것은 낭만주의의 신비주의라든가 모호성을 극복하기 위한 것이었다. 그렇기에 이미지즘의 의장은 무엇보다 사물의 구체성, 참신성에 그 의의를 두어야 한다. 한편의 그림처럼 펼쳐지는 시의 세계가 이미지즘의 추구하는 궁극적인 목적인 것도 여기에 그 원인이 있다. 따라서 구태의연한 은유나 인식으로 한편의 시가 되는 것은 아니기에 이미지의 참신함은 이들 경향의 시에서 아무리 강조해도 지나치지 않을 것이다. 김영교 시의 특색은 감각의 새로움, 인식의 새로움에 있다.

이 작품을 보면서 가장 먼저 떠올린 것은, 바다를 새로운 이미지로 노래한 1930년대의 김기림의 「기상도」이다. 그만큼 시작의 도가 이미지즘의 그것과 정확히 맞닿아 있는 것이다. 파도치는 모습을 "비늘돋힌 해협은 배암의 잔등처럼 일어났고"로 이미지화한 김기림의 빼어난 수법이 김영교에 의해 "지구가 한 방향으로 쏟아지면서/칠흑에서 터트린 양수/분만의 감격"으로 새롭게 태어난 것이다. 이 시의 강점은 바로 표현의 참신함에 있다고 하겠다.

> 물안개 낀 우포늪을 붙들려고
> 어둠을 비집고 달려간 신새벽
>
> 내 살갗 속까지 간지리며 달라붙던 진한 안개는
> 누구의 손길인가 쉬임없는 풀무질에 천지로 흩어지고
> 보석의 형상으로 갈대숲에 올라앉은 이슬이
> 이기일원론(理氣一元論)을 가르친다.
>
> 굳이 사라지겠다는 것을 붙들려는 욕망은 어디에서 오는 것인가
> 지난 간 것들, 지나가려는 것들,
> 뜻 없는 것처럼 세상에 나온 질료와 형상을
> 굳이 붙들려는 욕심이 부끄러워
> 갈망이니 염원으로
> 말을 바꾸어대는 내 심사
>
> 붙들기만 하면
> 오래된 미래
> 내일의 과거
> 시제의 달인이 되어 영상을 모으리라

무심한 듯 작심한 나의 가장이
서걱이는 갈대와 질퍽이는 오니 속에서 신음하는데

적멸 속 신생한 이슬 형상 담으려
망원렌즈 뽑아내고
압축 접사렌즈로 바꾸어 끼려던 손길이 일순 멈춘다.

저 만물을 피사체로 거느리는 일출 앞에서.

김유조, 「새벽체험」

이 작품에서 시인이 꿈꾸는 것은 욕망이다. 그러나 물욕에 사로잡힌 세속적인 그런 욕망이 아니다. 시인이 얻으려고 한 것은 김동인이 「광염소나타」에서 꿈꿔온 절대 순수이며 예술이다. 그런 순수 예술혼에 대한 갈망이나 절대 순수에의 욕망조차도 시인에게는 사소한 세속적 욕망으로 느껴진다. 이런 역설은 예술의 절대 순수에 대한 인식이 시인에게는 지극히 생리적인 수준에 머물고 있는 것임을 말해준다.

그는 그러한 욕망을 "오래된 미래"와 "내일의 과거"란 시제의 넘나듦, 곧 영원의 차원으로 승화시키려 하는데, 그것이 이 시가 말하고자 하는 궁극이 아닐까 한다.

푸른 가을 날
처음 만나던 날
눈빛으로 말하는 소리
가슴으로 들었네

멀리 바라보는 눈 속에
일렁이는 생의 무늬가
빛으로 영감으로
꿈으로 의지로
가없는 마음에 문신되어
어언 50년

디아스포라의 텃밭에서
시간은 과거로
현재는 미래로
우주 속의 물방울로
이국의 나그네로
과녁을 향한 꿈으로
지성과 사랑으로

같이 걷는 공간의 길
같이 걷는 시간의 길
의미와 가치를
호흡하며
공유하며
빛으로 밝히는
안온한 지성이여

푸른 가을날
눈빛으로 말하던 소리

　　내 가슴에 있네

김인자, 「남편의 회수에」

　이 작품은 정서상 참으로 아름다운 시이다. 근래에 제법 적지 않은 이런 경향의 시들을 보아왔지만 이 작품처럼 잔잔한 감동을 주는 시를 본적이 없다. 님에 대한 사랑이 이렇게 오래 갈 수 있었던 것은 그것이 정열적인 것이 아니었기에 더 깊은 것이었고, 표면적인 일회성의 것이 아니었기에 오랜 시간을 지속할 수 있었을 것이다.

　시적 화자의 그러한 영원성을 단적으로 말해는 것이 이 작품의 마지막 연이다. "푸른 가을날/눈빛으로 말하던 소리"이기에 내 가슴에 화석처럼 오래 남을 수 있었던 것. 만약 더운 여름날 열정으로만 다가왔다면, 그것은 잠시 스쳐가는 바람이 아니었을까. 쉽게 만나고 헤어지는 요즈음 세대에서 비춰보면, 이런 지속의 감각, 영원의 감각이야말로 근대적 삶이 요구하는 전범적 모델이 아닐까.

　수 백 년 된 사마우마 나무가 베어진다.
　새끼를 끼고 앉아있던 우야까리 원숭이가 허공을 타고 내뺐다.
　문명의 물결이 아마존에 원형탈모증을 일으켰다.
　작살과 화살이 불도자의 바퀴아래서 가루가 되어 강으로 흘러내리자
　물고기들이 허연 거품을 토해냈다.
　숲이 쓰러지자 유구한 세월도 쓰러졌다.
　밀림에 속속 도시가 들어서고
　위용을 자랑하던 마티스족 마저 관광상품으로 전락하자.

리에는 두 아들을 데리고 마을을 떠났다
땅만 파면 나오던 만주오까를 사려고 도시의 뒷골목을 전전하다가
산송장이 된 리에가 마을로 돌아왔을 때
보호구역 원주민들은 노래를 불렀다.
"정령이시어! 그래도 그들을 벌하지 마소서.
 와와야스까 나무 삶은 물을 마시면 영혼을 마실 수 있습니다.
 깨어나세요 깨어나세요 리에!"


녹색 띠를 두른 아마존의 신들이 쿠르룽쾅쾅 발을 구르며 리에의
눈동자 속으로 들어갔다.
리에의 심장이 뛰기 시작했다
아마존의 푸른 피가 리에의 몸을 적신 뒤 강을 향해 굽이쳐 흘러
내렸다

김한주, 「아마존이여」


　인간과 자연의 대립이 시작된 것은 어제 오늘의 일이 아니다. 그러나 그것이 보다 본격적인 의미를 띠고 나타난 것은 근대 이후이다. 인간이 자연을 기술적으로 지배하면서 자연은 더 이상 인간과 양립가능한 존재가 아니었다. 자연은 그저 인간의 욕망을 채우는 도구로 전락했을 뿐이고, 인간은 그러한 자연을 무제한적으로 파괴해왔을 뿐이다.

　이 작품의 소재로 되어 있는 아마존은 흔히 원형 그대로의 자연이 보존되어 있는 곳의 상징으로 구현된다. 그러나 이제 아마존은 그러한 상징성조차 잃어버리고 인간의 탐욕의 대상이 되었다. 곧 아마존은 원형탈모증을 일으키고 파괴됐으며, 그곳에 사

는 원주민 역시 똑같은 모습으로 쫓겨나가는 형국이 된 것이다.
이 작품은 바이러스처럼 퍼져나가는 인간이 일으킬 수 있는 위
험을 아마존이라는 원시문명의 상징성 속에서 읽은, 문명경계의
시이다.

무거운 한 생을 베고
누웠던 사람

7월의 줄을 타고
하늘에 올라
별이 된 사람

밤마다
별 옷 갈아입고
창문 두들기며 불러주는
한밤의 오페라

검정 크레파스 색
잔디 위에 불시착한
하늘의 언어
조근조근 얘기 소리 심어 놓고

새하얀 플루메리아 꽃잎 위로
슬픈 이슬 남기고
총총히 떠나가는 하얀 별

골목길 담벼락에 얼굴 묻고
눈 가린 술래
"무궁화 꽃이 피었습니다"

그만
무궁화 꽃이 져 버렸습니다.

김희주, 「숨바꼭질」

사랑하는 임과의 사랑이 어디까지일까를 묻는 것은 종교의 영역이다. 그러나 그것이 심정의 영역에서 가능할 수 있다면, 우리는 상상 속에서, 가공의 현실 속에서, 몽환적인 꿈의 세계에서나 실현시킬 수 있을 것이다.

님과의 이별을 대상으로 한 것이 우리 시사의 커다란 주제임은 익히 알려진 일이거니와 그 대표적인 사례가 서정주의 「귀촉도」이다. 이 작품은 사별한 임을 대상으로 한 절대 사랑을 읊고 있는 시인데, 그러나 이미 돌아간 임과 시적 화자는 절대적 거리로 단절되어 있어 이 둘사이의 교융은 실상 불가능하게 처리되어 있다.

이런 단절감이 삶과 죽음을 바라보는 전통적인 방식이었다면, 「숨바꼭질」은 보다 새로운 형태의 작별이라 할 수 있다. 가신 님과 화자는 죽음을 화해할 수 없는 단절로 받아들이는 것이 아니라 현재의 삶과 지속된 것으로 사유하고 있다. 그립지만 그립지 않은 것, 슬프지만 슬프지 않은 것이 삶과 죽음을 지속적으로 연결시켜 주는 고리라는 것이다.

이 작품이 「귀촉도」만큼 단절감으로 다가오지 않는 것은 이런 소통이 있기에 가능한 것이 아니었을까.

경사진 호손 브르버드 오르는 길에서
급작스럽게 밀려오며 덮는
짙은 안개 늪에 빠졌다
익숙지 않은 길에서 만나는 난감
오도 가도 못하고 사막에 버려진 듯
하얀 세상에서 앞이 캄캄해졌다
나마저 사라져버릴 것 같은 비감에 젖어
한 가닥 불빛갈피 잡느라 머리속이 어지러웠다
세상 살아가는 일 똑같지 않은,
알 수 없는 일들에 부닥뜨릴 수 있다는 걸
어렴풋 생각한 적 있지만
이런 기막힌 일은 세상처음이다
어제까지도 보았던 나긋한 홍조의 사람들
돌변하여 매서운 눈초리 치켜세우고 노려보는
혈압 올려대는 표정이 몸서리쳐지곤 했는데
사근사근 맛나던 사과 속에 핀 곰팡이
쌉쓰레 씹히던 맛 떠올리는 눈앞에
묵직하게 걸려있는 나침반이 보인다
언제 달아놓았었나
앞길, 끄떡없이 인도해줄 굵다란 팔뚝 같다
안개를 뚫어주는 누군가의 시선, 저 소망
나, 어쩔 줄 몰라 할 때

불빛 한줄기 쏟아놓고 가느다란 팔 잡아주다니
주저앉던 삶 가볍게 넘겨주는
오, 환히 빛나는 전율

문금숙, 「나침반」

새어나오는 시 구절들의 양만큼 녹록지 않은 세상 살이를 느끼게 하는 시이다. '나'를 둘러싸는 어느 하나도 호의적이거나 투명하지 않다. 온갖 것들이 '나'를 짓눌러대고 있어 그 속에서 숨막힐 듯한 압박감에 싸여있다. 화자는 이러한 상황을 '짙은 안개늪'이라 표현하고 있다. 안타까운 것은 세상일에 관한 이와 같은 묘사가 결코 비유나 수사로 느껴지지 않는다는 점에 있다.

시는 있는 그대로의 서술이자 묘사로 풀어지고 있는 것이다. 그저 직설적인 언술들이, 그러나 더 이상의 암울하고 무거울 수 없는 표현들이 이 세상을 대상으로 한 것이라는 점은 시적 화자가 놓인 암담함을 사실적으로 드러낸다. 화자는 숨기지 않고 "이런 일은 세상 처음이다"라고 고백한다. 갈피를 잡을 수 없는 일들과 배반하는 사람들 속에서 화자는 "나 마저 사라질 것 같은" 위기감을 토로한다. '나침반'은 화자가 처한 암담함에 드리워진 구원의 손길을 상징한다. 그것은 강한 밧줄처럼 '묵직하게 걸려있'다. 그것은 '나'를 '인도해줄 굵다란 팔뚝 같'고 '안개를 뚫어주는 불빛 한줄기'이다. 이러한 묘사는 화자에게 '나침반'이 어느 정도의 진정성을 지니는지 암시해준다. '나침반'으로 인한 화자의 구원의 심정은 매우 선명해서 화자는 "주저앉던 삶 가볍게 넘겨주는/환히 빛나는 전율"이라고까지 말한다.

시는 그 구원이 무엇인지 구체적으로 말하고 있지 않다. '나침반'의 구원이 '나'의 처지를 어떻게 달라지게 할지 언급해 주고 있지 않다. 우리는 시인의 암담함이 무엇에서 비롯되었는지도 짐작하기 힘들다. 시는 그것이 '무엇인지'보다는 그것이 '어느정도인지'에 초점을 두고 있으며 그 점에서 시의 형상화는 효과적으로 이루어져 있다 말할 수 있다. 우리는 '암담함'의 무게에 충분히 우울해지고 있으며 '나침반'의 구원의 힘에서 밝은 희망의 이미지를 만날 수 있기 때문이다.

홀로 버틸 수 없어
의지가지 마음 섞고
다소곳 영육을 끌어안으며
살아야 할
人이지요

윗동네 아랫동네
영역을 이웃하고
살 비비며 살아가는
손
발이 듯이요

윗마을이 기분상하면
아랫마을도
아픈 불씨가 움트고
아랫동네에 기쁨이 솟으면
윗동네도

초롱초롱한 소망이 돋지요


사방
얼락녹을락 없이는
세상살이 살맛 궁하고
물이 역류 못하니
웃물이 애지중지해야
아랫물이 맑지요


人
당신과 나의 웃돌기로
참만을 엮어
직시한 현실에 순응하며
우주 보다 넓은
인성을 닦아야 지요

박송희, 「참사람(人)」

박송희 시인의 시는 커다란 프레임이다. 그것은 자연을 담아내고 풍경을 담아내고 인간을 담아낸다. 그녀의 시적 대상의 범위는 자연과 인간을 아우르는 전체적 규모의 그것이다. 그녀의 시는 우리가 살아가는 세계 및 그 너머의 세계를 모두 담고자 한다. 시인의 시적 대상은 곧 우주이다. 거대한 우주 앞에서 그녀는 모나게 날을 세우거나 이기려고 하며 살지 않는다.

그녀는 가장 겸허하게 순응하고 가장 둥글게 조화하며 살고자 한다. 세상을 살아가는 그녀의 태도가 그러하므로 시인의 시선

안에 들어오는 모든 대상은 사랑스럽기 그지없다. 세상의 모든 대상은 그녀의 시선 안에서 자신들의 자유로운 몸짓을 보여주고 자신들의 매력을 한껏 발산한다. 그리고 그러한 대상들을 따뜻하고 넉넉한 시선으로 바라보는 시인은 대상들의 눈높이에서 그들과 대화하게 된다. 시인의 대상과의 관계가 그처럼 수평적이고 대등한 것처럼 그의 인간 '人'을 해석하는 관점 또한 그 연장선상에 있다.

시인은 '사람'이란 존재가 누가 누구를 지배하거나 우월하기 위해 생긴 것이 아님을 분명히 말한다. 시인에게 '人'은 '홀로 버틸 수' 있는 존재가 아니고 '의지가지 마음섞고' 살아야 하는 존재이다. '人'은 '윗동네 아랫동네/영역을 이웃하고/살 비비며 살아가는' 존재, '윗마을이 기분상하면/ 아랫마을도' 기분상하고, '아랫동네에 기쁨이 솟으면/ 윗동네도' 기쁜 서로 동일자에 속하는 존재인 것이다. 시인은 '人'이란 자연과 인간, 우주와 인간이 그러한 것처럼 서로 대등하고 존중해야 하는 관계라고 주장하거니와 그에 의하면 그것이야말로 '참사람(人)'에 해당한다.

> 여인들 돌아 와 돌문 앞에 서
> 그 사흘 전에 있었던
> 일들 새기고 있습니다
> 앉은뱅이가 서고 장님이 눈 뜨며
> 죽었던 사람 살아난
> 기적을 기다립니다
>
> 피와 물로 적신 십자가의

아픔도 슬픔도 그 억울함도
들어내지 않은 마지막 얼굴

몰려오던 구름 천둥 번개에
해가 빛을 잃고 세상 어둠에 잠겨
땅이 갈라지며 고개 숙여 가신 길

그 사흘 뒤 어둠과 죽음의 그늘 벗기고
빛으로 온 누리 채우며 되돌아 오신
진리와 생명의 길 끝없이 뻗어있습니다
사월을 딛고 오시는 숨결
산에도 들에도 가득합니다

결코 숨길 수 없는
신비를 안고 부활하신
그 사흘 뒤의 승리

온 정성 다해 불을 밝힙니다
어둠 사르며 찾아오시는
님을 맞으렵니다

석정희, 「그 사흘 뒤」

　　부활절을 맞이하여 예수님을 기리며 쓴 종교시에 해당한다. 예수님의 희생정신 및 신비로운 부활에 관한 화자의 믿음이 고스란히 느껴지고 있다. 제목이 된 '그 사흘 뒤'는 십자가에 못 박히

신 후 '사흘 뒤'에 살아나셨다고 하는 성서의 신화에서 비롯된 것이다. 시인은 크리스찬답게 '사흘 뒤'에 도래한 새로운 세상에 대해 아름답게 묘사하고 있다. 예수님의 부활에 의해 세상은 '어둠과 죽음의 그늘 벗기고/빛으로 온 누리 채'워졌으며 '진리와 생명의 길 끝없이 뻗'게 되었다. 부활에 의해 예수님의 '숨결 산에도 들에도 가득'하게 되었다. 화자에게 세상은 빛과 생명으로 가득찬 황홀한 대상에 속한다. 화자에게 세상은 신비한 기적까지도 숨기고 있는 낙관적인 세계에 속한다.

이처럼 예수님의 부활은 시인의 세계관을 형성하게 되었다. 예수님의 부활은 시인으로 하여금 세상을 부정적이고 어둡게 보는 것이 아니라 긍정적이고 아름답게 보도록 하였다. 시인에게 세상은 희망과 기쁨으로 가득차 있는 것이다. 시인에게 이러한 긍정적이고 낙관적인 세계관이 내재되어 있는 까닭에 화자가 말하듯 '온 정성 다해 불을 밝히'며 '어둠 사르며 찾아오시는/ 님을 맞'이하는 일, 마음을 다해 대상을 섬길 수 있는 태도를 가능케 하는 것이리라.

이제는
컴퓨터로 간단하게
소식을 보내기도 받기도 하는 세상
우체국에 갈 일도
우표를 붙일 일도 별로 없는
얼마나 쉽고 편한 세상인가

그래도 나는

왠지
자판 눌러 순식간에 보내는 소식 대신
손으로 쓰는 편지를 쓰고 싶어

가끔 정갈한 편지지에
내 마음도 함께 담아
그리운 이들에게 편지를 쓰고 싶어

빠르고 편한 세상
그래도 나는
왠지
천천히 살고 싶어

내 편지 우체부의 손에 들려 가는 동안
나의 서툰 사랑도 알맞게 익어
누군가에게 전해지게 하고 싶어

무심했던 마음도 미안하다
달래어 주고
삶의 모퉁이에 베인 상처도
가만히 싸메 주는
한 장의 편지가 되고 싶어

이름 석자 쓰인 봉투에 우표를 붙이면
벌써 내 마음엔 노란 등이 켜지고

나의 하루 덩달아 설레어지는

손으로 쓰는 편지


가끔은

딱히 갈 곳도

기다려 줄 이도 없는

누군가의 퇴근길에

내 편지 먼저 도착하여

그를 기다려 줄 수 있다면 좋겠어

송연호, 「손으로 쓴 편지」


　문명의 발달로 편리해져만 가는 세상이지만 다른 한편으로 그 속에서 우리는 많은 것을 잃어가며 산다. 과거엔 소중했던 것들인데 어느 순간부터 아무것도 아닌 것이 되어버리는 경험을 우리는 너무도 많이 한다. 더욱이 현대화가 가속될수록 변화된 세계에 놀라는 일도 더욱 빈번해졌다. 어차피 세상은 거꾸로 돌지 않고 변화되는 세상을 따르지 않는다면 낙오자라 낙인찍히지만 그래도 인간다운 것은 무엇이고 인간이 잃어서는 안 되는 것은 무엇인지에 대해 무심해서도 안 될 일이다.

　인간이 존재하는 한 물질 문명이 중심이 되기보다는 인간 자신, 인간성과 그의 존엄성이 중심이 되어야 하기 때문이다. 누군가 이러한 소중한 것들을 지키려는 역할을 해 주지 않는다면 문화적 유산은 보존되지도 전승되지도 못할 것임은 자명하다. 컴퓨터와 인터넷의 발달 속에서 시인이 결핍으로 느낀 것은 '인간의 마음'이다. 펜으로 직접 쓰고 우체국으로 가서 편지를 부치던 과거와 달리 오늘날의 전자 메일에는 인간다운 '마음'이 결여되어 있다고 시인은 말한다. '편지지'를 고르는 데서부터 지웠다 썼다를 반복하며 글을 쓰고 그것을 밀봉하여 우체통에 넣기까지, 그리고 그것이 상대방에게 언제 어떻게 전달될까를 염려하는 데에는 헤아릴 수 없는 많은 정성과 사랑이 담긴다는 것이다.

편지 한 통을 부치면서 누구든 설레임으로 경험했을 이러한 기억에 비하면 전자메일은 신속하고 간단하고 차갑다. 그것은 여운도 감동도 가지고 있지 않다. 대개 문명의 발달이 속도로 규정되는 것이므로, 시인은 이에 거스르는 일, 느리게 사는 일의 의미를 되새기고 있다. 빠름에 비해 느림은 불편할지 몰라도 거기엔 정성이 자라고 사랑이 무르익을 수 있다는 것이다.

빛 좋은 오후
옷장과 서랍장 곳곳
가득해진 물기
가볍게 하고 싶어
방습제를 바꾸었어

눅눅함 덜어 보송하게
온 섬유들이 제 결을 세우고
본래의 순수함 찾길 바래
아로마와 레몬향 가득 채웠지

그러며
내 삶의 구석구석에도 가득찬

물기를 보았어

움켜쥐고 숨겨 축축해진 욕심들
흔적 없이 맑게 건조시켜
가볍게 비워내자고
새롭게
레몬향과 허브향 넉넉히 담아

나도
은은하고 청청해지고 싶었어
빛 좋은 오후에.

심수연, 「방습제를 바꾸며」

'빛 좋은 오후'라는 제목의 청량감만큼이나 다사롭고 화창한 느낌을 주는 시이다. 이 시는 우리 모두가 가장 편안한 행복감을 느끼게 되는 순간에 쓰여졌음을 알 수 있다. 새삼 시는 불행과 상처와 아픔을 위무하기 위해서 쓰여지면서도 다른 한 편 행복과 평온, 충만의 순간에 창작되는 것임을 확인하게 된다. 시인은 오후의 햇살이 주는 가장 황홀하고 아름다운 감각에 의해 시를 쓴다. 그러한 감각에 따라 누추하고 눅눅해진 삶을 가꾸고 싶어 하는 것이다.

시인은 청아한 햇살에 비해 우리들의 삶이 얼마나 무겁고 축축하며 어두운지 환기시킨다. '은은하고 청청한' 햇살에 비해 우리의 삶이 얼마나 욕심으로 추하고 더럽게 오염되었는지 강조한다. 그러한 삶을 사는 인간은 얼마나 애처롭고 불행한 존재인가.

　이러한 관점에 서면 '빛 좋은 오후'의 '햇살'은 우리에게 오염된 모습을 반추하게 하는 계기가 되는 것이자 동시에 우리에게 행복의 감각을 되찾게 해주는 근거가 된다. '햇살'은 우리가 순수성과 행복감을 회복하게 하는 절대적 바로미터가 된다는 것이다. '빛 좋은 오후'의 햇살을 통해 시인은 황홀함의 시적인 순간을 포착하고 또한 이를 형상화하고 있거니와 우리는 이러한 시인의 감각에 의해 '레몬향과 허브향' 같은 삶의 청량감을 맛보게 된다.

　　나, 그대를 꿈 꾸는 한 방황하리라

　　산을 만나는 길의 거리 만큼
　　물을 만나는 뿌리의 깊이 만큼

　　거리를 빠져 나온 바람 몇 개
　　깃들지 않은 새처럼 날아가고
　　고향을 등지며 멀어져 가던 그대

　　연약한 것에도 가시가 있어 상처를 준다
　　지는 해와 떨어지는 꽃잎
　　또한 그대 뒷 모습…
　　아파서 흘리는 피, 눈물

　　낮 동안 보이는 바다의 그 많은 눈물로
　　밤마다 들리는 산의 그 무거운 침묵으로

나, 그대를 생각하는 한 죄인이리라

안경라, 「상사화」

　여성화자의 '님'을 향한 불안하고 애잔한 마음이 섬세하게 형상화되어 있는 시이다. '사랑'의 순간 인간이 겪는 외로움과 그리움을 시인은 자연의 소재에 기대어 잔잔하게 그려내고 있다. 특히 '산을 만나는 길의 거리', '물을 만나는 뿌리의 깊이'는 대상을 향한 마음의 간절함을 생생하게 전달하는 살아있는 표현이다.

　「상사화」를 읽으면서 우리는 '사랑'이 시적 화자에게 안겨 주는 비일상화된 상황들, '방황'의 느낌, '죄인'의 느낌들을 떠올리게 된다. 그것은 일상으로부터 벗어나 있는 감정들이며 어쩌면 이성적으로 쉽게 용납되지 않는 감정일 수도 있을 것이다. 그러나 그러한 감정들은 바로 그러하기 때문에 의미 있을 수 있다. 일상화되어 있지 않은 방황이나 슬픔, 일상화되어 있지 않는 그리움들은 인간으로 하여금 부재하는 것을 상상하게 하고 지금이 아닌 모습을 꿈꾸게 하기 때문이다.

　그러한 것들은 지금의 모습이 지닌 결여와 부조리를 확인하게 하고 이를 반성하게 한다. 말하자면 그것들은 일상의 여백과 같은 것으로써 우리로 하여금 일상으로부터 숨돌리게 하여 결국 더 나은 미래로 나아가게 하는 바탕으로 작용한다.

바람은 숨어버렸고
하늘은 졸고 있다
한숨 다독이는 짧고 긴 그림자
한자리에 앉아 있는

매일의 풍경은
적막한 한 장의 사진이다

삶은 아직도
다하지 못한 이야기로 남아 있는데
우리의 발가벗었던 알몸
어디쯤에
슬픈 표본이 되어 걸려 있을까

거꾸로 매달린
붉은 장미 그 자리에 있는데
아무런 언약 남기지 않고 떠난
나의 소녀야
지금도 불확실한 울음 터뜨리고 있느냐

어느 날
입덧처럼 보채던 내 사랑
발뒤꿈치 들고
슬며시 다가오면
타다 남은 그리움
별빛에 씻어질 수 있을까

안주옥, 「우수」

매일매일 반복되는 나날 가운데서 어느 한 순간이라도 시를
생각한다면 그것은 어디에서 비롯되는 욕구일까? 시인들마다 다

양한 욕구와 근거에서 시를 쓰게 되겠지만 안주옥 시인의 욕망은 정갈함에 닿아 있다. 즉 순수함과 정화됨에 대한 욕구가 그의 시를 추동하고 있다. 그것은 근원을 알 수 없는, 그러나 아련한 그리움과 기억으로 남아있는 어느 원형적 상황에서 비롯되는 것이며, 또 그것을 통해 지켜지는 것이다.

시에서의 '슬픈 표본'이 되어 있는 '우리의 벌거벗었던 알몸', '그 자리에 남아 있는' '붉은 장미' 등이 시인의 기억 속에 새겨져 있는 근원적 지향을 말해주고 있다. 또한 그것은 '별빛'과 만남으로써 순수와 정화에의 욕구를 형상화한다. 시적 화자는 이것을 향한 열망으로 인해 '소녀'같은 마음으로 '지금도 불확실한 울음 터뜨리고 있'다. 이는 근원을 향한 화자의 욕망의 간절함을 표현한다. 일상을 살아가는 인간에게 이들 원형적 이미지들은 평범한 생을 정화시키는 근원이자 적막한 생활에 활기를 주는 통로가 된다.

> 오래 전부터
> 몸에 맞는 손거울 하나 갖고 싶었지요
> 내 속을 볼 수 있는 명경 알 말입니다
> 평소에는 없다가도 필요할 때 생긴다는
> 무량대복을 누리고 싶었지요
> 없다는 생각이 늘 없으면 합니다
> 우주 삼라만상이 다 마음의
> 그림자라고 하네요
> 그림자 짧은 정오 한 가운데에
> 낯선 이가 똑바로 서 있는 게 보입니다

손거울

무량대복

삼라만상

그림자

다 끊을 수 있다면...


손거울 들여다보는데

누군가 피식 웃고 있습니다

오문강, 「손거울」


본질과 현상, 본래적 자아와 허상적 자아는 어떻게 다르고 어디에서부터 분리되는 것일까? 사유를 할 수 있고부터 인간에겐 늘 현상 너머의, 허상을 벗어버린 본래의 '나'를 발견하고자 하는 의지가 자리를 잡기 시작했던 것이 아닐까? 그것이 종교를 만들고 철학을 만들고 문학을 만들었으리라. 시인은 '손거울, 무량대복, 삼라만상, 그림자' 모두를 '끊'고자 함으로써 이러한 인간의 본래적 욕망을 표현하고 있다.

그렇다면 진정 이 모든 눈에 보이는 세계, 변화하는 사물들이 모두 허상에 속하는 것일까? 전혀 변화도 없으며 색도 형체도 없고 욕구도 감정도 없는 것이 진정한 본질이자 자아일까? 이에 시인은 '내 속을 볼 수 있는 명경 알'이라는 이미지를 만들고 있다. 물론 시에서 이것은 '평소에는 없다가도 생긴다는 무량대복'을 가져오는 것쯤으로 설명되고 있지만, 그 본질적 의미는 '자아'를 들여다보는 '거울'에 해당하는 것으로 보인다. '내 속을 볼 수 있는 명경 알'은 '나'의 변화하는 모습, 갈등하고 번뇌하는 모습,

때로 갈팡질팡하고 변덕스런 모습 등을 속속들이 보여주는 '거울'에 해당한다. '거울'이 그러하므로 우리는 그러한 불확실한 자아의 모습을 떨쳐내고 온전히 고요하고 온전히 정당한 모습을 발견해낼 수 있으리라. 「손거울」은 우리에게 본래적 자아를 찾아가는 하나의 방법과 루트를 암시해 주고 있다.

버클리 바닷가에서 언덕 쪽으로 오 분 거리
책을 읽거나 아니면 그냥 지나가는 사람들의 표정을 읽으며
두어 시간 머리 식히기 좋은 애쉬비스트리트가 있다
십년 넘게 이 거리에서 산다는 폴
자 자른 살림 도구를 몽땅 카트에 실어 옆에 놓고
따뜻한 거실인양 땅바닥에 편안히 앉아있다
꽃나무들은 이 거리만큼이나 나이 먹어
지붕 위로 꽃구름을 피우고
햇빛은 나무 잎에 앉았다가 순하게 떨어진다.

가끔 바다 안개가 무거운 몸짓으로 떠날 줄 모르는 날
그런 날이면 패트리시카 라는 러시아 식당으로 들어가서
보슈   한 그릇으로 몸을 녹일 일이다
그래도 몸이 녹지 않으면 보드카 한잔을시켜
창가 쪽으로 자리를 옮겨 거리를 내다볼 일이다

어제 휴가에서 돌아와 오늘은 오버타임을 해야 한다는 폴
동냥 바구니가 제할 일을 제대로 못하면
Good-morning , Good-afternoon 연신 싱글거리며

거리도 쓸어보고 떨어진 종이도 줍는다.

그러다가 누군가 건네준 5불짜리 지폐는

동냥 바구니에서 폴의 자존심인양 얼굴을 든다

그의 입에서 비틀즈 노래가 줄줄이 매달린다.

항상 반음이 쳐지는 그의 노래

그 가락은 지나가는 행인들의 입으로옮겨 간다

유봉희, 「에쉬비 스트리트」

특별할 것도 새로울 것도 대단할 것도 없는 일상의 한 단편에서 시적인 순간, 시적인 장면을 뽑아내는 것이야말로 시인의 재능이자 시인이 존재하는 이유가 될 것이다. 「애쉬비 스트리트」라는 그저 평범한 거리의 하나를 끌어내어 그것을 시적인 장소이자 거리로 만드는 힘이 시인의 시속에 살아 숨쉬고 있다. 시인은 먼저 아무도 관심을 갖지 않는, 오히려 낙오자라고 외면하는 인물 '폴'에게 시선을 두고 있다.

그리고 시인은 그의 지나간 삶을 복원하여 그의 실존과 내면을 살려낸다. 시인을 통해 그는 단순한 '거지'로부터 '자 자른 살림 도구를 몽땅 카트에 실어' 집을 '버린', 그리고 거리 전체를 '자기 집'으로 삼은 특별한 자아로 새로이 창조된다. 시를 통해 '폴'은 형편없는 '거지'가 아닌 인생을 자기 나름의 개성으로 살아가는 특수한 실존으로 거듭나는 것이다. 그것은 현실이야 어떻든 시가 만들어 내는 새로운 세계가 아닐 수 없다.

또한 시가 만들어내는 시적인 상황이라 할 수 있다. '바다 안개'가 '무거운 날', '패트리시카'라는 러시아 식당을 찾는 '폴'을 상상해 보자. 그리고 '보슈'이나 '보드카 한 잔'을 청하는 '폴'을 상상하는 데 이르면 시가 전하는 인생의 단면을 성찰하게 된다.
「애쉬비 스트리트」는 인생이 담고 있는 허무와 고독, 그리고 따
뜻함과 아늑함을 은은하게 형상화하고 있다.

네거리
달리던 차를 급히 멈추자
과거의 무게에 눌려버린다

어렸을 적
용하다는 노파에게 받았다던
할머니 손에 든 종이 한 장

어느 날
베게 깊숙한 곳
붉은 그림이 그려진 작은 보물지도를 발견했고
시간이 지나서야 알게 되었다
액운을 피하는 부적이라는 것

내 앞을 가로막은 스톱사인
오래전 그것과 모양이 흡사하다
더 이상 할머니와 보물지도는 곁에 없다
그런데도, 나는 주술이라는 과거의 마법에 걸린 것처럼
꼼짝없이 그 자리에 서 버렸다

윤진모, 「네거리」

　스쳐지나가는 찰나의 시간 속에서 생이 담고 있는 비극과 무게를 통찰해내는 윤진모 시인의 시들은 흔히 우리가 겪는 일상들이 실은 얼마나 폭력적이고 위험한가를 잘 말해주고 있다. 표면적으로 볼 때야 늘상 있는 일이고 누구한테든 있어나는 일들이지만 그러나 그것을 직접 겪는 사람이나, 그것을 겪는 순간의 충격은 인간의 전부를 뒤흔드는 위력을 지니고 있는 것이리라.

　그것들은 가히 사건이라 할 만한 것들이다. 그만큼 인간의 일상들은 폭력과 충격과 위험과 비극으로 싸매여 있는 것이 아닐 수 없다. 그런데도 우리는 인간의 일상에 도사리고 있는 그 충격의 요인들을 모두 알지 못한다. 그렇기 때문에 무덤덤할 수 있는 것이고 또 그렇기 때문에 예측 없이 당하는 것일 터이다. 물론 인간의 제한된 지력으로 이들을 속속들이 아는 것은 불가능할 것이다.

　그러나 성찰의 노력을 기울인다면, 나의 현재와 과거와 미래를, 나와 주변과 이웃과 인간들을 성찰한다면 어떠할까? 우리는 보다 나 자신에 대해, 나를 둘러싼 조건과 일어날 일들에 대해 이해하고 예측하며 살 수 있지 않을까? 우리는 우리 주위의 폭력에 대해 보다 깊이 이해하게되고 이를 경계하며 살 수 있게 되지 않을까? '스탑' 사인에서 어린날의 '부적'을 떠올리고 순간 겪었던 충격의 무게를 헤아리는 시인의 날카로운 통찰력이 돋보인다.

> 당신을 만날 확신이 서지 않았다면 무엇 때문에
> 위험한 구름다리를 건너려 결심 했겠어요
> 저를 두고 피근피근 하다고 수군거렸지만
> 성마르게 앉아 있는 것 보담 나서는 편이

속 편하다는 어리뜩한 저를 꺽지는 못했습니다


구명줄을 잡고 왜장치는 강물을 내려다보며

걸음마를 배우는 어린아이 같이

엉금엉금 발에만 눈 주고 한 번 옮기는데 천년이

걸린 듯

이끼 낀 나무바닥이 미끌 또 미끌

무게의 파장이 가라앉을 때까지 하염없이 눈물이 핑 돌며

불쌍하다는 그런 생각이 왜 저를 지배할까요

혹여 당신이 이 꼴 보셨드라면

부리나케 달려오셔서 숫기 없는 잔 부끄럼으로 미적거리는

저를 등에 업고

여겨듣지 않는 두 손으로 목을 돌려 꽉지끼라고 명하시고

엄부력거리지 않는다고 통바리나 맞으면서

구름다리를 쏜살 같이 건넜을 것입니다


잊었을지 몰라도 휘영청 밝은 밤 먼데서 누구냐라는 반문은

마치 누구였으면 하는 간절한 떨림이 즉각적

짜릿한 전률로 전달되어 모기만한 제 이름이 튀어

도착되기도 전에 영탄조의 감격이 동시에 일어났다는 두근거림으로

잠못 이룬 밤이 있었읍니다

당신이 곁 비시니 옆시름여김당하는 일이

보통이 아닙니다

흔들려도 그렇게 흔들어되었을성 싶었던 구름다리는

당신을 닮아 여낙낙 순한 양이 되었을 것입니다

> 저너머 당신은 사라지고 적막만 남았습니다
>
> 윤휘윤, 「구름다리」

여성화자의 음성을 통해 여성의 세심하고 여린 심리를 리얼하게 그려내고 있는 시이다. 시의 구절구절들이 여성 화자가 아니면 할 수 없을 만큼 생생하다. '님'을 그리워하고 의지하는 마음, '님'의 존재를 형상화하는 솜씨, 부재하는 '님'을 아쉬워하는 외로운 심정들이 때로는 잔잔하게 때로는 솔직하게 표현되고 있다. 그 속에서 시인은 우리에게 '님'을 향한 사랑의 마음을 드러내지 못하고 수줍게 웅크리고 있는 여성이라기보다 스스로 '님'을 찾아나서고, '님'의 부재 앞에 '눈물' 글썽이고, '님'이 없어 겪는 '서러움'이 크다고 숨기지 않고 있는 그대로 드러내는 시원스럽고 솔직한 여성, 적극적이고 강한 새로운 여성을 탄생시킨다.

'구름다리'는 이러한 여성이 '님'을 향해 나아가는 위태롭고도 확고한 매개임을 형상화하는 이미지이다. '구름다리'는 '당신을 만날 확신'을 주는 다리이자 '구명줄'에 해당되었던 것이다. 물론 '걸음마를 배우는 어린아이'처럼 되도록 '흔들려도 그렇게 흔들어되었을 성싶은' 위험한 통로이기도 하였다. 시인은 이러한 '구름다리'를 건너는 적극적 여성을 통해 '님'을 향한 여인의 마음의 깊이를 잘 표현하고 있다. 그러나 화자가 그토록 다가가려 하지만 '저너머 당신은 사라지고 적막만 남았다'는 마지막 구절이 우리에게 끝끝내 안타까움을 남긴다.

> 젊음과 희망
> 헐겁게 새어나가고

파장만 남기며 흘러내리는
까슬까슬한 시간들

섣부르게 끝난 축제 뒤의 고요 같은
허무 쌓이는 소리
머리카락 빠지는 소리처럼
서늘한 소리

생의 끝자락에 매달린 시간은
왜 이리 가볍고 적막한가

추억으로 가는 길마저 막힐 것 같은 날
빠져나간 세월의 두께
존재와 소멸의 함량에 대해 생각하며
함부로 빠져나가지 못하도록
남은 시간들을 살찌우고 싶다

장효정, 「모래시계」

우리가 매일 겪는 경험들이지만 딱히 무어라 표현할 수 없는 것들을 포착해내는 감각이 뛰어난 시인이다. 우리의 생에서 흔적 없이 사라지는 것들, 추상적인 관념들, 공허하고 나른하기만 한 정서들은 시인의 손끝에서 명쾌하고 구체적인 형상화의 옷을 입는다. 시인은 이들 흐릿하고 연약해서 시간의 물살속에 그저 무심히 쓸려내려가는 것들을 분명하게 붙잡아 이름을 부여하고 아름답게 채색해낸다.

'젊음과 희망 헐겁게 새어나가고'라는 표현은 얼마나 우리의 공감을 자아내는가? '파장만 남기며 흘러내리는 까슬까슬한 시간들'은 우리가 느끼는 '시간'을 얼마나 리얼하게 표현하고 있는가? '머리카락 빠지는 소리처럼 서늘한 소리'에서 우리는 너무도 속절없는 인생의 무상함과 시간의 허무감을 느끼게 된다.

이러한 예민하고 구체적인 감각이 있어서일까? 아무것도 아닌 것들 속에서 아름다움을 창출하는 시인의 능력은 우리에게 새삼 예술의 의미를 상기시킨다. 그것은 가령 「벽화그리기」에 그려져 있듯 '누추한 기억들 살살 긁어내고 파스텔 톤으로 엷게 입히는' 시인의 행위, '욕심과 근심으로 살아온 날들 갈피갈피 펴서 순응의 미소를 덧대는' 시인의 태도와 관련되는 것이 아닐까?

> 겨울밤이면
> 후레쉬와 장갑을 챙기며
> 해 지기를 기다리던 삼촌
> 밤이면 나를 따돌리고 없어졌다
> 삼촌은 후레쉬로 지붕 밑을 비추더니
> 팔을 쑥 집어 넣었다
> 짹짹짹 소리가 났다
> 삼촌의 군복 주머니로
> 여린 참새의 깃털이 보였다
> 프레임 없이
> 성큼 내안으로 들어오던
> 풍경 가슴이 아파 밤새 흐느꼈다
> 평온한 일상들이

아버지 해장술 안주로 등장하던

어제

눈부시던 날들을 두고

아버지는 세월의 거리를 좁히지도 못한 채

빛의 잔영(殘影)만 두고 갔다

전광희, 「막내 삼촌」

유년의 추억 속에 늘 함께 하는 가족으로 있던 인물들은 언제나 우리에게 아련한 그리움을 남긴다. 할머니나 할아버지, 삼촌이나 고모, 사촌들. 그들은 함께 하면서도 인생의 한시적인 시간만을 공유한다는 점에서 더 큰 아쉬움과 허전함을 주는 존재들이라 할 수 있다.

화자는 어린 날 함께 놀아주던 '삼촌'의 존재를 그리움과 서글픔으로 떠올리고 있다. 특히 '삼촌'이 차지하고 있는 기억의 큰 부분은 '프레임 없이 성큼 내안으로 들어오던'이라는 표현으로 묘사되고 있음을 알 수 있다. 유년의 기억들이 그립고도 아프게 다가오는 것은 현재가 과거보다 따뜻하지 못해서일 것이다. 현재가 과거보다 가득하고 온전하지 못해서일 것이다. 과거의 귀퉁이가 뜯어져 나가 지금은 부재함으로 누덕누덕해져서일 것이다. 때문에 과거의 기억은, 유년의 추억은 아름답고 그리우며, 그것을 추억하는 오늘은 가슴 저리고 시리다.

한편 시는 갑작스런 반전을 지니고 있다. 함께 '삼촌'을 추억하던 '아버지'가 '어제' 갑작스럽게 '빛의 잔영만 두고 가'신 것이다. 이로써 '아버지' 역시 과거의 인물이 되고 마는 순간이다. 시인은 이때의 충격을 고스란히 말하기보다 여운으로만 처리하고 있다.

그러나 우리는 '아버지'가 화자의 기억 속에서 얼마나 큰 상처와 아픔으로 떠올려질 것인지 너무도 잘 알고 있다. 사랑하는 이들이 사라진 지금에 비해 그들과 함께 하던 시간들은 충만하고 행복한 시간이며 '눈부시던 날들'이기 때문이다.

> 매운 서리 내리고
>
> 등 돌리고 자다가도
> 한기에
> 몸을 떠는 넝쿨손이
> 따뜻한 담장을 넘네
> 소리도 없이
>
> 전생에
> 그녀는 담쟁이었나봐

전희진, 「부부」

「부부」는 부부 사이의 정을 재미있게 그리고 있는 시이다. 흔히 '칼로 물베기'라고 표현되는 '부부싸움'. 등돌리며 냉랭하다가도 또 마주하면 남이라 할 수 없는 부부사이는 위의 시에 있는 그대로 형상화되어 있다. '매운 서리 내리고/ 등 돌리고 자다가도' '따뜻한 담장을 넘'는 것이 부부사이인 것이다.

서운한 마음에 제 아무리 날을 세워도 한 이부자리에서 자다 보면 넝쿨처럼 엉겨 붙는 부부에게 싸움이라는 말 자체가 성립되지 않는지도 모르겠다. 잠들어 의식 없는 통에 팔다리 하나씩 걸쳐져 있는 모습을 바라보며 의식과 의식이 만들어낸 갈등과 싸움이란 것이 한낱 부질없는 순간적 해프닝처럼 여겨지기도 할 터이다. 잠시의 미움과 갈등으로 으르렁대던 인간의 의식이란 것이 참으로 얄궂게도 느껴질 수 있겠다. 그만큼 인간의 정이라는 것이 의식이나 생각을 넘어서는 것이리라.

정(情)이란 인간들의 의식이나 주장을 초월하는 것으로써 본능으로 끌리고 마음으로 통하고 감정으로 하나가 되는 것이 아닐까? 시인은 '담쟁이'라는 재미있는 이미지로써 인간과 인간 사이를 엮는 정(情)의 끈끈함을 노래하고 있다. 시인의 표현대로 '정'은 '넝쿨손'처럼 '소리도 없이' 부부사이를 넘나들며 서늘한 인간과 인간 사이의 간격을 '따뜻하게' 무화한다.

> 밥그릇 사이에 저 바다가 있다
> 매일 생사를 걸고 헤엄쳐 가야하는,
> 그곳에 무사히 닿고 싶다
> 오늘도 누군가 밥그릇 싸움을 걸어온다면
> 내 몸은 피 터지는 전쟁터가 될 것이다
> 아무도 빼앗아갈 수 없는, 빼앗길 수 없는
> 영원한 내 밥섬
>
> 이제인, 「밥섬」

'밥'이 과연 시편들의 주제가 될 수 있을까? '밥'의 어느 부분에서 시적인 무엇을 찾아낼 수 있을까? 그러나 이제인 시인이 노래하는 '밥'이란 것이 생을 표현하는 가장 밀접하고 직접적인 매개가 된다는 관점에 서면 '밥시편'이야말로 시의 가장 중요한 주제가 될 수 있다. '밥'은 인간이 생을 영위해 가는 데 있어 가장 핵심적이고 본질적인 부분에 속하는 것이 아닐 수 없다.

따라서 '밥'을 다루는 시란 가장 현실적인 시이자 가장 리얼리즘적 시라 할 수 있다. 실제로 「밥섬」은 생존의 장에서 치열하게 살아가야 하는 인간의 투쟁적인 조건을 다루고 있다. 자신의 '밥그릇'을 지키기 위해 벌이는 인간들의 생존 경쟁, '밥그릇'을 두고 인간들 사이에서 벌이는 전쟁과 같은 대결을 이 시는 묘사하고 있는 것이다. 그러한 생존 조건 속에서 화자는 '밥그릇'을 위해 '매일 생사를 걸고 헤엄쳐 가야 한다'고 말한다.

'누군가 밥그릇 싸움을 걸어오면' 결코 '빼앗길 수 없는 싸움'을 하리라 고백하고 있다. 비극적이고 각박하게 느껴지지만 이는 누구든 인정해야 하는 생의 조건이 아닐 수 없다. 어쩌면 멋지고 우아하게 포장되어 있지만 모든 장식과 꾸밈을 벗겨냈을 때 가장 냉정하게 부딪혀야 하는 삶의 본질도 이것이 아닐까. 시인이 말하는바 '영원한 내 밥섬'이라는 표현은 이러한 신산스럽고도 까칠한 인간 삶의 본질적 실상을 가리키고 있다.

길가는 고양이에게
어디를 가고 있냐고 물어보았다

아찔한 팜므 파탈의 도발적 시선으로
응답을 자른 고양이는
긴 꼬리를 담 너머로 감춘다

이미 아주 먼 옛날로부터 굴절돼버린

한 때는 고혹蠱惑)으로 빛났을
저 눈 흘김


수천 번의 공중나비로
내려앉고 싶은 곳에 사뿐히 내려앉은
흰자위 같은 눈발처럼
저 담을 자유롭게 넘어설 수 있을까


이렇게 아플 바엔
차라리 죽는 게 나아 하던 때도
발 동동 구르며
어떻게 할 수가 없는 거야 하던 때도


내 의식이 오로지
부정문만 쓰고 있었다면
어찌 죽음의 맛을
간만 보고 말았을 것인가


찰라 조차 두려움을 앓는 병실에서
지금은 열중쉬어
버티는데 까진 버티고 살아봐야
그 맛을 제대로 알 수 있다고


박제당한 시간
저렇듯 폼 나게

창문 밖을 걸어 나가고 있다

이주희, 「병실에서」

병실에 누워 있으면서 겪는 심정과 '고양이'의 이미지를 대비시키면서 인간이 지닌 한계에 대해 사유하게 하는 시이다. 새삼 '고양이'가 지닌 야생의 이미지, 자유의 이미지에 대해 떠올리게 된다. 모든 것을 지닌 듯 여왕처럼 취하는 '고양이'의 도도하고 우아한 자태는 병으로 억류되어 있는 자아에겐 죽음을 초월한 세계의 현시로 다가왔을 것이다.

'고양이'를 통해 화자는 병자로서의 한계를 느끼는 데서 그치는 것이 아니라 그것을 넘어선 또 다른 세계, 생명 에너지로 충만되어 있는 세계를 꿈꾸게 된다. '고양이'의 날렵한 이미지는 화자로 하여금 야생의 에너지를 동경케 하고 그곳으로 화자를 유도한다. 화자는 '고양이'의 야생성에 의해 '병'과 '죽음'을 극복고자 하는 의지를 지니게 되는 것이다. '버티는데 까진 버티고 살아봐야' 한다는 다짐은 '고양이'의 이미지가 주는 생명력에서 기인하는 것이다.

실제로 화자는 '박제당한 시간'을 벗어나 고양이처럼 '저렇듯 폼 나게' 거닐고 싶어 한다. 시인이 펼치는 '고양이'의 이미지는 하나의 생명 에너지 가득한 이미지가 우리에게 실질적인 힘을 준다는 것을 보여준다. 창조적인 시적 이미지가 우리에게 어떠한 의미를 지니는지를 알게 해 주는 대목이 아닐 수 없다.

한 때 많은 사람들에게 영혼의 스승으로 불리웠던 틱낫한 스님의 "Anger"란 책에서 인용한 "채소를 가꾸지 않았으면 나는 시를 쓸 수가 없었을 것입니다"라는 구절 앞에 한 동안 서있어본다.

치큰와이어로 잘 보호된 채소밭에 소일을 넣고 흙을 고루어주면
아내는 씨를 뿌리는 것이다 이른 봄날이 초여름으로 이어지는 동안,
나는 가끔 시를 쓰면서 거짓말로 참말 만드는 법을 연습하는 동안,
채소들은, 좀 더 싱싱한 말로 푸성귀들은 참말로 거짓말처럼 자라는
것이다. 나는 여기에다 거짓말을 좀 더 보태고 싶은 충동을 억제하지
못하고 가끔 아내 몰래 비료를 물에 타서 뿌리는 것이다

"진짜 올가닉 입니다" 아내가 친지와 이웃들에게 그녀의 즐거움을
조금씩 나누어줄 때 시를 쓰는 일에도 거짓말을 좀 더 보태어서 저런
것이 될 수 있다면, 부러워해보는 것이다. 의예과 시절, 내가 시를 쓰기
시작할 때 만났던 여학생, 지금은 우리 집 채소밭 주인, 나는 여기서
인용한 구절을 "시를 쓰지 않았으면 나는 채소를 가꿀 수 없었을
것입니다"로 바꾸어놓고 그 앞에 한 동안 서있어본다.

이창윤, 「시쓰기 그리고 채소가꾸기」

'채소가꾸기'와 '시쓰기'를 대비시키면서 '시쓰기'의 의미를 풀어
가고 있는 재미있는 시이다. '턱낫한 스님'의 말씀처럼 진실로
'시쓰기'는 '채소가꾸기'와 유사한 행위일 것이다. 흙을 고르고 씨
를 뿌려 매일매일 온갖 정성을 기울여야 한다는 점에서, 그리고
그렇게 할 때 우리에게 풍성하고 신선한 기쁨을 준다는 점에서
'시쓰기'는 '채소가꾸기'와 같다.

'시쓰기'는 '채소가꾸기'와 마찬가지로 세심하게 무언가를 가꾸
는 일이고 없던 무언가를 새로이 창조해 내는 일이다. '시쓰기'는
'채소가꾸기'처럼 순수한 행위이다. 그러나 시인은 여기에서 그치
지 않고 보다 재미있는 생각을 끌어낸다. 시인은 '시쓰는 일'이

'거짓말로 참말 만드는 것'이라 말한다. '아내 몰래' 채소에 '비료'를 '타는' 것처럼 '거짓말을 좀 더 보태어서' 보다 풍성한 시의 결과를 얻고자 하는 충동을 느낀다. 우리는 시인의 시가 '거짓'이나 '참'이냐, '비료'를 섞은 비올가닉이냐 올가닉이냐에 대해 논할 필요는 없다. 시인이 하고자 하는 말의 의미를 이해할 수 있기 때문이다. 그것은 시가 지닌 창조의 힘을 가리키는 것이 아닐까.

존재하지 않는 어떤 것에, 혹은 명명되기 힘든 어떤 것에 이름을 부여하고 그것에 시인의 숨결을 불어넣어 생명을 지닌 그 무엇으로 변화시키는 것이 시인 까닭이다. 흐릿하고 희미한 대상을 포착해내고 그를 진실로 존재하는 것으로 바꾸는 일은 민감한 감수성과 창조의 정신력을 필요로하고 이러한 작업은 결코 쉬운 일이 아닌 것이다. 이러한 시쓰기의 과정과 시인으로서의 자의식을 '채소가꾸기'에 빗대어 풀어가고 있는 시인의 상상력이 재기발랄하다.

꽃은 오래 간직하면서
눈물로 散花, 바람에 酸化
땅과 하늘의 끊임없는 반란처럼
風化해 가는 바람의 길
비도 내리면 그렇게
새벽부터 내려서 따뜻하기만 하다

어제는 친구의 장례식엘 다녀오면서
散花된 넋이 酸化를 거쳐
비탈진 황토 밭 뿌리에 누워 風化해 가는

적막을 보았다

꽃잎마다 아름다운 안식이
모락모락 피어나는 저쪽에는
바람이 불고 해가 지는 그 속에서도
한 움큼 꽃과 입맞춤하고
끝내 나도 너의 靜謐과 깊이 정사하는
고요가 되었다

조성희, 「어떤 고요」

모든 존재하는 것은 영원하지 못다. 살아있던 것은 죽음을 맞이하고 결국 소멸하여 자연의 일부로 귀속된다. 그러한 운명 앞에서 자유로운 것은 아무것도 없다. '꽃'을 바라보며, '친구'를 보내며, 그리고 '나'의 존재조건을 떠올리며 동일한 운명과 경로를 성찰하는 시인의 시선이 고요하고도 깊다.

시인의 정밀(靜謐)한 시선은 모든 생명체들에게서 '눈물'과 '바람'을 본다. 또한 '고요'와 '적막'을 본다. 지금 아무리 화려하게 피어있어도, 지금 제 아무리 큰소리치고 살아가고 있어도 모든 것은 궁극에 이르러 모두 같은 곳으로 귀결된다. 한 줌의 먼지, 한 줄기의 바람, 한 숨의 공기일 뿐인 것이다. 우리는 모두 자연으로 돌아가 자연의 완전한 부분이 될 것이다. 인간의 조건이 그러하므로 비록 감추어져 있어 눈에 띄지 않을지라도 지금 살아있는 모든 것에는 분명 이러한 부분들이 있다. 우리에겐 누구나 '바람'같은, '먼지'같은, '적막'같은 죽음의 일부가 숨겨져 있는 것이다.

이러한 운명을 허망하다 할 것인가, 혹은 견딜 수 없이 가볍다 할 것인가. 이런저런 가치판단을 떠나서 시는 우리로 하여금 통찰하게 하고 순응하게 하고 예비하게 한다. 생명의 유한성과 인간의 조건을 담담히 받아들이게 하고 보다 겸허해지게 한다. '어떤 고요'의 시간에 잠잠히 생각해 볼 일이다.

우리가 꽃이 되어 준다면
벌과 나비가 찾아올 테지.

우리가 길이 되어 준다면
더 멀리 갈 수 있을 테지.

우리가 따뜻한 마음을 준다면
겨울눈이 와도 춥지 않을 테지.

우리가 함께 길을 간다면
외롭지도 않을 테지.

한 지붕 아래 둘이 하나 되어 준다면
우리는 행복할 테지.

조윤호, 「우리가 꽃이 되어 준다면」

너무도 흔한 말 같지만 '사랑'이 지닌 에너지에 관한 한 우리가 아무리 강조해도 지나치지 않다. 너무도 쉽게 오가는 말이어서 신선함도 생명력도 모두 바래지고 관성화되어 버린 말이지만 실제로 '사랑'이 없이 살아갈 수 있는 존재는 아무도 없다. 모든 생명체가 그러한데 하물며 인간의 경우 예외가 될까? 시인의 시에는 '사랑'이 가득하다. 사실 대상을 그윽히 바라보는 '사랑'의 시선 없이 시는 쓰여지지 않는다. 대상을 감싸는 따뜻한 마음이 없이는 시는 결코 창조적이지 못하다.

다시 말해 모든 시는 사랑의 마음에 의해 탄생한다. 그러한데도 유독 시인의 시들에 '사랑' 가득함이 느껴지는 이유는 무엇일까? 무엇보다 그의 시에는 '실천'이 있다. 사랑을 위한, 사랑을 나누기 위한 구체적인 행위와 실천적인 행동이 있는 것이다. 시인은 누군가 나에게 사랑을 '주기를' 기다리지 않는다. 남이 나에게 다가와, 나에게 베풀고 나를 배려해 주기를 바라지 않는다. 그는 기다리는 대신 그가 먼저 나서고 그가 직접 행한다. 그는 자신이 직접 섬기고 스스로 남을 배려한다.

시인은 우리에게 우리가 먼저 무엇이 '되라'고 제안한다. '꽃이 되'라고, '길이 되'라고 말한다. 그리고 우리에게 먼저 무언가를 '주라'고 제안한다. '따뜻한 마음을 주'라고, '둘이 하나 되어 주'라고 말한다. '사랑'은 멀리 있는 것이 아니라 작은 것 하나에서부터, 작은 일 하나하나에 대해 항상 긍정하고 기뻐하는 마음 속에서 피어나는 것이리라. 남을 위해 먼저 내가 행동하는 데서부터 시작되는 것이리라. 이 점을 실천하는 시인의 시에는 긍정에서 비롯되는 강한 온기의 에너지가 흐른다.

흠 없이 때깔 고운 사과 한알
꽉 물어본 짜릿한 물 맛
혀 끝이 시리다

은하수 반짝반짝
어울러 흐르는 투명한 물빛
보름달 함께 출렁출렁 은가루 뿌리고

물동이 인 채
동네 아줌마들 이웃집 소식 재잘재잘
우물 지붕이 들썩인다

내 속의 거울을 들여다 보니
마음속 에 출렁이는 추억들
혀 끝에서 철철 넘쳐 나는
물 물 물

조춘자, 「우물」

　'우물'은 시인의 오랜 무의식이 깊고도 선명하게, 소중하고도 아름답게 간직하고 있는 대표적 이미지이다. '우물'에는 시인의 고유한 이미지와 상상력이 풍부하게 가로지르고 또 넘쳐난다. '우물'은 시인의 기억을 새록새록 샘솟게 하고 그 기억을 순결하고도 아름답게 채색한다. '우물'은 시인에게 한 편의 동화이기도 하고 행복한 추억이기도 하다. 시인의 기억 속에 '우물'이 어떻게 그러한 의미로 저장이 되었는지 명확히 알 수 없는 일이다. 우리는 짐작할 뿐이다. 아마도 시인의 유년 시절 '우물'은 그림처럼 맑은 자연을 그득 담고 있었을 것이고, 마을 사람들을 하나로 묶어준 따뜻한 공동체의 중심이었을 것이다. '우물' 곁에는 언제나 투명한 물과 공기와 하늘이 있었을 것이고 사람들의 온정이 오고갔을 것이다.

때문에 시인의 기억 속에 자리한 '우물'은 자연과 사람이 어우러지는 가장 완전하고 행복한 공간을 대표하게 되었다. 말하자면 '우물'은 시인의 원형적 상상력이 되어 있다. '우물'의 기억이 있는 한 시인은 항상 이 주변에서 그의 상상력을 길어 올릴 것이다. 시인은 언제나 '우물'처럼 청량하고 순수한 공간, 사람들의 온정이 넘치는 따뜻하고 행복한 공간을 꿈꾸고 또 그리워할 것이다.

뿐만 아니라 그러한 공간은 그의 원형적 기억이 되어 행복과 불행, 충만과 결여의 기준이 될 것이다. '우물'과 같은 곳, 순수한 자연과 온기어린 마을이 있는 한 그것은 완전한 공간일 것이며 그렇지 않은 곳이라면 그것은 결핍된 곳이며 불완전한 곳이 될 것이다. 시인의 원형적 이미지를 통해 항상 풍성하고 충만한 상상력이 길어 올려지기를 소망한다.

1.

아름다운것들 그렇지못한 것들
사랑스러운 것들 그렇지못한 것들
고요함,그렇지 못함,
내가생각하지 못한 모든것들을 본다


2.

숲속의 나무들은촉촉한 냄새로젖어있다
하늘은흔들리는 호수를어르고
백조는한가로이 미끄럼질을한다

사랑스러운 아이들의 모습을본다
옹알이하며 말을 배우고
어느것도 놓칠 수없다는 듯 반짝이는 눈망울
재롱과웃음과 눈물까지도행복한
눈이그것들을 본다


3.

신문에피해자가 뜨고
범인은곳곳에서 카메라에잡혀 나온다
컴퓨터에속속 입력된정보로
너도나도보임 속에 갇혀있다
발길이닿는 곳마다카메라가 있다
상점에,아파트에, 도서관에
내가알지 못하는곳에
보는것과 보여 지는것은 함께였는데
이제는그렇지 않다


4.

거울 앞에 서 본다
나를 보고 있는 저 눈은
언제부터 저렇게 저기 있었을까


나는 보여지지만
나는 볼 수가 없다

지성심, 「눈」

현대사회를 비판하는 날카로운 통찰력이 '눈'이라는 매체를 통해 완성도 높게 발휘되고 있는 시이다. 첫 연에서 도입하고 있듯 본래 '눈'은 완성된 것과 그렇지 않은 것, 아름답고 사랑스러운 것들과 그렇지 않은 것들을 통찰하고 판단할 수 있는 것이었다. '눈'은 인간 고유의 권한이자 능력에 속한 것으로서 세계를 조망하고 이해하며 이를 보다 완전한 것으로 통합시킬 수 있는 매개의 것이었다.

이러한 '눈'을 소유한 인간은 분열되지 않은 인간이며 존엄한 존재였다. 그러나 현대 사회가 그러한 인간의 고유한 권능을 해체하고 파괴한다는 것을 시는 잘 묘사하고 있다. 시인은 보다 복잡해지고 부조리해져가는 현대 사회, 늘어가는 이기성과 범죄와 의심 속에서 비인간적이고 기형적인 '눈'들이 양산됨을 말하고 있다. 발달해가는 물질 문명에 의해 인간을 말살하는 기계적인 '눈'들이 생겨난다는 것이다.

이렇게 생산된 '눈'들은 인간을 분열시키고 인간성을 파괴한다. '눈'을 통해 세계의 깊은 폐부를 해부하고 있는 시인의 날카로운 시선은 '거울' 속의 '눈'을 보면서 자신의 '눈'을 또한 성찰적으로 들여다본다. 나의 '눈'은 통합적인가 혹은 분열적인가? '나는 보여지지만 볼 수가 없다'는 현대사회에 의해 길들여지고 있는 '나'의 시선을 반성하는 것이다. 시인은 시인의 시각이 비판적인 성찰력과 세계를 향한 통합력을 상실해서는 안 된다는 것을 강조하고 있다.

모두가 잠든 밤이면
내가 날개를 달고

몰래몰래 하늘을 나는 걸
아무도 모를 거다

밤마다 자유가 되어
가슴에 품고 있던 별 하나씩
하늘 복판에 심어놓고 오는 건
더 더욱 모를 거다

내 앞의 수많은 길 중
가장 굽은 길을 걸어오는 동안
싱싱하던 꿈들은
마른꽃잎으로 책갈피에 누워있고
더러는 탈색된 별이 되었지

이른 아침 풀잎위에
한 방울 이슬로 맺히고 싶어
밤마다 하늘을 날며
뚝뚝 피 흘리는 이 일을
아무도, 아무도 모를 거다

차신재, 「아무도 모르는 일」

‘아무도 모르는’ 나만의 내면 속에서는 어떤 드라마가 펼쳐지는
가? 타인 혹은 외부의 어떤 조건에든 관계없이 오로지 ‘나’에게만
속하는 그 특수한 내면공간은 때로 타인에 의해 쉽게 이해되지
못하는 고독의 공간이 되기도 하고 스스로 외부세상과 선을 긋

는 단절의 공간이 되기도 한다. 때로 외면과 일치하지 않는 모순의 공간이 되기도 하고 외부로 쉽게 드러내지 못하는 부조리의 공간도 될 수 있다.

그러나 그러한 공간인 내면을 마치 맑은 거울을 닦듯, 잔잔한 호수를 만들듯 다듬고 가꾸는 이들을 우리는 또한 만날 수 있다. 나에게만 속하는 내면은 타인과 상관없는 나만의 것이므로 소홀히 하기 쉬우나 한 순간도 쉬지 않고 이를 성찰하며 맑게 닦아내고 아름답게 가꾸는 이들이 있다는 것이다. 우리는 타인의 내면에 관심 갖지 않지만 내면을 가꾸는 이들의 그것이 많이 다르다는 것을 안다. 외면하려 해도 그러한 내면은 스스로 빛을 발하며 힘을 내기 때문이다. 말 그대로 자체발광(自體發光)하는 것이다. 아름다운 마음을 지니는 일, 고운 내면을 가꾸는 일이 중요한 것도 그 때문이다.

'모두가 잠든 밤' 아무도 몰래 '날개를 달고 하늘을 나는' 일, '밤마다 자유가 되어 가슴에 품고 있던 별 하나씩 하늘 복판에 심어 놓고 오는' 일, '이른 아침 풀잎위에 한 방울 이슬로 맺히고 싶어 밤마다 하늘을 나'는 일은 모두 순수한 내면을 지키고자 하는 화자의 간절한 마음의 표현이다. 이러한 행위들은 쉽지 않다. 내면을 들여다보는 일은 고독한 것이기 때문이다. 이 고독과 외로움을 시인은 '뚝 뚝 피흘리는 일'이라 표현하고 있다.

가다가
쉬지 말고 가다가
바람을 만나거든
별이 되라 일러라

바람이 모여

바위가 되든지

바위가 쌓여

바람으로 일더라도

별이 되는 길을 일러주어라


별이 하늘에서 내려와

꽃으로 피더라도

다시 별이 되라 일러라


적막한 우주에

혼자서는 못 가는 길이 있어

죽음만이 길일지라도

별이 되라 일러라

최선호, 「사도행전」

　우리의 상상력에서 '별'이 지니는 상징성은 매우 뿌리 깊다. '별'은 동서고금을 막론하고 모든 인간의 가장 강렬한 지향점이자 가장 순수한 마음의 표현이 되어 왔다. 문학적인 장에서뿐만 아니라 '별'은 우리의 유년 시절부터 비롯하여 청년, 장년에 이르기까지의 생활공간에서도 가장 의미있는 대상 가운데 하나로 존재한다. 우리의 시사에서 특히 윤동주의 '별'이 너무도 시적이고 아름다운 이미지로 창조되었음은 너무도 잘 알려져 있다. 그러한 '별'을 「사도행전」의 화자도 말하고 있다.

　시의 화자에게 '별'은 절대적이다. '별'은 누구든지, 어떤 존재든지 되어야 하는 존재, 추구해야 하는 지향점이다. 화자는 '바람'에게도, '바위'에게도, '꽃'에게도 '별'이 되라고, '별'이 되는 길을 가라고 말한다. 화자는 어떤 일이 있어도, 설사 '죽음만이 길일지라도' '별이 되라' 말한다. 이 한 편의 시로 우리는 화자에게 정확하게 '별'이 어떤 의미를 띠고 구체적으로 어떤 상징성을 지니는지 다 알지 못한다. '별'이 어느 심급에 놓여 있는지, 어느 관점에서 의미를 발하는지 명확하게 알지 못한다.

그러나 그것은 절대자와 마찬가지로 인간이 처한 모든 고난과 역경 너머에 존재하는 것, 그를 향해서라면 세상의 모든 것이 상대적인 것이 되어 극복되고 초월되어야 하는 지점에 놓이는 것임을 알 수 있다. 우리는 화자의 '별'을 통해, 절대자를 향한 시적 자아의 순결하고 순종적인 자세를 읽게 되는 것이다. 또한 우리는 '별'을 통해 절대자를 향한 시인의 순수하고 강한 마음을 만나게 되는 것이다.

멀리 떨어저 있어서
외롭지만
외로워서
좋은
섬,
그 섬의 가을 바다 옆에는
언제나
갈대가 꽃처럼 나부끼고 있다

갈대밭 속에는

유배지의 언어들이
바람에 서걱이고 있다
아라
아라 아라리요

난파된 외국 배의
선원도
거기 어디 숨어
숨 쉬고 있다

세속에서
멀리 떨어져 나와
바람을 먹고 사는
사람들
가끔 바다에서 건져올린
다금바리를 먹고 사는
사람들

외로움에 기대어
바다 밑으로 지는
거대한 해를 바라보며
사는
사람들

그래서 따뜻한 사람들이

서로 보듬어 안고

살아가는

섬


나는 뭍으로 나가는

배를 타지 않고

바다로 나가는

꿈을 꾼다

오늘 밤도

최연홍, 「제주도 1」

 

시인에 의해 묘사되고 있는 '제주도'는 우리에게 많은 정서를 불러일으킨다. 하필 왜 제주도인가? 물론 제주도는 한국의 가장 크고도 가장 이국적이며 언어도 독특한 지역으로서, 우리의 의식 속에 매우 독자적이고 특수한 공간으로 남아 있다. 한라산이 있고 아름다운 바다가 있어 사람들의 살이와 사연에도 독특한 것이 가득하다.

그러나 먼 이국 땅에 사는 이들에게 시인의 '제주도'는 보다 다른 상징성을 띠는 것이 사실이다. 시인은 '멀리 떨어져 있어서 외롭지만 외로워서 좋은 섬'이라 말하고 있다. 그리고 그 속에 '유배지의 언어들이 바람에 서걱이고 있다'고 말하고 있다. 시적 자아의 내면이 사실적으로 드러나 있는 것이라 감히 말하고 싶은 부분이다.

화자는 그러한 '제주도'를 '이방인'을 품는 땅, '세속에서 멀리 떨어져 나와' 사는 사람들의 터전, '외로움에 기대어' '해를 바라보며 사는 사람들'의 섬으로 묘사하고 있다. 그곳은 외따로 떨어져 있어 쓸쓸하지만 삶의 의미를 안고 사는 이들의 공간으로 자리매김되고 있다. 그곳은 이국의 언어가 사용되지만 외로운 만큼 따뜻함과 살가움이 존재하는 것으로 그려지고 있다. 시는 '제주도'의 외로움이 보다 강한 삶의 전제가 되고 보다 따뜻한 이웃의 조건이 되고 있음을 강조하는 것이다.

'제주도'의 의미가 더욱 실감있게 다가오는 대목이다. 이러한 '제주도'인 까닭에 우리는 화자의 마지막 말, "나는 뭍으로 나가는 배를 타지 않고 바다로 나가는 꿈을 꾼다"는 말의 진정성을 새삼 느낀다. 화자에게 '제주도'는 적극적으로 선택하는 삶의 장소인 것이다.

영화로 본 이순신 이 위대한 장군이라며
아빠의 나라를 사랑 하는 아이
월드컵 경기에는 힘차게 손뼉을 치며
대한민국! 대한민국!을 목청껏 외치는 아이
햄버거를 좋아 하면서도
김치볶음밥을 더 좋아하는 아이
태극마크 그려진 티셔츠를 사면서
눈이 파란 스티브에게 선물할 거라며
싱글벙글 즐거워 하는 아이
차 창밖으로 거리에 간판을 띄엄 띄엄 읽으면서
한글을 만드신 분이 세종대왕이라고
자신있게 대답하는 조국의 아이
가 나 다 라 마 바 사 힘들게 외우더니

아이돌 이름을 졸졸졸 외우는 아이
아!
너희들은
어쩔수 없는 코리아의핏줄
옹골진 마음으로 기죽지 말거라
세계에서 우뚝선 나무로 자라거라
우리나라의 새끼
대한민국의 새끼
내 새끼
피곤한 고국 여행 길
잠자는 어린 손자의 등판에
진하게 새겨진 코리언 아메리칸

이승희, 「코리언 어메리칸」

「코리언 어메리칸」에서 우리는 특별한 시적 체험을 한다. 우리는 이 시를 통해 시는 궁극적으로 정서의 움직임이고 특정 순간의 상황이고 체험임을 깨닫게 된다. 그것이 있는 한 우리는 특별한 기교로 장식되어 있지 않아도 그것을 충분히 시적인 체험이라 할 수 있을 것이다. 한 어린 '코리언 어메리칸'이 미국의 문화에 익숙해 있으면서도 다른 한 편으로 모국에의 친연성을 보이는 모습은 우리에게 코끝 찡한 감동을 준다.

어린 세대에게 모국에의 친연성이 본능의 차원에서 존재하고 있음을 발견하는 일은 신비롭고도 뿌듯한 만족을 주는 것이다. 그들이 '어쩔 수 없는' 모국의 '핏줄'임을 느끼는 일은 우리가 어디에서 살아가든 우리에게 지울 수 없는 확고하고 튼튼한 뿌리가 있음을 깨닫게 해 준다는 점에서 마음 든든한 일이 아닐 수 없다. 시인은 아이의 두 가지 면면들, '코리언'으로서의, 또 한 편으로 '어메리칸'으로서의 양면을 반복적으로 대비시킴으로써 '코리언 어메리칸'이 지닌 역동성을 전할 뿐 아니라 이들이 지닌 존재 의식이 얼마나 놀라운 것이지 일깨워 주고 있다.

그리고 이러한 감동을 전하는 데에 있어선 별 다른 기교가 필요하지 않다는 사실 또한 알게 해 준다. 단지 그들이 '우리나라의 새끼', '대한민국의 새끼', '내 새끼'인 사실 하나만으로도 '코리언 어메리칸'이 보여주는 존재의식은 표현할 수 없는 감동을 주기 때문이다. 여기에서 오는 감동이야말로 우리가 경험하는 궁극의 시적인 상황이라 할 수 있지 않을까.

귀 세우고 있으면 달리는 바람소리 들린다
이제는 아무도 두려워 않는 늦겨울 바람
철없이 울어대는 그 아득한 소리가
아니다, 거기에는 산산이 찢어진 깃발
바람 따라 흔들리는 시린 아픔이 있다
가까스로 매달린 삶의 소리가

그 소리에 슬며시 숨어들어
함성을 지르는 온갖 것들이
어차피 흘러간 것이라서 더욱 아프다

허나 창 밖은 여전히 허망한 들판
무성한 억새풀에 스쳐 흐르면

그 뿐이지만 저 바람소리에는

사랑이 있다

그리움 있다

아물지 않는 삶의 흔적이 있다


사실을 말하자면

그 모두가 하나로 아우러져서

쉬임 없이 돌아가는 풍차

텅 빈 속 채울 틈도 없이

저 혼자 회오리 치는

세월이 있다

강성재, 「바람소리에」

삶의 공허함과 신산스러움, 허전함과 쓸쓸함을 그 느낌과 무게 그대로 묘사하는 데엔 범상하지 않은 감각이 필요할 것이다. 삶의 그러함은 결코 단순하지도 명료한 것도 아니기 때문이다. 그러한 감정들이란 도무지 이유도 근거도 알 수 없고 언제 어디에서부터 시작되고 어떻게 소멸하는지 그 궤적조차 탐색하기 힘들다. 이를 묘사하기 위해 시인은 충분히 민감해져야 하고 섬세하게 표현할 수 있어야 하리라.

'바람'을 묘사하는 시인의 탁월한 상상력은 이러한 점들을 모두 충족시키고 있다. 시인이 그려내고 있는 '바람'의 소리, '바람'의 촉감, '바람'의 모습은 마치 살아있는 영혼의 그것인 양 사실적으로 되살아나고 있다. 가령 삶의 허전함이 그러하듯 '바람'은 '철없이 울어대는 아득'함을 지니고 있고 삶의 신산함이 그러하듯

'바람'은 '가까스로 매달린' '시린 아픔'을 지니고 있다. 또한 삶의 공허함이 그러하듯 '어차피 흘러가는' '함성을 지르는 온갖 것들'을 '바람'은 지니고 있다.

시인은 '바람'에게서 이러한 온갖 감각들을 끌어낸다. 시인이 묘사하는 것처럼 '바람'은 평온을 구하지 못한 영혼의 조갈증 나는 몸부림 같다. 그것은 우리들의 삶의 모습 그대로라 할 수 있다. 우리의 삶에서 어느 한 순간이라도 평화를, 고요를, 안정을 찾을 수 있다면 우리에게 '바람'은 그토록 생생한 이미지로 다가오지 않았을 것이다. '바람' 이미지는 마치 우리 삶이 온갖 요소들로 무질서하게 뒤엉킨 채 꾸역꾸역 굴러가듯이 온갖 공허와 아픔과 외로움을 되는 대로 집어삼켜 휘몰아치는 그것이다. 시인의 표현대로 "사실을 말하자면" 그것은 "그 모두가 하나로 아우러져서/ 쉬임 없이 돌아가는 풍차/ 텅 빈 속 채울 틈도 없이/ 저 혼자 회오리 치는/ 세월" 같은 것이다.

> 얼굴에 침을 꽂고 잠들었다
> 잠이 든 눈
> 잠이 든 입
> 잠이 든 두 뺨
> 작은 침들이
> 여기저기 할퀴면서
> 정수리까지 마구 흔들어 놓는다
>
> 용기에 가두어놓은 개구리가 팔딱팔딱 뛰고 있다
> 물가가 생각났을까

사랑하던 짝이 그리워진 걸까?

보이는 가슴이 몹시 출렁거린다

말을 잃어가는 아픔에 슬피 울 수도 없는 듯


시간을 알리는 종이 울린다

침들이 하나씩 뽑혀 나간다

탐욕과 고통 그리고 끝없는 방황이

뽑아졌을까

쓰러졌던 몸 일으킬 때

세상의 강이 보였다

가볍게 잘 건너뛰고 싶은

최서혜, 「침맞다」

일상 속 '침'의 기능으로부터 시작하여 그것의 상징적인 의미로까지 그 의미역을 확장해가고 있는 시이다. 몸이 아파 한의원에서 '침'을 맞던 화자는 서서히 느껴지는 '침'의 작용에 몸을 맡기다가 결국 그 속에서 삶의 의미를 끌어내고 있다.

'침'을 맞는 순간 정지하는 의식('잠이 든 눈/잠이 든 입/잠이 든 두 뺨')과 의식의 정지 순간에 반대로 '침'의 작용이 시작되는 장면('작은 침들이/여기저기 할퀴면서/정수리까지 마구 흔들어 놓는다')의 대비가 재미있다. '침'은 '의식'과 상관없이, 아니 어쩌면 적극적으로 의식을 약화시키면서 자신의 본래적 기능을 발휘하는 듯하다. 말하자면 '침'은 의식이 약해졌을 때 그 기능이 극대화되는 것으로서 의식과 무관한 차원에서 인간을 다스리는 역할을 한다고 볼 수 있다.

실제로 '침'은 인간의 '몸'에 다가가 '몸'을 다스리는바, 몸은 의식과 무관한 채 치유되는 것이며 그러한 몸은 오히려 인간의 의식을 교정하고 치유한다는 것을 짐작할 수 있다. '침'을 맞은 뒤 화자는 '탐욕과 고통 그리고 끝없는 방황이 뽑아지'기를 또한 기대하기 때문이다. '몸'이 의식을 만들고 '몸'의 치유가 '마음'의 정화에로 전이되는 과정을 우리는 지켜본다. 이를 통해 '침'의 상징적 의미를 가늠해볼 수 있을 것이다.

'침'은 토대가 되는 우리의 몸과 우리의 물질을 정화하고 치유하는 도구에 해당되며, 이러한 작용은 나아가 우리의 정신 안에 도사리고 있는 부정적 요소들을 근절할 수 있을 것이다. 그리고 이 모든 과정이 이루어졌을 때 '세상의 강'을 볼 수 있는 것이 아닐까? '침'의 작용에 대한 탐색과 그것의 상징적 의미를 끌어내는 과정은 어쩌면 우리에게 인간의 의식이 지닌 하찮음에 대해 귀띔해 주는 듯하다. 우리가 절대적인 것으로 신봉하는 의식이란 것이 사실 정화되지 못한 아집이자 편견이 될 수 있다는 것이다. 의식이 아닌 '몸'이 정화되었을 때 의식도 그에 따라 정화될 수 있는 것이며 또 그러할 때 '세상을 가볍게 건너뛰고 싶은' 에너지가 생기는 것도 의식의 부차성에 대해 말해준다 할 수 있다.

## 저 자 약 력

송 기 한

충남 논산생
서울대학교 국어국문학과 졸업
동 대학원 졸업. 문학박사. 문학평론가
UC Berkeley 객원교수
현재 대전대학교 인문예술대학 교수

## 주요저서 및 역서

『마르크스주의와 언어철학』(역서, 1988)
『프로이트주의』(역서, 1991)
『한국 전후시와 시간의식』(1996)
『문학비평의 욕망과 절제』(1998)
『한국 현대시의 서정적 기반』(2002)
『고은:민족문학의 길』(2003)
『한국 현대시사 탐구』(2005)
『시의 형식과 의미의 이해』(2006)
『1960년대 시인연구』(2007)
『21세기 한국시의 현장』(2008)
『한국 현대시와 근대성 비판』(2009)
『한국 현대시와 시정신의 행방』(2009)
『한국 개화기시가 사전』(2011)
『한국 시의 근대성과 반근대성』(2012)
『문학비평의 경계』(2012)
『서정주 연구』(2012)
『현대시의 유형과 인식의 지평』(2013)

## 인식과 비평

**초판 인쇄** | 2013년 10월 30일
**초판 발행** | 2013년 11월 6일

**저　자**　송기한

**책임편집**　손경아

**발 행 인**　윤석원
**발 행 처**　도서출판 지식과교양
**등록번호**　제 2010-19호
**주　　소** 서울시 도봉구 창5동 262-3번지 3층
**전　　화** (02) 900-4520 (대표)/ 편집부 (02) 900-4521
**팩　　스** (02) 900-1541
**전자우편**　kncbook@hanmail.net

© 송기한 2013 All rights reserved. Printed in KOREA

**ISBN** 978-89-6764-032-3　93810　　　　　　　**정가** 25,000원


저자와 협의하여 인지는 생략합니다. 잘못된 책은 바꾸어 드립니다.
이 책의 무단 전재나 복제 행위는 저작권법 제98조에 따라 처벌받게 됩니다.


이 도서의 국립중앙도서관 출판도서목록(CIP)은 e-CIP홈페이지(http://www.nl.go.kr/ecip)에서
이용하실 수 있습니다. (CIP제어번호: CIP2013022330)